少女湖

「家」即是「枷」，唯有出走
才能邁向值得期盼的未來

雷妍 —— 著

U0059199

〈雨〉對身無居所者的疼惜；〈良田〉描寫務農家族的命運；
〈越嶺而去〉青梅竹馬戀人為愛私奔；〈白馬的騎者〉寡婦渴愛的幽微心情；
〈無愁天子〉化身馮淑妃揣想后妃心境；〈黎巴嫩的香柏木〉化為木美人看王朝興衰……

不知道為什麼落下淚來，
原來是恨著的，原來是愛著的

目錄

第一章　浣女

在在門前湘江岸的沙灘上，或後門外的池塘邊，時常有許多洗衣女子，她們不論老幼都是那麼乾淨、勤勉。她們中間有著親密的情感，彼此訴說著內心的感慨，講述著動人的故事或有趣的新聞，她們笑語聲喧鬧時往往要超過了流水的聲音呢。

李家少官娘子 —— 名兒叫竹嬌，是一個圓臉白皙的二十三四歲的少婦，短髮，細身子 —— 不過腰肢卻不自然的肥脹了些，入時的短袖白上衣，青布長管褲，長眼彎眉，一身的玲瓏，合適、清潔、嫵媚；只是兩隻手又紅又粗，不適於她的結構，一個銀質點琺瑯的戒指已經深深地鑲入指頭肌膚裡，那是嫁後丈夫買給她的。先時戴著很合適，「工作」把手指變粗大了，她捨不得脫掉它，只好容它長在肌膚裡，片刻不離地陪伴著她。她一向是好說好笑的，許多洗衣同伴愛她的和藹。可是近來她突然沉默寡言了，雖然有時還向人微笑一下，話卻說得太少了。經過女伴們多次的詢問才知道她有了幾個月的「身孕」，大家都說：「這原是喜事，為什麼不高興呢？」

「做事太不方便了。」她嘆了一口氣，輕輕地說。

「你家有那麼多的水田，又開著麵食鋪，何必一定要你做事呢？」何奶奶心裡明明知道李大娘 —— 竹嬌的婆婆 —— 厲害，故意撒下這麼一個小網，為的是一下子撈出少官娘子一肚子埋怨來。

「你不曉得，田產多，事更多，不做留給誰呢？」她平和地說著。何奶奶失望了，勇敢的馬三姑毫不放棄地又放了一炮：「聽人家說李大哥回家也不能到你房裡去，又不許你們多說話，是嗎？」大家都想笑，可是誰也沒笑，等著回答。

「你怎麼知道的？」她倒反問著。

「很多人這麼說呢。」

「隨人說去吧，我沒什麼說的。」大家很不滿意這回答，各人都低下頭去搓洗著衣服。馬三姑從水邊站起來在沙灘上走著，她一下從岸上下垂的樹枝上摘了一個大而薄的葉子，弄成一個小口袋的樣子拿到那個穿水綠短衫的阿巧旁邊，她拍了阿巧一下，阿巧回過頭來，明澈的眸子發著疑問的神氣看著她。她用嘴吹得那個葉子口袋圓脹如球，然後用手一捏啪兒的一聲，破了。她問阿巧：

「你說這葉子怎麼破的？」

「氣脹的。」

「早晚她就得這樣子了，什麼都悶在心裡。」她說著，拿破葉子的手往竹嬌那邊指，阿巧拉一下她的褲管小聲說：

「住聲吧！你不見她在出神嗎？」竹嬌洗的一個印藍花細麻布的帳子，在流動的江水裡沖擺著，後來提起聚攏在一處的帳頂，再浸入水裡。坐著是不好用力的，站著又太高，只得蹲著，腿擠著微脹的腹部，使她的呼吸都困難了。她站起來一段一段地擰著布裡的水，沙灘的淺水上濺著許多白色小水花，她望著對岸上擠滿鋪戶的街道，望著自己丈夫在那裡工作著的李家麵食鋪，發呆了。洗好的帳子一頭落在沙灘上，黏了許多的沙礫。阿巧放下自己的工作跑過來說：

「大嫂累了，我替你洗洗。」不容回答地搶過那帳子，在水裡用力地甩著、沖著……擰著。馬三姑是不能沉靜的，向阿巧取笑道：

「我哥哥打魚的那股子神氣什麼時候都叫你學來了？」

「莫討罵啊！」阿巧聽見馬三姑提她哥 —— 那少年漁人，就紅了臉，似笑非笑地斥責著愛人的妹妹，大家都笑了。阿巧擰好了，替竹嬌放在竹籃裡。竹嬌含著感激的淚笑著說：

「這怎得了？叫你受累。」

「沒什麼，快到做飯的時候了，你回去吧！沒洗完的留給我替你洗。」

「都洗完了，以後再勞動你吧！」她說著給阿巧一個感激的微笑。別的婦人心也不壞，尤其馬三姑，她搶著說：

「莫講客氣話，這一點兒事誰都能幫你忙。」

「謝謝！短不了使你們受累。」她說著拾起棒槌，提著竹籃走向更高的坡岸。

薔薇開遍了池畔，江水漲了，池畔有樹蔭、有鳥語、有蛙鳴、有薔薇，深紅、淺紅、白的，蔓延的、傾斜的、平鋪的，開遍了。帶著翠葉和小刺開遍了春的池畔。江邊的浣女遷移到多花的水邊，洗著零碎的深色的棉衣電影，人還是那麼多，在和藹的聲韻與色彩下工作著，只是少了竹嬌，她們爭述著她生產的事：

「李家少官娘子生了一個男孩子。」又是何奶奶起著頭，因為她的經驗多，她又認識接生婆。

「看她的臉色也應當是個男孩子。」另一個四十幾歲的婦人顯示著經驗說。

「她婆婆也許會好待她了呢？」阿巧希望地說。

「可不是嗎，男孩子是有福氣的，你們沒聽說戲上多少娘娘因為生了太子得勢，因生了公主入冷宮，這就是『母因子貴』。」何奶奶的經驗不是一處來的，引著戲文這樣說。

「她的性子太綿軟了，婆婆那麼刁，小叔小姑一大群，一點埋怨也沒有。」馬三姑終於替竹嬌抱不平。

「埋怨有什麼用啊！」阿巧又把一件舊衣電影浸在水裡說。

「沒用也得說說，出出氣。」馬三姑說。

「她婆婆今春吃了一劑破血丹，把個四五個月的胎打下來了。」何奶奶向那個四十多歲的婦人耳語著，意思是這些事不能叫那些閨女聽見，可是聲音很合宜，足夠一切女伴聽得清清楚楚的。

「喲！為什麼呀？」聽了這吃驚的消息，那個婦人都忘了顧忌，大聲疑問著。

「娶了兒媳婦，快抱孫子的人不好意思和媳婦比賽了。」何奶奶說著自己也笑了，阿巧看了她們一眼沒說什麼又低下頭去洗衣服。馬三姑卻插嘴道：

「吃藥沒吃死，倒便宜！」

「就你耳朵長，姑娘器具麼話都接碴兒，」何奶奶道德地注視了馬三姑一下，接著又擴張了這問題，「死倒沒死，頭髮可脫了一大半，嘻！」

忽然天暗了起來，太陽溜在一朵黑雲裡，她們立刻覺得水有些涼了。開始了短小的休息，用沒洗的乾衣揩著手上的涼水，阿巧順手拉過一棵爬蔓，在她身旁小方石上的薔薇叫道：

「三姐！來！把那五朵開在一枝上的花替我折下來。」

「白的，不好看，還不如黃蒲公英好呢。」

「個人所好唄，你不管我自己來。」

「管，管。」馬三姑的手很有力，而且不怕花刺，一下就折下半棵花來，還帶著許多小花苞，遞給阿巧，阿巧卻憐惜地說：

「罪過，看你毛手毛腳的，要不了這許多，我就要那五朵開在一起

的，等會送給李大嫂，叫她五子登科。」馬三姑咕嘟著嘴，把那一枝折下的花又插在近水的淫泥裡說：

「把它又種上了，還不行嗎？要李大娘那樣的婆婆管你兩天就省事了，你看我要不告訴我哥才怪的呢。」說著卻跑開了，她怕阿巧打她、追她。阿巧只是紅著臉恨恨地說：

「不理你，好人不理你這小鬼。」說完了停止休息，含著未了的羞澀開始搓洗著衣服：一個少年漁人在晚風裡撒網的姿勢占有了她全個思潮，想著不可捉摸的未來而茫然了。「馬三姑的母親死了三年啦！」這個念頭先使她替馬家兄妹傷心，但不知為什麼再一想她的心裡反倒輕鬆了。洗完一件，又從籃裡拿第二件時摸到一個冰涼溫軟的東西，一抽手，那東西咯一聲，咚！跳入水塘裡。她立刻知道是馬三姑的埋伏，她瞪了馬三姑一眼，馬三姑笑了，非常響亮。太陽從那朵烏雲裡出來了，大地上立刻加深了色彩與光明。

「洗吧！一天就知道玩，看將來怎麼說個人家！」何奶奶催著馬三姑，大家都開始工作著，工作的聲音和諧悅耳。從這兒可以看見遠遠的稻田的阡陌上架著踏水車的農家夫婦，他們伏在架上，赤腳踏著水車上的小方板，一個一個熟悉得如數著念珠的手。他們灌溉著大眾的食糧。青天上浮著幾片雲，安詳地飄過他們的頭頂，他們卻在足下的水田裡看到了那天空中的雲影。另一塊田裡白髮和少年的農家父子插著秧，一束束的綠秧堆在田裡再一束一束地拾起來，少年熟練地扔著，一行一行的。老人再一束一束地插起它們，一會兒水田上繪出綠點組成的圖案隨你直看也好，橫看也好，斜看也好，都能成為直行。他們不用儀器，不用度量，只憑著內心那一股力，那一點經驗，一手技巧，做出完美的活計來。天和地都是美好的，只要肯工作的人都應當享到自然的幸福。可是有例外，有例外！有一些女人：工作了沒人感激，痛苦了沒人安慰，

疲乏了得不到休息，疾病了無從治療，她們只有忍受，忍受人類不當忍受的，忍受別的動物不能忍受的各種各樣的痛苦。

一間北面開窗的屋子有一張大竹床，鋪著乾淨的方格布單子。一個瘦女人坐在窗下做針線活計，後院叢竹的綠光反射到她的臉上，顯出可怕的蒼白。她兩頰深陷下去，眼已不是細長的笑眼了，是深的，張開的失神而失望的眼，眉也失去原來的彎弧，她就是竹嬌，給李家生過一個男兒的少官娘子。可是孩子呢？並沒在她的身旁，這房間除了床上一對十字布的枕頭上編繡著「是君良伴」的字樣外只有孤獨與寂寞。忽然，那生育的一幕出現在她的回憶裡：

「奇痛的直覺，她自己如奔牛似的喘著，頭上進著汗珠。她想號叫，又怕婆婆罵她輕狂，又怕外人聽到嘲笑，只得忍受。陣陣的奇痛中她只有喘，口不合地噴著氣；丈夫不在身邊，只有吸著水煙的婆婆和吸著旱煙的收生婆。惡劣的煙氣和厭煩的嘴的吸吮聲毒蛇似的由她的感官鑽入肚裡，加重了疼痛，那兩個吸菸的女人不懂道德地講著一切難產婦人的死亡和怪胎的嬰兒，毫不顧及產婦的現實痛苦，她們不耐煩地等著，胡說亂講著。

「如大夢初覺的她，漸漸從昏迷中清醒了，自己身邊已經有一個包好了的嬰兒。她現在還清楚地記得：見了這小生命以後忘記了一切痛苦，覺得什麼都有了希望。

「小孩子伸手蹬腳地哭，她忘了一身睏乏去抱他，婆婆告訴她這是個男孩，她更高興了。心想孩子帶幸福來了，婆婆是不喜歡女孩子的。一個月之內家裡沒用她操作，除了在床上做了幾雙鞋以外，沒到江邊去洗衣服，沒到廚房去做飯。」

彌月過了，婆婆忽然主張，把孩子送出去叫人家奶著，每月給人家

些錢，表面是說孩子生辰不好，應當吃外人的奶，而且應當寄居在別人家，不然會短命的；實際是怕因了這孩子竹嬌有藉口減少工作。並且當地有很多人把孩子寄養在乳母家，這是很普遍的風俗，公公也沒反對。正好一個佃戶馮六的媳婦有一個三歲的孩子，據說已經斷了奶。婆婆招來這個媳婦：四十左右歲，不乾淨，眼睛有溼潤的紅邊兒，不時地拿衣襟擦眼睛。竹嬌的心碎了，自己清潔的寶貝兒子送給這麼一個髒娘們去撫養，真委屈。她雖不知三歲小孩子吃過的稀薄的乳汁給一個初生嬰兒去吃，營養是根本不夠的；但她覺得孩子在這麼一個汙穢的胸前去吸食，吸到每一個小血管裡去是件委屈事。她落著淚抱緊了孩子，她知道這個溫暖的小人兒馬上就要被那生人抱去，她哭泣著，那媳婦倒還明白，說：

「少官娘子不肯就算了吧！」

「由不得她，年輕人知道什麼？留他在家剋死娘就晚了，娘剋死他我更心痛！你抱走他好好餵他奶，不要錯待他，我也不用另外給你錢，只是鐵道南邊那塊地你們先白種著吧！奶他多大，多少日子不收租就是了。」婆婆嚴肅端正地吸了一口煙，理直氣壯地說了一篇大道理，又點著第二袋煙。她想到這兒嘆了一口氣，失神的，針紮在手指上；她擠出一點血來，用碎布揩去，又開始縫著，尋思著：

「剋死娘也不怕，娘剋死他也不怕，死在一塊更好，反正不能叫她抱走。」這是她當時心裡的反抗情緒，可是不知為什麼說不出口，紅眼邊的女人謝過婆婆，就去接孩子，竹嬌幾乎發怒了，忍著氣和婆婆說：

「您的主意，我也不敢說什麼，明天再叫她抱走不行嗎？我好給他洗洗澡。」她的淚落了孩子滿臉。孩子小手搖動著，小眼張望著，小嘴吸吮著玩。婆婆又大仁大義地說：

「你怎麼這樣不心疼孩子？今天好日子，抱走不平安嗎？知道明天

是什麼日子，路上遇到邪門歪道的可怎麼好？你不痛他，我還痛他呢，肉上肉痛不夠，我兒子的兒子，李家門的根，不能叫你胡擺布，早上洗了澡，這會兒又洗澡，等著弄出風（病）來就好了。」她知道不能挽回了，忍著淚說：

「那麼給他換換衣服行嗎？」

「隨你吧！我哪能做你的主？」婆婆慣會倒抓理兒地說話。她抱著孩子走到自己屋裡吻著孩子的小肩頭哭了，滿臉眼淚地偎著孩子的小臉，小孩子一挨觸母親的肌膚就本能地張著小嘴找奶吃。她說：

「小寶寶！你知道啊！媽媽心痛，你快點長大了回來，和媽媽一塊住。」她哭著餵他奶。

「小寶寶多吃啊！媽媽的乳水是甜的，足夠你吃得胖胖的。可是她們要搶走你，小寶寶！吃，吃……吃啊。」她忘了給他換衣服。婆婆的命令又下來了：

「快點來，時辰都叫你給誤了！」她匆匆地擦乾淚，從孩子嘴裡拉出奶來，孩子哭了，她慌慌張張地抱著搖他，給他披上一件小花衣，抱到婆婆那兒，孩子仍不停地哭，婆婆接過孩子去；竹嬌從房裡拿出一包小兒衣服小褲之類的東西，交給那媳婦，孩子已經到了那媳婦的手臂裡，孩子的哭聲更大了，她過去拍著孩子，心更如利箭穿刺般的疼痛。那個女人倒同情地說：

「莫傷心吧，過十天半月我就抱小官官來看你們，我也是有兒女的人，錯待不了他。」孩子終於被人家抱走了，她又開始著勞苦生活。她尋思著，落著淚，她想起還要預備長工們的晚飯，收拾起未縫完的衣服。春夏之交田事正忙，每天她要用大鍋燒著飯菜，還要到池裡洗衣服。小叔小姑又都要她趕做夏季制服。年紀並不衰老的婆婆除了吸水煙

以外有時納幾針鞋底子，彷彿女學生織毛衣似的人前做做，又大方、又輕便、又瀟灑，還惹公公愛。

　　端午節來到了，家家女兒襟上戴著絲綢抽作的小荷包，小孩子手足上圍繫著五色線。天才亮，大戶人家或小康之家門外都用桌凳搭著高臺，上面燒著成把的香擺著供，供桌下有紙糊的龍船，船頭向著湘江擺著。一個衣服整潔的道士敲打著小鑼鼓，口裡大聲而含糊地念叨著經句，這是在超度水上的亡魂。到吃早飯時燒了紙龍船，經聲也隨著停止了。早飯後江上賽龍船的鑼鼓又響遏行雲，青年男女穿著五光十色的新單衣在江邊的街道上，往來交織著熱鬧的網。賽龍船的船手都是二十幾歲膀大腰圓的小夥子，他們並不是以此為職業的，他們各有固定的職業，有的是舟子，有的是漁夫，打鼓打鐵的，也有的是農夫，各個短打扮，頭戴涼帽，臉上除了喜悅，就是好勝爭強的神情了。船上披掛的並不是古畫上龍舟那麼五色繽紛；只是船前一個紙布扎繪折糊的伸頸挺須的龍頭，船後一個彎曲的龍尾罷了。講究些的有一個花洋布的船篷，平常的依舊保留著小竹篷。炮響了，幾十隻船分隊前進，倒也十分可觀呢。鼓聲越響，船搖得越快，漸漸的船身遠了小了；漸漸的近了又大了，他們賽著快慢、花樣、姿勢……兩岸上的遊人狂呼著、擁擠著，有學生、有商人、有販夫、有士兵，他們忘記人世上的階級，平等地歡悅地擠在一起。平常沒人注意的江邊竹樓，在冷清的時候高高地用杉桿撐著，住著不怕水的貧民，江水漲到碼頭上，竹樓裡的人也沒人去注意他們，任他們在那兒守候著狂漲的江水，他們把生命托給站在沙石裡的杉桿。今天卻不然了，許多有錢的太太小姐坐在小竹樓裡看龍船，貧窮的孩子都被大人趕下樓去，為的是得些賞錢，留著將來零用。據說一個端午節的所得，足夠他們一年花用呢。

　　竹嬌的丈夫回家了，聽說那個奶娘也要抱孩子回家來吃節酒，竹嬌

加倍地工作著，炎熱的天氣在她瘦削的臉上點了些紅暈，幾縷短髮被汗黏在額上，又自然地彎起來，黑潤的小髮圈加增了她的美。她刺魚、切肉、洗菜、煮粽子……不累，她有希望，「快樂」麻醉著她。

公公、婆婆、小叔、小姑都換了新衣去看龍船比賽。丈夫得機會來幫她做廚下工作。他是個黑大個兒，天真得像個孩子，正直，說起話來人能看見他的心，娶了親還過著單身生活，乾看著父母的諸般恩愛。

「我幫你洗菜吧！要不然替你切肉。」黑大個兒說。

「你莫弄壞呀！姆媽回來要罵我的。」她急切地阻止他。

「傻人！我是麵食鋪的少掌櫃的，比你本事大多了。一落太陽爹爹就過江來找姆媽，鋪裡晚上的客更多，什麼不要我經管！」說著揚眉吐氣地看著妻子，她笑了。他們覺得這一會兒才是真正的人生，想起平日家庭的約束，又憂鬱起來。

「火車站上的洋房子多好啊，從外國又運來許多新車，今早上許多車站職員的太太、鐵路局職員的太太，都去看新車，招的很多人不看江上的龍船，反跑到車站去看新把戲。有的太太們坐上新車去遊歷，都拉著丈夫的膀子，有說有笑的，天不怕地不怕的樣子。車上掛著綵綢，奏著音樂，他們一對一對的像什麼圖畫上的神仙，咱們怎麼不能常在一塊兒呢？你老是躲著我……」他嘟嘟囔囔地埋怨著，聽著她嘆了一口氣，把魚放在水盆裡洗。

「咱們命不好，人家都是大命人哪！怎能和人家比？我就是躲著你，你一回家他們也是防賊似的防著我，好像我是個鬼會迷死你，等你走了，她還找碴兒罵我下賤……這是命，我前輩子做了壞事，命裡該你們李家門的債，這輩子來還債的。」她說起來就氣憤了。

「你也別難過，早晚有那麼一天拉著手兒，坐上火車走開就好了。」

「上哪兒去呢？」

「哪兒都可以！長著大香蕉的廣東，出椰子的南洋。用不了幾百塊錢，開一個小點心鋪，內老闆由你當，看哪個敢給你氣受？」他熱誠地說著，看她愛嬌地注視著自己，自己是救她的英雄！他熱烈地抱緊她，忽然小姑的聲音說：

「嫂嫂，小侄兒回來了。」

他們一同跑出去，她跑過去抱過孩子來：孩子雖不胖，倒也光潤。新換的小花衣，戴著小花帽，會笑了，又發著唔唔的聲音。她偎著他的小臉說：

「小寶寶的爸爸給奶娘倒茶呀。」他早已被這母子歡聚的景象弄呆了，妻的聲音喚醒他，倒了一杯茶給奶娘：

「奶娘辛苦了，小孩子累人哪。」

「他倒和我投緣，我很喜歡他。」奶娘的眼睛好多了，和善地答著，不安地喝著少官人倒的茶。

「今年稻子長得好嗎？」

「好，只是我家老闆病了一場，近來才好，花了不少藥錢。」

「病好了比什麼都強，花點錢不要緊，錢去了再掙，是一樣的。」他和奶娘閒談著，妻忽然把孩子交給他急急地說：

「我要去做飯，灶子要燒乾了。」

正午的酒飯擺好了，大家照例地先喝雄黃酒以免一年的蟲毒，少官娘子穿梭似的傳送菜、飯，孩子在婆婆手裡抱著，婆婆用湯匙給孩子餵

了一口雄黃酒，小嘴受不了這麼刺激的飲料，噗噗地小唇打著嘟嚕，哭起來，好像有人在肉上紮了他似的。婆婆厭惡地罵一聲：

「小逆種，倒隨你娘，為你免災才給你喝的。」竹嬌的菜飯已經傳送好了，奶娘也在廚房裡吃著喝著。竹嬌接過孩子來說：

「奶奶怕蟲蟲咬你，給你喝點酒，還哭嗎？」

「要不說是小逆種呢。」說著他們開始享受現成的豐富的家宴，她把孩子抱到後院的竹蔭下，哄著逗著他，哭聲止住了。不過孩子呆呆的，頭熱臉紅。她知道孩子被酒嗆病了，可是不敢說明，小人兒昏昏的，她的節飯都沒吃好。

午後大家都知道孩子病了，婆婆說不是路上中了邪，就是中了暑，還是公公直爽些，打發兒子請來一個大夫，看了病，開了一個藥方子走了。竹嬌想快買藥來，給孩子吃了睡在家裡，幾天就會好了。可是婆婆又發下命令來：

「奶娘把孩子抱回去，叫你家老闆買藥給他吃了早睡下。你留在這兒不方便，他娘的奶水早沒了，早點回去吧。唉！在你家也沒病，一回家就病。」竹嬌幾次想說：有奶汁，留他住下吧，可是她沒說出口來，她丈夫卻憤憤地說：

「到家就病了？在外人家病了誰能知道呢！」婆婆沒聽清兒子說的什麼話，只覺得兒子在反抗自己，站在媳婦一條戰線上來反對娘。她怒不可遏，大罵：

「逆種！都給我滾開，養了這麼個血胞孩子就捉精打怪起來。」黑大個兒帶著滿腔的憤恨回到江對岸的鋪子裡。小病孩子卻在昏迷中離開母親的懷抱，跟著生疏的人走到不可知的命運裡。竹嬌不敢送他，他身

上發燒的熱度燃著她的心。她含著淚，預備著晚餐。

第二天下午奶娘的大孩子來送信兒說小孩子不行了，婆婆說：「為什麼不給他吃藥呢？」

「吃藥了，姆媽叫我把藥方子也帶來了。」公公接過藥方看了，也是八行紅條信紙寫著黑草字。只是方子上端寫的不是「李小官」卻是「馮六爺」。他知道買錯了藥，孩子才會死得這麼快。孩子雖和他沒感情，但究竟是李家的根。於是怒向膽邊生，要到官裡控告奶娘。婆婆也怒氣沖天地附和著說告奶娘，奶娘大孩子嚇得臉焦黃，哭著說：

「姆媽不識字，爹也不識字，不是有意害你家小官官的！」

「莫告吧！小戶人家經不起官司的，他們既不是故意的，饒了他們吧，誰叫咱們把……誰叫咱們孩子命不好呢！」竹嬌流著淚勸阻著公婆勇敢的豪舉。

一個長工用小木棺把小屍體背回家來。昨天還活著向媽媽微笑的小人兒，今天卻全身鐵青、僵硬地直躺在小棺木裡。竹嬌暈過去。在黃昏的池邊多了一個小墳頭，青蛙咯咯的好像哀悼這小生命的夭亡。

她漸漸清醒了，對著窗戶有初升的月光照在竹叢上。她起來，打開窗子，一陣小風吹清醒了她的頭腦。她記得方才在堂屋裡，現在怎麼在自己的屋裡？她又想起來孩子的夭亡。她喃喃地說：

「完了，完了，什麼都完了。」她搖搖擺擺下意識地走到公婆的屋裡，機械地替他們收拾床鋪。他們並不驚訝一個悲哀過度而昏迷的人清醒不久就來工作，他們安適地吐了口氣想著：

「她並不難過，她還能工作，倒省下給兒子續弦的一筆費用。」

她孤單地呆立在自己的窗裡看著小庭裡的月色，她記起丈夫昨天在

廚房裡告訴她的：「坐著火車走！……用不了幾百塊錢開一個點心鋪。」她喃喃的：「走，走！」她輕輕地拉開立櫃的銅鎖，拿出首飾匣，顫抖的手拿出比較珍貴的首飾，又從另一個抽屜裡拿出從娘家帶來的幾十元錢——現洋，包好了，又包好了些應用的衣服，堅決地推開後門走出去，把門虛掩上。月已大亮了，照在一片片的池塘上、花上、樹上、廣大的草坪上、稻田上。她被這月光吸引住了，她記起那一群洗衣的伴侶，她有些留戀，可是熱地方的香蕉樹、椰子樹，又好像燈塔似的呼喚、引領她。她繞著小巷走到門前的湘江邊，她怕遇見熟人，她又走下去一個碼頭才坐上擺渡過江。月亮照著緩緩的江水，千百個桅杆在江邊靜靜地豎立著，千百隻船靜靜地休息在月光下。水冷冷的櫓聲，吱吱地送她向希望中駛去，她把整個的不幸如噩夢似的忘卻了。

登岸了，多店鋪的街上還有著小都市的熱鬧，她快走到李記麵食鋪的時候，忽然畏縮起來，自己覺得好像一個私奔的女人，勇氣消失了。正在猶疑、退縮、心和心交戰的時候，卻見丈夫從自己的鋪子裡走出來去敲一個鄰近的小門。門「吱」的打開，走出來的是一個女人。月亮照出她是個出賣身體的女人，竹嬌的丈夫醉醺醺地捲著舌頭說：

「心肝，等急了吧？」

「有好姑娘陪你，今夜不來也要得啊！」那女人怪聲怪氣不自然地撒著嬌，吱的一聲小黑門把這一幕怪劇關進去。竹嬌好像在看戲，她覺得那個男人並不是自己的丈夫，雖然他從李記麵食鋪走出來，雖然他穿著丈夫的衣服，雖然他用丈夫的聲音說話；但他是另一個人。丈夫是正直的，天真的，這個人卻是一個玩妓女的鬼！公正光明年輕的丈夫沒有了，一種惡劣的勢力把丈夫葬埋了。從悲哀和憤恨的幽暗裡生出這麼個可怕的狂蕩的鬼魅，這一切抓破她的幻想與希望，切斷了她的憂患和掛慮，她不悲哀，不懷恨，只是覺得空虛、輕鬆、安靜，過江的目的使她

忘懷了，她又上了另一個渡船，舟子已經睏倦了：

「這麼晚了還過江？」舟子埋怨著，卻撐開渡船。她怕他不肯開船，拋了一個雪亮的銀元在船板上，藐視地說：

「一塊錢一渡，要得吧？」

舟子笑了，一個忘記疲乏的感恩的笑，拾起錢來裝到衣袋裡：「要不了這許多錢。」船搖開了，船頭和船尾撥轉好了。江上的月是清白的，遠處近處，有霏霏的煙霧，煙霧裡回雁峰的影子使她記起山峰下桃林裡的娘家，她記起桃林裡的童年，她記起娘臨死時拉著她說的話：「這小妮子命不壞，我病不好了也放心她！她婆婆家有好幾頃水田，有鋪子，人口又少，公婆又不老，過門有吃、有喝、不用操心……」這些話在記憶裡如小冷箭似的刺在她的身上，皮上起著雞皮疙瘩。舟子問：

「停在哪裡？」

「眼前是什麼地方？」

「王家碼頭。」

「再撐下去！」她恨王家碼頭，她恨那一片洗過衣服的沙灘。船吱吱的在月光下晚風裡的湘江上漂去。兩岸的燈火如失了光芒的小星，錯落地流閃，飛逝過去。她自己忽然想到一個歸宿 —— 死，她命舟子攏岸。

「這不是碼頭啊！」

「這兒好，停下！」在一元錢的權力下，他順從地把小船停泊在這參差不平又生著小樟樹叢的岸邊。她回看長流的江水，她看著回棹的渡船，她要死。小兒清晰的笑臉忽然呈現在月光裡，她喃喃地說：「好！媽媽不叫江水帶走，媽媽要到小寶寶的旁邊去。」

她上了岸匆匆地走著，從小巷穿行著。小巷盡頭的幾棵大芭蕉遮

蔽下的小茅屋是女伴阿巧的家，她需要見她一次。她坐在小窗下的土堆
上喘了一口氣，她累了，小房裡沒有燈光。她站起來想走近窗子，聽聽
好友的呼吸聲。吧嗒！一個東西落在地下，是她的小包袱。她完全忘了
它，因為它已經失去重要性，它是個累贅，沒用的東西。在兒子和她的
未來世界裡，看這種東西如地下的破瓦礫，如糞土；可是在這兒卻人人
為它們賣命。阿巧的家很苦，送給阿巧吧！她叩著良友的門，小門是竹
片編成的，不十分緊，因為窮人家是不怕盜賊的啊，開門的是阿巧：

「大嫂！您？」

「我，是我，我不進去了。」

「您夜裡怎麼出來的？」

「偷著出來的。」

「進來吧！他們找您怎麼辦呢？這兒也是一個路口啊。」

她們靜靜地走進屋裡。

「大娘呢？」竹嬌想起阿巧的娘。

「在對面睡了。」

「我要出遠門，有些東西不好帶，送給你吧！」

「上哪兒？一個人？大哥也去嗎？」

「哦，這些東西沒用了，送給你也許有點用。」

「這麼一個包袱還不好帶？是什麼？」

「沒什麼好的，你留下，我們有更好的不要這些了！」她不肯說出
裡面是什麼東西來，更增加阿巧的不安，她放下包袱就走了。

「再見，阿巧，你是好心人，我喜歡你，你又剛強，又能幹，將來吃不了虧……」說完頭也不回地走了。阿巧莫名其妙地呆看著她異常的舉動，沒經驗的少女純潔的心裡只有「莫名其妙」。看她走了，很快很快地走了。

小墳頭在接連著池邊的地上沉睡著，月光更明澈了。水晶的世界絕沒有塵世間的俗慮與罪惡，池水是幾面照著水和樹影的鏡子，一個站在生死交界的少婦委靡地坐在小墳頭邊，一雙蒼白的顫抖的手撫摸著半溼潤的新土，淚一滴滴地無聲地落在墳上，沒有光亮的沁入土裡。突然她摟住這小土堆伏在土上嗚咽起來。漸漸的哭聲小了，她好似睡在那兒，處處是靜的。遠處的火車無力地喚了一兩聲，像是呼喚什麼，又什麼也呼喚不起的無力地停止了，連一個青蛙也沒有喚醒。

月下蜿蜒的小阡陌上狂奔著少女阿巧，她一面跑一面呼叫：「大嫂，大嫂；」沒有回聲，她覺得發生了什麼不幸的事似的，她嗚咽地喊著「大嫂……大嫂……」聲音在夜裡悽慘地寂靜地飛，飛向田間、水上、樹上、和遠遠的鐵道上、更遠的電線上；但是沒有回聲。她也跑到了小墳邊，夜風吹著竹嬌的白衣襟飄動飄動的，阿巧的視線被吸引住了。她抽了一口冷氣小聲沉痛地說，「是她！是她！」她恐怖地兩手推著兩邊的鬢髮，張大了眼睛看著這不動的同伴，她帶來的「那個小包」又被忘記的掉下來，落在竹嬌伸在地上的腳上。她悠悠的：「哎呀！」身子動了一下，這給了阿巧希望與勇氣，跪下去拍著竹嬌說：

「大嫂，大嫂這是怎麼說起的？」竹嬌聽了抬起頭來，看著她道：

「你去吧！我在這兒伏著好受。」

「不行，夜涼呢。」

「我什麼都不怕，涼點心裡痛快。」

「不是那麼說，我求你，先上我家去坐坐不好嗎？有話慢慢說。」

「……」她搖搖頭嘴裡動了動，沒說什麼又把頭伏在小墳上。

「你平時多麼明白呀！今天怎麼拗性了？你在夜裡的野地裡怕涼不怕涼我不管，可是過了夜，天亮了，家裡找到你，可怎麼辦呢？」

「誰還等到天亮啊！」她伏著臉回答。

「可是到底為什麼事？反正你不是真和我要好，你不肯和我說實話。」阿巧哭著說。她仍硬心不回答。

「你知道姆媽也老了，我又沒兄弟姐妹，平日拿你當親姐姐似的看待，你既然這麼見外，我也想開了，還等天亮哪！還不如我先死了。」她說著站起來要走向池邊，竹嬌清醒地拉住她：

「你死不得，你有希望，你不能和我比。」她用力出了一口氣又說：

「我完了，我給人出多少力，結果把我的什麼都奪去了，父母，孩子，都死了！」

「小官官死了？就是這個小墳頭？」

「死了，就是這個小墳頭，埋了我的小寶貝，她們要他死了，她們埋他在這兒。」

「可是你還年輕呢，大哥也待你好。」

「他？嘿嘿！」輕藐淒厲的聲音，似笑又似哭。

「他怎麼了？」

「他呀，他也死了。」

「沒聽人說呀，什麼病呢？」

「心病，死了良心的男人！」

「到底是怎麼回事？我真急死了。」

「可憐的孩子！你急什麼呢？世上就是那麼回子事，他不死又怎麼樣呢？一個男人家，他總是自由的，女人是他的奴隸。……」阿巧又像明白，又像糊塗的不知做什麼打算，半天她才說：

「大嫂，你比我大，我又嘴笨，說不出什麼來，你的主意還能錯嗎？可是咱們在月亮底下走走不行嗎？我長這麼大還沒敢這麼大膽地在野地裡看月亮，走完了，我回我的家，你打你的主意。」

「這有什麼，這個膽子我還有。」說著挽著阿巧站起來開始散步，阿巧走得很快，竹嬌也不問，好似在死前要抖擻餘力似的，也走得很快。一個失意的半瘋狂的少婦，一個清醒熱心的姑娘，走，走，越過鐵軌，到了一個橘林裡，白色的橘花在月下晚風裡放著迷人的香。林裡，一所厚木房，阿巧拉緊了竹嬌的手臂叩門，半晌一個含糊的老人聲：「誰？」「我！馬伯伯開門哪。」門開了，一個老人衰弱地抬眼家矓地問著這兩個不速之客。

「是阿巧，什麼事？這麼晚還出來？」阿巧沒及回答，竹嬌卻說：

「你進去吧！我走了。為什麼使勁拉著我？」阿巧不出聲用力把她拉進去，隨即關好門說：「李大嫂家有事，我們要見三姐。」

老人聽了哆哆嗦嗦地答應：「哦！好……哦……洋火呢？三伢子！起來，找洋火！」屋裡左邊門開了，一個人舉著美孚油的小燈出來不耐煩地說：「吵什麼？」隨聲走出來的是一個二十幾歲的青年，身材雄壯，赤露的手臂上布滿蜿蜒的青血管，突出的肌肉呈現著力。他看見阿巧，把燈放在她面前的幾上，牆上呈現出掛著的漁網和人影。他問：「什麼事？」又看見竹嬌，「啊，李大嫂……」老人卻不知什麼時候走開了。

「三姐呢？」阿巧羞澀地，焦急地說。

「早醒了。」門裡才發出這個聲音，馬三姑已經扣著衣紐子出來了。「喲？大嫂也來了，坐啊！」她先給竹嬌放好一個凳子，又去搬，看見哥哥早給阿巧預備好了一個竹椅子，她撇了撇嘴：

「西邊小道南邊拐，人人有個偏心眼。」

阿巧說：「講要緊的啊，三姐，你叫馬大哥駕了他自己的船過江找李大哥來，他們吵嘴了。」竹嬌聽見去找自己的丈夫就急道：

「不，阿巧！沒事，我先走吧！」阿巧按住她的雙肩，馬大哥從牆上摘下衣鉤上掛著的藍布衫，穿上就往外走，阿巧急急說：

「路過我家啊，告訴姆媽，我在這兒，不，不要說了，姆媽醒不了，李大哥的鋪子在太子碼頭，曉得嗎？」

「鬼才不曉得呢。」開了門，在月光下這青年飛馳而去。

太陽才升出地平線，天上充滿了瑪瑙般的光。湘江的水粼粼地發著瑰麗的光波，無盡休地流著，沿江而行的鐵軌上奔馳著一列南下的客車，不留戀，不退縮，向著目的地前進。任意噴著煙吐著氣，吼叫著，在軌道上自由奔馳著。一個半開車窗的車廂裡有一對青年夫妻，疲乏地偎倚著，閉著眼坐著。一會兒那青年的妻子醒了，張開眼，定了定神從男人身邊移近車窗，晨風吹著她的短髮，晨曦慈愛地照撫著她的臉，她看著外面空曠蔥綠的田野，看著遠方的江水與煙樹。

「天亮了，你早就醒了？」青年丈夫也醒了，對妻子說。可是她沒回答，仍靜靜地凝視著遠方，窗外風景迅速地倒退著。

「你餓不餓？」他說著從一個小竹筐裡拿出幾個混糖饅頭，兩尾甜糟魚，自己吃著，看看妻子仍沒有回答。

「怎麼了？還生氣？還沒忘？你也不怕對不起阿巧和馬家哥妹？」他說著咬了一口饅頭嚼著。對面椅子上的老頭，一個人半躺在一個座位上，枕著包袱，被那青年吵醒了，見他大嚼著，敵對地瞪了他一眼，又無可奈何地閉上眼，抓抓頭皮又睡了。

「誰能一輩子沒錯呢，改了就得！要是心窄想不開，可白找彆扭。切！再說，你是得明白，要是你天天守著我，我也不能學壞啊！你瞧著吧！日久見人心，我這話要不是從心裡說出來的，叫火車軋死我。」他已停止了吃東西，焦急誠懇地等著她的回答，她回過頭來看了他一下說：「吃吧！饅頭還堵不住嘴。」

「你不吃，我也不吃，趁早扔了它！」說著捲捲包食物的菜葉和紙包就要往窗外扔。

「你敢？那是阿巧送給我的。」她說著去奪那個包兒，被他握住了她的手，他撫摸著那長入肌膚的銀戒指，長嘆了一口氣。

第二章　輕煙

「多謝，多謝，就那麼辦吧，明早七點我用車送你們上車站……令妹也一齊走？好極了……再見。」父親掛上電話很高興地吸了一口雪茄，我合上才看完的小說集，看見父親高興的樣子不覺有點傷心。明天我就要離開家到北京去讀書，滿心的離別情緒見人家高興就感到加倍的憂鬱，我不覺憤憤地問父親：

「爹！您給誰打電話？那麼高興？」

「給王洪友——你王老伯的兒子，他在北京唸書多年了，地方人情都很熟，你初次離家，我不放心托他一路照看你，到北京你也有一個熟人，而且他妹妹也去北京。」父親說到這裡停了一下，高興得臉上蒙了一層淒涼的神色，接著嘆口氣說：

「你雖然已經十七歲了，可是從來沒離過家，從你很小的時候就身體不健康，你媽性情敦厚，你弟弟妹妹又多，對你們不免馬虎一點，所以我對你特別操心，你這次走，對我是一件大事。昨天在行裡偶然和你王老伯談起，才知道洪友也要走，我想這真是一個好機會。」父親說著又深深吸了一口雪茄，慢慢地坐在沙發裡看著窗外出神。

我把書放在小几上站起來掠掠額前的頭髮，擦擦疲乏的眼睛，懶懶地說：

「最煩氣和生男人一道應酬，這麼遠的路，可怎麼過去呢？女孩子就不是人嗎？為什麼必得人家照看呢？您太小看人了！」

「又說傻話了，因為你初次離家，到外面人地兩生，需要人幫助的地方太多，並不是我小看女孩子。洪友是一個老實孩子，絕不會使你厭煩的。」父親慈愛地說著，接著笑了。我見父親為我設想得這麼周到，方才的不高興早化為烏有，可是一種莫名的悲哀又從心頭湧出到每一個感官，淚一滴一滴地落下來，父親看我這樣就憐恤地說：

「青兒，你看，窗外的樹上那紅的是什麼？」

「海棠果。」我淡淡地說，用手帕拭著眼淚。

「你看天上那塊雲，有點兒像羊是不是？海邊上一定很涼快了，你不是說出門以前到海邊上好好玩一氣嗎？去吧，回來吃晚飯，我已經告訴他們晚上添了幾樣你愛吃的菜，去到海邊上玩會兒去，拿著傘。」父親說著站起來，不安地看著我，我聽了父親的話更哭起來，索性坐下嗚嗚地哭起來。父親靜靜地等著我哭得沒什麼委屈存留在心裡的時候說：

「青兒，起來到海邊上散步去，在樹林裡散步也可以，做一個勇敢的青年。你平常不是不喜歡看女孩子哭嗎？你知道男孩子是不輕易掉淚的。」我聽了這話，立刻擦淨了眼淚掠掠頭髮說：

「爹，我走了，你們等我回來吃飯啊！」我說著走出房門來。

「帶著傘哪！熱氣還沒減少。」

「不，我嫌麻煩。」我說完頭也不回地往外走。因為心裡並沒完全除淨了委屈，假如再不快出門，也許有很多機會讓我哭呢。

出來的目的地是海邊，可是就要離開的海啊，我真不敢見它，它同樣會引起我的悲哀的，所以我從小路上走到一個梧桐林。靜靜的幽林，兩排不是十分大的桐樹，夾著一條溼潤彎曲的黃土路，我一個人慢慢地走著。林盡頭的天上已經布滿紅的晚霞，海波瑰麗的光也不時射入林裡。大的碧綠的桐葉裝飾得那小天地有說不出的精巧和美麗，這些熟悉的小天地只有這麼一個黃昏的欣賞機會。明天的這時候就要在一個生疏的地方和一些生疏的人開始一段生疏的生活了。我正預備再次流淚的時候，忽然從夕陽的光輝裡走來兩條一樣高的狼狗，東嗅嗅，西看看的，牠們頭上都有精緻的皮圈和一條鏈子，牽著牠們來的是一個高身材的青年，他的頭髮在海風裡飄動著，他的身影清晰地映在天海交輝的紅光裡。他並不立刻走進林

子，任那兩條狗向前拉；他對著這時的天然美景出神，不過他的目的地卻也是這小林，他終於走近了。我因為是一個人走著，頗覺窘迫，又遇見這引人注意的生人，真有點恐慌起來。假如我是水之仙女，假如這兒有一個蓮花池，我一定藏在水裡，從蓮葉的後面仔細看這生人的面孔；可是我不能，我是人間少女，只有迅速地和他走著相反的路，而且希望他趕緊離開這裡，我好任意地吸口氣或小聲哼著歌曲，但是他並不走，也沒有拘束的意思，因為他拉著狗竟依在樹幹上，大聲地唱起歌來。唱得很動人，可是我卻有一點氣憤，因為他好像並沒理會我的存在，居然毫不拘束地唱起來，他顯然看出我的惶恐，故意對我示威！我對他自然也不能示弱，我假裝徘徊，故意轉身向他走去，看他究竟是怎樣的一個人物。走近了，他眼看著林盡頭的天，唱著，仍然不理會我的存在；這倒是個機會，我看見他並不是討厭的人，棕色的臉上有著令人難描畫的超然神色。可恨他的兩條狗卻誤會地奔向我，他才從自己的幻境中醒來，看見我驚嚇的樣子說：

「對不起，我的狗不會傷害您的。」他一面把狗鏈子拉得短短的，把一節節的鐵鏈纏在手臂上。

「沒什麼。」我說完匆匆地走開，想著這人好像在哪兒見過似的，可是究竟在哪兒見過，一時也想不起來。忽然想起一家人等我吃晚飯的事來，才從小路上一口氣跑回家去。

早晨到了，一夜沒得安眠，眼睛脹得難受，在客廳裡坐著看著收拾好了的行李出神，父親從院裡走進來並沒說什麼，只是在早晨的寂靜中等待著驟然的離別。

汽車停在一個靜雅的住宅外面，這房子面對著海，晨光照著閃閃的海波，海風吹著房前的楊樹。父親說：

「這是你王老伯的家……」話沒說完，許多人擁著一個青年和一個少女走出來，後面跟著兩條狗，從低低的車窗外我看見這兩條狗 —— 昨

天幽林中的狗，使我立刻知道所謂王老伯的兒子就是昨天樹林裡那唱歌的青年，因時間匆促大家沒讓我下車，那個青年卻坐在車伕的旁邊，那個少女坐在我和父親中間，她便是那青年的妹妹 —— 一個活潑可愛的姑娘。我倆都是初次離家遠行，所以加倍的親切，汽車駛向火車站，一路上她和我笑談著，於是立刻熟悉起來。可惜我們雖然都上北京去，所投入的卻不是一個學校，真是無可奈何的事。

火車開行前父親和那個青年談著高興而有趣的事，引得那少女不停地笑著。車終於開行了，父親臉上慈祥地笑著，可是在笑裡藏著憂慮，一面向那兄妹說著「再見」一面又叮囑我：

「到學校就給我來電報，小心身體……」車不等人說完話就走快了，我忍著淚向漸離漸遠的父親揮手告別，直到彼此看不見的時候才停止。

車廂裡人還不多，那青年仍沒減少對我的驚訝，那個少女告訴我她哥哥昨天遇見我的事，我只得對他們微笑。青年說：

「老伯和家父是好朋友，可是我們倒沒機會見面，昨天我那兩條狗使您受驚了吧？」

「沒有，我倒不討厭狗。」我一時想不出什麼來說，只得這麼回答他，當我說「我倒不討厭狗」時他好像很喜歡。可是他妹妹說：

「我最不喜歡狗，狗也不喜歡我，他的狗把我的貓嚇跑了呢，他從來不向我道歉。」說著，大家都笑了。我們用閒談、假寐、看書……消磨這不算短的旅程。一天一夜的車上生活過去了，到了生疏的北京：我總忘不了他對我的熱心幫助，一切取行李、打電報都是他代辦的。

一個新生活的開始是憂喜各半的，宿舍的同伴都那麼和氣，使我除了想家以外沒有一點痛苦，最希望的是星期六，在那天可以和王氏兄妹見面，談談我們熟悉的海、我們的樹林、我們的家……

　　漸漸的，鄉愁隨著天氣冷了下去，我對新環境有了濃郁的情感，和王氏兄妹早成了老朋友，他直呼著我的名字，我也不叫他「王先生」了。他時常拿出大人的神氣對付我，我們有過直爽的辯論，有過認真的爭執，可是彼此心中絕沒有懷恨的痕跡。

　　有一次他參加了一個歌詠音樂會，我和許多同學都去赴會，他擔任一個獨唱節目，在柔雅的燈光裡唱著動人的歌曲，一聲聲如電如力地打動每一個聽眾的心。全場那麼安靜，我坐在前排，覺得他唱的時候總看我；我覺得他不是「王大哥」了，卻是什麼故事的主角。他的歌聲撥動我的心靈，我低頭靜靜地聽著，我不敢抬頭，我的手帕卻被淚浸溼了，為什麼哭呢？什麼時候開始哭的？我都不知道，而且也弄不明白，這對我都很神祕！

　　音樂會散場了，學校雖未關大門，可是宿舍的鐵柵欄卻無情地鎖住了。怎麼辦呢？犯校規、記過，倒不著急，今晚上到哪兒睡成了重要的問題。結果一個淘氣的同學教給我們從柵欄縫裡鑽過去。

　　「那麼窄的縫子鑽進人去？」一個同學說著急得快要哭了。

　　「你看，只要能鑽過頭去，身子是不會留在外邊的。」那個淘氣的同學說著熟悉地爬上柵欄，先鑽頭後進身子。一、二、三，早進到宿舍的院裡面，大家在急難中也一個一個地學著鑽進去。幸喜沒人看見。

　　「喂！幾點了？」到臥室以後，我小聲問我的同屋。

　　「我的錶針在音樂會上鼓掌時震掉了。」她小聲連說帶笑地告訴我。我不由得笑著問她：

　　「哪一個節目值得你這麼鼓掌？」

　　「就是那個獨唱，她們說他是你的朋友呢！我想這次音樂會不知道要震壞多少手錶呢？」她說著和衣上床去了。我勉強辯道：「我的朋友？

誰說的？我可不配。」但是我的心卻輕輕地跳著。

第二天絕早起來，天氣已經涼森森的，我拿了信紙信封跑到一個小課室去寫信。我大膽地誇讚著他的歌詠天才和我的愛慕，卻怯懦地簽了一個假名字，我的內心交戰了一整天，在晚飯後才把那封信投寄了。

星期六又到了，我真怕見他呀。可是他終於接我到景山去玩。我感到惶恐、幸福、安慰，但我故意說：「妹妹怎麼沒來？我不喜歡景山，又沒水，又沒花的，孤零零的幾個亭子，有什麼趣？」說完了偷偷地觀察他的神氣，他真因為這句話失望了。他嘆道：

「你又哪裡知道景山的好處呢？既然你不喜歡，我就自己去吧！」他說著就走，我一時沒有巧妙的法子來給自己找退身步，急得險些落下淚來。他轉念一想明白我的意思了，笑著說：「走吧！在景山最高處能俯視北京全景呢。」我們無言地走出校門，許多同學在後面小聲批評著、笑著、指點著。

在景山上我們佇立著看深秋裡的北京，偉大的圖案哪！紅的黃的經霜的樹、綠的常青樹、金碧的宮室、灰的民舍、白的浮屠……近處的御河、遠處的城樓，孕育著千萬生靈的北京啊！我高興裡含著辛酸，我感到造化之偉大和自己之渺小。我叫他：「洪友！你看風煙籠罩著的北京多美呀。」他並沒回答我，只是依著亭柱看著我，倒使我手足失措起來。我呆立著，彼此又有片時的沉默。他說：「青，有一件奇怪的事求你替我研究一下！」我們坐在石級上，他鄭重地拿出一封信來，可了不得！就是我寫的那封信。他說：「你看，這信寫得太好了，只可惜不是真姓名，通信處卻是你們學校，我想你一定認識她，我也不用回信了，你帶信給她，就說我很佩服她的文才，只要她坦白些，肯告訴我真姓名，我們當然可以做朋友的。」我為了避免嫌疑，裝作仔細看那信。可笑，自己看自己寫給人家的信：

洪友先生：

　　美麗的秋夜，幸運領我去赴ＸＸ音樂會，我是多麼愛音樂呀！及至聽到先生的獨唱，才使我醒悟到以前所喜愛的音樂只是感官上的優美，先生的歌聲卻使我的靈魂都受到音樂的洗禮了。

　　當我見到許多人圍繞著叫你簽名時，我就悄悄離開會場，預備在清晨第一線曙光裡寫我欽羨的表白。我是多麼需要先生賜我一個友誼的回音哪，我不奢望著會談，我不苛求著社交的往還，只希望我們精神的友誼連繫到永永遠遠。

　　祝福我的阿波羅（希臘之太陽及音樂神）

愉快

田多麗×月×日

　　我看完信輕輕嘆了口氣，接著說：「你為什麼不回信呢，豈不負人美意？」他見我說這話倒使他迷茫了，說：「我還以為是……你真不知道這人是誰嗎？也不必研究了，我們還是快快樂樂地在這清爽的高山上多談談吧。只要不是你寫的信，沒有回信的必要。世事總是『事與願違』，越希望的越不來，不希望的反倒劈空而來。」我知道他的意思，我雖沒回答，但是心裡有說不出的喜悅。

　　我和他的雙重友誼順利地進展著，我已用「田多麗」的簽名給他寫了十幾封信，他也回覆了我不少的信，我已得到那清泉似的友情了，可是另一方面在「會談」時他熱誠的表示我卻沒敢接受。天哪！多麼奇怪的矛盾心理呀，以致使他在給「田多麗」的信上抒寫著繁多的情愛和哀愁。有一封信這樣寫著：

多麗，多麗！

　　你也如明月之遠在高空嗎？我也許會做一個海中撈月的傻子啊，假如你真對我如你信上所說的那麼愛慕，又何惜賜我一次短促的會談呢？多麗，你說音樂是「至上的神祕」，可是我以為少女的心情才是「真正的神祕」呢。

你按「夢」Tramuerei 的曲調填的歌詞，我正在練習著，預備在聖誕節的音樂會中，努力在千百個聽眾前唱出，但一想到「聽眾中哪一個是多才的多麗」時，則又心中悠悠萬般惆悵起來。多麗！勇敢些，賜我一個機會「一瞻丰采」啊！

洪友

聖誕節的慶祝音樂會使我感到無尚的欣慰與榮耀，他真在眾人面前唱著我作的歌詞，德國作曲家舒曼的「夢」的原曲是多麼優美、婉約、動人哪！他穿著黑色的禮服，在紫色的絲絨天幕前、幽靜的燈光裡站著，他手裡那折了又展開的歌詞紙片，呀，那紙片，就是我寄給他的歌詞。前奏過了之後他放開喉嚨唱著。每一個音符好像清泉的珠泡，又像明月的銀光，更如輕煙般的夢，重重在我上下左右纏繞。我內心有一句要炸裂而出的話：「我便是『田多麗』，我也是『方青』，『方青』愛你。」但是終於忍住，忍得頭痛起來。

兩年的光陰很快地過去了，我倆的友誼仍是雙重地進行著。但是他對於「田多麗」的好奇心減少了，對於「方青」的友誼又返回手足之愛。

我很幸運地在家裡過著暑假生活，時常和他到海邊去玩，或在小樹林裡散步，他的兩條狗也和我熟悉起來，他的弟弟妹妹也喜歡和我一起玩。多少沙灘上的追逐啊，多少月下的合唱啊，他真把我當作自己的妹妹了。有一天他居然坦白地說：「田多麗真奇怪，一到假期就不給我寄信了。我真感到寂寞，青！你們女孩子的感情為什麼這麼神祕莫測呢？」我只好對他笑笑，玩笑地說：「你畢業了，要成家立業啦！娶了王大嫂就不寂寞了。」我想他一定會追著打我，或者把我拋在海水裡，因為他力氣很大，跑得又快，曾那麼對我和弟弟妹妹開玩笑，所以我沒說完就站起來跑了。可是奇怪，他沒站起來，反倒招手說：「誰告訴你的？一定是我妹妹，因為她要約你和她一起做伴娘呢。不過這婚姻不是我自己訂

035

的，是由父親代辦好了。我一向是反對的，我很希望和一個心愛的伴侶過一生，父母代辦的婚姻到自立的年齡就自動解除它。可是兩年以來，知道世界上並沒有真愛我的女子，所以我覺悟了：婚姻的事說重要也很重要，說不重要呢也算不了一回事。別的事業有多少比婚姻還重要哪！何必因為婚姻傷父母的心呢，所以下月的婚期我也沒加可否。青，你賞臉替『我們』做伴娘吧！也許家父還要請老伯邀請你的幫助呢。假如你肯賞光，我們的婚禮才會幸福快樂的。」我聽了他的話，呆立在海風裡。心裡經過大力的震盪反覺得空洞、安靜、理智起來。雖然知道面前擺的是一杯苦酒，但是還要拿起杯子來飲。我很自然而誠懇地答應了他的要求。我也莫名其妙當時何以那麼慷慨，沒有眼淚、沒有嘆息，靜靜地完成了一個小而短的故事。

當我穿上白色雲片紗的長衣時我立刻想起在學校演戲時的情形。我如一個臨登臺的演員似的化著裝，把頭髮左三捲右一捲地垂在肩上，當我把銀葉做的白玫瑰插在髮際時，發現自己的睫毛上掛著淚珠，我機械地裝扮著自己，除了鏡子裡的動作與形態以外什麼也想不明白。四周是空洞的，心裡也是空洞的。

他們的婚禮全部進行完，大家張羅入席的時候，我覺得心裡好像卸了一個重擔似的輕鬆得很。輕得好像地心都失去引力，我的衣服、鞋子好像化成輕煙飛去，使我的身體接觸不到它們。尤其是頭髮，從髮根上起了一陣涼風，頭皮、頸項感到異樣的清涼，眼裡的男女客人也笑嘻嘻地頭向下腳朝上，喜對子、鮮花籃都上下顛倒了，忽地眼前一亮，禮堂中陳設的賀禮——阿波羅的石像變大了，他拿著豎琴的手向我擊來：於是眼前一片金星，又一片黑，耳邊則是一片急躁而短促的驚呼聲……以後我就不知道了，是一種我既不能招呼人，別人也不能支配我的奇妙瞬間。

自從經過這次昏暈之後，對於個人的死生禍福看得更加平淡，對於他人的安危反倒認真地掛唸起來。我很少出門，自己除了默想和看書以外，就是伴著父母兄弟姐妹談話。父親是最體恤我、最恩待我的人，所以有一天他老人家誠懇地對我說：

　　「你應當換換環境啦，有一個機會倒可以使你到外洋去旅行一次。」

　　「爹！是真的嗎？不管大國小國，我都願意去。即或是國內也好，暫時叫我離開這裡，出去讀書也好、做事也好。我想多得到些人生經驗，可以忘了自己，也可以學到些本領，來幫助比我更痛苦的人。」

　　「我們的公會最近組織一個經濟考察團，五天之內就起程到歐洲去。我馬上打發人給你去辦護照。可是，你的精神和健康受得了嗎？」

　　「您放心，完全好了。您知道那天太熱了，不然我向來不會暈倒的。」我說著努力地笑著。可是父親搖搖頭說：「強嘴的孩子！人太剛強、任性，終究是要吃虧的。」

　　很多日子不見月光了，庭院靜靜地搖著花樹的影子，我明晨又要開始一個較遠的行程。我要一個人和我的小天地、小家園告別。我希望帶走的是悲哀，帶回的是快樂。忽然，客廳的門打開，一個修長的人和父親走出來。他是洪友！！我立刻藏在丁香叢的後面。

　　「老伯！你不能放她一個人走，她的意思我明白了：那天她在暈倒的時候尖銳地叫了一聲『阿波羅』。她從先信中稱過我『阿波羅』：可是信總用假名。她行為很特別，我一向猜疑那些信是她寫的，可是在談話中她卻從未有過一次感情流露！我太愚笨了不能明了她，我悔恨！！我結婚那天晚上就病了。今天我來和您談談，老伯，我明天就離婚，和青一起出國讀書。老伯您千萬告訴她，叫她等我，千萬等我，我一個人足可以在路上照應她，和那次上北京一樣。」他說話的時候聲音急促而略

帶微弱。我倒很冷靜聽著父親的回答:「洪友!你們的感情怎樣我是一點不清楚的,不過我也相信她是始終佩服你的,你對她也有相當的友誼。她這次走是短期的。你也不應當把婚姻看得太輕忽,結婚不幾天又鬧離婚,對於新娘豈不是斷送人家一生的幸福?話雖這麼說,我也不願有絲毫專制的成分。你等我招呼她來商議。」我忽然顫抖起來,額角流著冷汗。天哪!這麼大的「試探」,我能勝過嗎?我聽父親叫我:「青兒,青兒。」我在樹叢後面開始內心交戰。我是應當女英雄似的跳出去痛快淋漓地責之以大義勸止他的感情用事呢?還是愛嬌地依在他的手臂裡求父親應允我們詩意的出走呢?感謝上帝!我終於勝過這個試探。當父親又叫「青兒」的時候,我遠遠隱藏著形體,揚著語聲道:「爹,我在這兒哪!您先別叫我吧,我的訂婚戒指掉在草地裡找不到了。我明天還要戴著出門,真是!還沒找著。您不要叫我吧,我要仔細找找。」求上帝恕我悽痛的謊言吧!我要成全另一個女人的幸福啊。唉!女人,女人的痛苦太多,而幸福太少。我寧可做一個幸福的成全者;我的話當時效力很大,在樹的枝葉間見他拿著帽子走了,音韻不諧地說著:

「伯父,再見……等有工夫……再來。」他匆匆地走在小徑上,有如赴敵的戰士。別了!我們別了,沒有眼淚,沒有纏綿的悲傷。只見父親在月下徘徊著,一聲嘆息 —— 為兒女而衰老的嘆息 —— 我將為此而努力做人!

當我從丁香叢裡走出時,腿卻麻木了,站在那兒,任晚風吹著我的頭髮、我的衣襟,任晚風吹攏浮雲蔽起月光。我聽見初秋第一聲蟋蟀。

第三章　林珊

　　湖底的冰已經失去原有的團結，悄悄地，在暗中互相分離，互相擊碰，清脆得如環珮的音響，那麼有節奏地，按照著春的吩咐逐漸融化了。那正是我們寒假後初開學的日子，有許多遠來的學子，載著新年未了的怡悅來註冊。

　　我們的宿舍原是在西樓七號，現在卻要換到東樓十二號。同屋也換了，我的新夥伴是一個可愛的洋娃娃似的女郎，就是林珊 —— 那一向被人稱作希臘美人的林珊，她和我不但同屋而且同班同系，因之她也很高興地移居到十二號來。

　　林珊是一個留戀夜色不愛早起的懶姑娘，相處不久，我們就為了起床的問題吵過幾次嘴，以至於一兩天不交談的事已經發生了好幾次，不過總是她先來遷就我，然後我們也就遺忘得乾乾淨淨又從新做起好姊妹來。

　　—— 下次絕不再晚起了，免得你操心，好黃芹！借我「維多利亞時代詩人」的筆記抄抄行吧？她拋下一本沒寫字的筆記本，拖著有小高跟的拖鞋走向我，懇切地說，臉上做出懊悔到十二分的樣子。

　　—— 自己拿吧！在左邊抽屜裡。真奇怪，上課為什麼不抄筆記呢？我的臉上並沒有笑容，矜持得十分夠味兒。

　　—— 唉！你知道我的座位靠著窗戶啊！春來了，在窗外的植物上許有許多新發現，柳條真像金線在春風裡披拂著，像古典美人的金絲髮…

　　—— 那麼一點也沒聽講？維多利亞時代在西洋文學上占多麼重要的位置啊。我不等她說完就搶著說。

　　一不，不！別冤枉人，我聽了。聽我告訴你啊：當我看著柳條的時

候，我聽杜教授正拉著腔調讀《莎綠特夫人》裡的一段，對不對？我說莎綠特夫人真傻，好好的世界，不說出來玩個痛快，反倒把自己關到古塔裡。你呀……早晚就會像她似的把自己關在……圖書館裡。說著，拖著有小高跟的拖鞋回到自己的桌邊坐下。我正看書，所以只看了她一下，沒接著和她爭論。不過她把我比成莎綠特─那中古的、犧牲在舊信仰下的女人，我真不服氣。書裡的線索已經紛亂了，我合起書本，看著她，找機會反駁，機會是這麼難找，她的確很專心地抄筆記，像一個用功的孩子。窗簾外射入金色的斜陽，金色光籠罩在她的頭上，她的手像順了風的小帆船，飛似的握著筆在紙上航行。她對於潦草的字往往認不清，尤其是夾雜著法文，那麼她就抬起頭來，作一個懷疑的鬼臉，看看我，我也就自然地走過去告訴她，她再一聲不響地抄下去。有著一個黑痣的柔腮，靜穆如一個遠古的畫像，我對這用功的小妹妹加深了喜愛，再也不想和她爭論什麼。

　　──啊！完了！她突地拋下筆，同時把筆記擲給我，隨即把她的筆記關到抽屜裡，快得像一陣旋風，緊接著換了一雙半高跟的皮鞋，披上短外衣，摘下牆上的絃琴，又匆匆地照一下鏡子，要走。

　　──快吃晚飯啦，還上哪兒去？

　　──學琴去！「去」字的尾音沒逝盡，她的足音已經走遠了。室內空洞而寂寞，如果不是飯鈴響，我真不知道做什麼好了。

　　在暖洋洋的三月簡直會叫人融化在自然裡，在我的寢室裡很少見到林珊的影子，除非在早晨，我起床的時候，她依然擁衾高臥。想到「春眠不覺曉」的句子真不忍心呼喚她，但是想到她每次遲到，在課室門外徘徊的那可憐像，我只得不再姑息。

　　──起來吧！珊珊！我呼叫著大家送她的雅號。

　　──啊！不冷！在草地上，滑音滑不好……斷了，弦斷……她說

了許多囈語，才惋惜地張開眼睛。

　　—— 起來！又要遲到，晚上總不肯早睡！

　　她看窗外的天色，知道不早，倒沒撒賴地跳下床，白色的睡衣垂在腳邊，她的頭髮蓬亂得像一個小瘋子，就這樣跑向洗臉房去。一張男子的半身相片掉在地上，自然她近來終日沉醉在外邊的引力就是這相片上的人了。他也是我們的同班，平日像電影上的武俠明星，身材很高大，喜歡穿有格子的上衣，有一對炯炯的眸子，不過在課堂上對答教授的問題時候卻完全如一個可厭的愚人，至少是一個沒有文學修養的人。不知道為什麼他會引動林珊的心，也許那句「戀愛是神祕的」話，在人間是有著真實性的。

　　暮春的月夜是迷人的，校園的湖畔山石中往往飄送出熱帶椰林裡的絃樂聲。留戀風景的人們誰也不肯很早地回宿舍，我在這樣的日子也不忍心捻亮了燈，只是打開窗子對著月下朦朧迷惑的遠近景物呆想。校舍的樓窗，多半閃著燈光，瑩瑩地形成一個神話世界，那些沒有燈光的窗卻像一座座小山丘，點綴著夜世界更其複雜而有神韻了。我安心地欣賞著自然界賜給的幽靜美 —— 是孤獨者特有的欣賞權利，沒有怨艾，沒有更多的希冀。

　　—— 把我拉起來！聲音自然是很熟悉的，那麼清脆那麼爽快，但是來得太突然，我微抖了一下，從寂靜的夢幻裡挽回我的神志。天哪，是林珊，她從第一層樓窗的爬牆虎的枝葉及凸出的花磚石上登援而來，右手伸向上，對我笑著。

　　—— 你呀！好好的怎麼不走樓梯？

　　—— 樓梯走厭了！她一騰身已經坐在窗臺上。我擔心地擁住她，她倔強地坐在窗臺上，雙足垂在外邊打鞦韆，月光正足，她凝視著天際

但隨即轉向我，微笑著。

——以後不許再爬牆了，那是男孩子的事啊。真的，珊珊！你怎麼今天晚上次來早了。

——和朋友吵嘴了。

——可是你臉上並沒有生氣的樣子啊！

——爬牆爬樂了，誰有工夫再生氣。

——你的朋友就是杜嗎？

——是他，你對他印象怎樣？

——很難說，我們還是不要背後批評人好嗎？我真想知道他怎麼會取得了你的心。

——我的心？我的心嗎？不是還好好的在這兒嗎？你說的是那般浪漫主義者說的形而上的心吧？好！我不妨都告訴你。你知道一件事關在心裡太久了，就會陳腐的，乘新鮮我告訴你……希望你有所收穫，把自己也解放一下好嗎？在這迷人的夜裡你為什麼不溜下樓去找一個朋友玩一個痛快，只是一個人坐在窗臺上發呆……

——像你這麼活潑的小鳥今夜都回到籠裡來了，我這在古塔裡關慣了的人，也就不便再出去啦！

——我呀！是例外，而且沉醉久了，清醒一下也未為不好。聽我告訴你啊，你可不許笑，我們第一次通訊息還是在課堂的桌子底下。

——桌子底下？

——嗯，桌子底下。那次是馬博士的文學批評，我最討厭馬博士的教學法，那麼嚴肅的一張臉，又喜歡叫人在堂上口答，批評、感想、

印象……胡問一氣，那一次大約是批評易卜生吧？我記不十分清楚了。
我知道他總要問到我，只好臨時求救吧。當時大家的臉色都那麼鄭重得
有趣，好像他們真是要開庭審判易卜生為什麼解放了娜拉似的坐得直直
的。你也那麼嚴肅。我右邊是窗子，後邊是牆，左邊是你，前邊就是杜
桓。我觀察了他一下，他的情緒相當安適，沒有恐懼，沒有掛慮，自然
也不嚴肅，所以當時他是我求救的唯一對象。我悄悄地寫著：「杜先生，
易卜生的作風略評怎麼說？請賜教，多謝。下課到合作社吃冰淇淋。」
然後從右邊的桌下遞給他……

　　—— 他就解了你的圍，是吧？

　　—— 哪兒？他很快地回了一個條兒：「林小姐！不行啊，我也不
會，所以下課的冰淇淋由我請。」

　　—— 於是下了課你們就去吃冰淇淋，於是就成了朋友……

　　—— 自然你猜得很對。我喜歡他的豪爽，比如他不會什麼就直截
了當地說出來，不做作。去年也是在文學批評堂上向那個王什麼求救，
可巧他也不高明，他卻掩飾地寫了好幾句錯誤的批判交給我，我照方一
說，叫馬博士瞪了我一眼，叫我立刻坐下細想。杜桓是個可人的青年，
他的外表很有中世紀的騎士之風呢。

　　—— 所以我說你也該學一學「幽靜」，中世紀騎士的對象絕不像你
這麼自由活潑，至少要在修道院或古塔裡關上一年半載的才夠味兒。

　　—— 就要悶死我啦。其實他也不一定完全像騎士。有一天才吃過
晚飯，我洗完澡，想到外邊散散步，在湖邊的山坡上，有男子低柔的歌
聲，間歇的琴弦伴奏著。我佇立在小松樹的後邊，傾聽著，歌詞雖然淺
顯，但聲調是動人的，當時我不知怎樣走到他的身邊，原來是杜桓自己
又唱又彈的，臉上充溢了沉鬱。我好奇地看著他，我們那時候已經一同

到西山去玩過一次，相當的熟習，而且我們都不會做作，自然地熟悉而親近起來。「這麼詩意啊！」我說著，坐在草地上。他笑笑把琴放在草坡上說：「不配！不過是自己對自己發發牢騷而已。」後來我終於探問出他煩鬱的原因，原來錢花光了，家裡還沒寄來，他說給我一切真實……

　　鐘聲沉重而蒼勁地傳來，我催促她快說下去，不然又要晏起了，她卻興盡了不肯再說下去，捻亮燈，唱起〈藍色多瑙河〉來。一片幽靜粉碎在燈光和歌聲裡，我也看看功課表躺下去尋夢。

　　暑假來臨以前，林珊出人意外地忙起來，琴寂寞地懸在牆上，換拖鞋的工夫都沒有地忙著看參考書，作文評，寫大意……我冷眼留心她每一樣功課只要是可以拿在堂下做的，她都是做兩份，自然有一份是為杜桓。臨急抱佛腳本是一件不十分愉快的事，林珊卻毫無怨色地做著雙重的繁難工作，我很替她擔心，唯恐她做不好，影響了他們兩個人的學期成績。不過她的性情又很難插入意見，因為她如果需要人幫助就毫不顧及地來找我，甚至於求我都可以，如果她自己認為可以勝任，卻絕對不容人過問，所以我只有暗中替她著急，絲毫沒露出來。

　　夏夜已經被玫瑰的氣息充滿了，只要你開著窗子，就會有陣陣的芬芳毫不吝惜地吹送進來，窗紗徐徐地搖曳在晚風裡，一切都是舒適的。可愛的林珊正好完成了雙份詩評，對我笑笑就入睡了，安然沉睡，呼吸得那麼勻，淡紅的夾被有一半拖迤在床畔，燈光柔媚地照著她，令人想到兒時讀到的「林中睡美人」的故事。

　　我有著一半好奇一半掛慮的心情，無論如何不能入睡，後來鼓足了勇氣到桌上拿起她的作品來，手抖著，秀麗的字像她的微笑似的映入視線，我第一次對她敬服著，她的文字表現了她不願顯露的天才，我想假如我們的教授對她沒有偏見的話，她的成績是驚人地進步了。我的心為

喜悅而跳動著，並且含了輕微的忌妒，不過瞬息就消逝了，忌妒是抵不過崇敬的啊，我相信此後林珊是個用功的學生，在課堂上馬博士不會再給她難堪了。

季終考試完畢以後，我因為趕一點法文仍住在校裡，林珊也因為不肯離開杜桓並沒回家，他們在快樂裡沉醉著，不知道哀痛是什麼。杜桓是一個世家子弟，生活奢侈到十足的程度，林珊也是一向在華美的世界裡任性享受慣了的，為了她的浪費，我們又有幾次口角，我罵她是洋貨的消耗者，她罵我是關在古塔裡的莎綠特。不過我們的友誼反倒與口角的次數俱進了，她從來不因為我煩瑣的干預有過隱瞞我的事，我也從未怕她隱瞞而不去干預，各不相擾地發揮著各人的性情和意志。

—— 黃芹！我訂婚了。有一天我們在屋裡靜靜地讀書時，她打破寂寞地對我說。

—— 和誰呢？我心裡知道一定是杜桓，可是像林珊這樣活躍的人說不定會出人意料之外地做了愛人以外的男子的未婚妻，那麼一來才有趣。

—— 還用問嗎？自然是和杜桓啦！你看，他給我的戒指是從遠方買來的紅寶石鑲就的，紅得像東方的朝陽。

—— 你們貴族的婚姻不是要用鑽石戒指下定嗎？

—下定？你說得多麼粗俗啊！我們因為鑽石成了一般俗人虛榮心的目的物，白慘慘的一點也不美，我們用這紅寶石象徵著我們未來的幸福和喜悅……杜桓今天太快樂了，狂了似的拖著我在女生會客室跳起旋律舞來。她說的時候眼睛看著窗外，幸福的微笑隱在她頑皮而俊俏的嘴角。

—— 他一定還送了你一些更珍貴的東西吧？你也太快樂了，珊珊，

我聽見你微微顫抖的聲音，就知道你們太幸福了。

——他……給了我更可珍貴的東西……她憧憬著，望著窗外，臉色紅潤如春日初放的海棠。我從未見林珊羞澀過，今天我看見了，她不敢正看我，躲避著我的視線。

——拿來給我看看吧！

——哦！不能。

——為什麼呢？我又看不壞。

——……你不笑我們嗎？唉！黃芹！我們是必須在開學前結婚了，他待我太好了，他給我……

——什麼啊？再不說，我就不問了，人們都有守著自己祕密的權利，不是嗎？我半躺在自己床上，向窗外望著晴空的白雲，不去看她，也不再問她。

——好黃芹，別生氣啊！我內心是不能存一絲祕密的，不過……黃芹！你還跟我好嗎？她的確可憐得像一個孩子，跑來坐在我的身邊。

——什麼力量也不會破壞我們的友誼啊，除非你們結婚以後忘了我。我說著，有些傷感地略變了些腔調。

——是不是？你難過了，黃芹！只怪我，今天他狂喜地擁住我跳舞，他的內在熱力電般地威迫著我，他……吻了我……我沒拒絕他。黃芹！你會看不起我吧？可是我心裡存不住絲毫的祕密，寧可叫你看不起吧。我並不怪他，只怪我自己不拒絕他，你知道在當時我暈沉沉的又輕飄飄的，忘記世界上一切事物，只覺得天宇、房屋、樹木、我和他都被一種神妙的力編織成一個，再也分不開。好黃芹！……你不許告訴人，你不許笑，你馬上忘記這件事。她投在我身上哭起來，又笑著，不知她

此時心情究竟是什麼滋味。

　　她太天真了，太可愛了，純潔的心靈又怎能容下祕密呢？在小說上記載著的情侶們不是在初見就會有著親吻一類的把戲嗎？他們是可原諒的，至少我會原諒她的，縱然對杜桓沒有過好的印象，但我相信他們是幸福的。我想在她結婚的那天，我要穿一件華麗的衣服表示我的喜悅，這筆費用我馬上就該寫信向父親索要，免得臨時來不及。我們當時各自沉在自己的幻境裡沉默著沒有話說，只是蟬聲悠悠地訴說著「熱啊，熱啊」的。

　　已經到了開學的日子，林珊的婚期依然沒有消息，而且她的神色也換得和往昔迥不相同，寡言笑，望著遠方，上下樓梯也是一步一步地像一個初下飛機的公使夫人，對這世界是生疏的，因而自己的姿態是那麼神祕、空幻。這一切對於我是一個不小的打擊，我感到孤獨和哀怨。我想到林珊一定被什麼非常的變故所圍襲，把我倆的友誼全個忘記，但是她又不常出去，往往臉向牆在床上讀小說，或者縫綴一些不必要的針線，比如從先高興時繡著的枕頭袋，因了興盡沒做完的工作，她重新拾起來一針一針的繡著。自然她不會用這些東西來作嫁妝，我是知道的，但她突然的改變我是絲毫也想不清，最奇怪的是她不接受任何人的拜訪。

　　—— 珊珊！我不知道該說不，你怎麼改變得這麼厲害呀？我看了真難過。有一夜黑沉沉的要有雨來，我們熄燈後各自在床上反側，我再也忍不住地這樣問。

　　—— 我嗎？你也覺出我改變來了嗎？唉！我還以為你再也不肯多管我的事了呢？原來你仍然關心我，我不能不改啊，命運使我改變……

　　—— 告訴我，你是不能擔當過多的痛苦的，我該替你分擔哪。

　　她聽了我的話並不回答，良久，我聽見她哭出聲來。

——啊！好珊珊不許哭，你說，誰欺負你啦？杜桓嗎？我忍不住義憤填膺地捻亮了燈，跳下床去，光著襪底跑到她面前。她的枕頭已經被淚水漬溼一大片。

——請你不要冤枉他，他一向是和從前一樣好，他也和你一樣的莫名其妙啊……黃芹，你暫時不要理我，也不要離開我，叫我哭一個痛快，以後我就不再哭了。她說完了果然放聲哭起來，像一個受了委屈的孩子，我也不便阻止她，直到她哭得疲乏為止。

夜已經深沉了，她哭完了，爽快地拭著淚，又恢復了從先的樣子，臉上鬱悒之色也減少到毫無蹤影。

——從此以後我和杜桓再也不是一條道上的人了，我父親破產啦！我必須設法節省，甚至於應當自食其力。杜桓仍是有產階級的驕子，我該叫他忘記我！哎呀！黃芹！我真差一點要自殺，投到清澄的湖心裡，極有詩意地死去；可是不知道為什麼，我又想到死後浮屍的可憎模樣，我立志不那麼傻氣，不但要活下去，而且要活得很好，然後給父親增加勇氣。我的全家仍有一個好前途，是吧？咦？你怎麼落起淚來？何必難過呢？我哭完了馬上鬆快多了。

——那麼你和杜桓就這樣悲劇似的分離了嗎？我自己也聽出我的語聲有些嗚咽。

——悲劇總比喜劇夠味，說不定也許是一個問題劇呢。你還有「點心」嗎？我哭得餓起來，運動的確幫助消化。

——奇怪，你似乎又活躍了，近日來那寡言笑的神氣又做得那麼像。我把一盒蘇打餅乾遞給她，她吃得很有滋味。

——你還以為我的難過是假裝的嗎？我真難過，倒不是怕受窮，實

在是因為事情來得太突然了，命運是太不客氣了，一點也不容人準備，現在講給你聽了，我感到無債一身輕呢。我本想回家去看看從經濟場所失敗下來的父親；但是父親來信不許我回去，他說等著把小範圍的家整理好再通知我。父親是個好強的人，自然他不願意叫我看到家裡的狼狽情形，父親一定消瘦了，我想。

——不要想得太糟吧，伯父是有經驗的人了，處理生活總不會像你說的那麼難。杜桓那方面也不要太決絕，無論如何你們的性格是相同的，其他的家庭狀況豈不是微枝末節？

——你不要勸我，我的心又亂了，亂成一團，我還不如死了好，咱們不要提他，不要提他……

果然我們有一禮拜的時候沒提到杜桓的事。註冊手續辦理好以後我們對齋務主任要求仍然同住在原來的宿舍。雖在初秋，炎夏的餘威仍沒全消，午飯後我們各洗了一次澡，因為沒正式上課，很想睡一次痛快的午覺，當我梳著水溼的頭髮時，卻有校役喊我的名字。——誰找我呢？我疑惑地說。

——也許是他，杜桓。林珊像受了驚似的握著我的手。

——他找我做什麼？

——一定為我的事，他自然知道咱們是最要好的。你去嗎？

——為了你，我是要去的。我匆匆又梳了一下頭髮就跑下樓去，因為校役喊的聲音很大很急，我是經不住誰喊的。我覺得杜桓是個待救的人物，再也不容我遲緩下去，當我走出甬道，林珊也追來。

——你不要把我的家務告訴他啊！她說著眨著忽閃急爍的黑瞳子。

——知道！我一溜煙拋下她，奔向會客室去。

在那兒已經有幾對賓主小聲地談著話，或者低悄地笑著，也有的翻閱著茶几上的畫報焦急地等待著。杜桓在棕色的地毯上徘徊著，見我來，揚著帽子，撥開煩憂笑著，那偉梧的形體襯著室內古雅的陳設很相稱。我讓他坐在一張紅色的沙發裡。

——不忙嗎？黃小姐。他的聲音很誠懇而簡練。

——沒上課，不忙，您的功課訂好了沒有？

——訂好了，馬博士的「論理」我沒選。林珊……怎樣？好像許多日子沒見她了……不客氣地說，我今天來是打聽她的。她總不肯見人，黃小姐！一切不怕你見怪，我和她在一塊的時候沒有一次不提到你，我知道在同學裡她最和你要好，我們的事你也知道一些吧？我們……已經訂婚了，我認為這是一件值得告訴朋友的事，自然她也沒隱瞞你，誰想到訂了婚倒疏遠了呢。他說著捏著帽子的邊緣，搖著，輕輕地唏嘆了兩三聲。

——的確，她變得是太快了。

—你沒聽她說為什麼不滿意我嗎？自然我不是沒有缺欠的，但是她原來最能原諒我啊。黃小姐！我們都是同班，求你幫助我，告訴我她為什麼厭棄我。他的直爽並不次於她，被愛情惹苦了，臉上再也找不出歡樂來。

——你放心好啦！她是另有苦衷的，絕不是對你有不滿意。

——她的苦衷是什麼？你替她說了吧，我求你，我該替她分擔哪。只要她還理我，什麼苦我都不怕。不，只要她不痛苦，不理我我也不怨，她不肯對我直說卻叫人傷心。

——杜先生，你們都夠忠誠的了，我自然要盡全力使你們減少痛苦，為你們從側面盡我應盡的力。至於她最近心情的轉變還是叫我守著

祕密吧，我已經答應她了。

　　——她不再見我了嗎？

　　——不至於吧，她還要上課呢。我安慰著他。

　　——在課堂上能說什麼呢？在路上等著她又怕她不理我……

　　——我見你平素頗有勇士的風度，怎麼對於她就前怕後怕起來？我笑他那為情愛弄愚蠢了的神情。

　　——啊！也好，也好，我在上課經過的路上等她吧！謝謝你提醒我，謝謝！他話沒說完就告別而去，似乎馬上就去等待林珊，在上課必經的小路上。

　　林珊問了一切我們會見的情形，她卻不肯出宿舍一步，我真後悔不該說杜桓等她，但是她這麼做又太可惱：為什麼一定叫一個好好的青年陷在哀痛裡呢，而且對她自己並沒有好處。

　　——那麼你永遠不見他了嗎？我微慍地責問著。

　　——至少是會見的方式不同吧。說完了就緊緊閉著眼睛，閉著嘴，像一個美麗的石像。

　　上了一禮拜課，林珊總托我為她請病假，不出東樓一步。自然我們又有過幾度口角，但她絕不動搖地請著假，借我的筆記。有幾次見她有些消瘦，不由想起她罵我的話來，她卻成了關在古塔裡的莎綠特。我自然不忍看著她有莎綠特的結果鬱悶而終，所以總希望她能從怪誕的見解裡解脫出來。

　　照例在秋季開學不久的時候，有一次迎新會，為了歡迎各地遠近而來的新同學而貢獻著精美的遊藝。白天的遊園會舉行完了，晚上接著在大禮堂有遊藝會，布告貼滿各處，用不同的文字和不同的字體寫著色調

不同的標語，一草一木都呈現著親切與喜悅。開會的秩序表也張掛在禮堂外的布告牌上，音樂、舞蹈、話劇……一共十幾項，但那最引人注意的是紅筆的字跡：「歌劇《謙屈拉》，泰戈爾原作，林珊主演。」

——我今天可要看見她啦！今天！看完布告，杜桓突然跳在我的面前，有如久別的弟兄似的握住我的手說。

——她近來一步也不出宿舍，什麼時候排的歌劇呢？她演得好嗎？也許她根本不知道這回事吧？

——這倒不用擔心，我相信她會有驚人的成績！他那麼堅信不疑地說完，匆匆走開，連一句再見都沒說。

今天新同學是很幸運的，除了幾個裝束態度特別的，在白晝被人在湖畔浸溼了以外，別人都那麼喜滋滋地坐在禮堂的前幾排座位裡。因為沒找到林珊，我只好自己赴會，杜桓卻預先給我占好一個座位，熱誠地和我說著他今天的快樂。不過他的話多少有一點欠倫次，忽天忽地的，我只是笑笑，點點頭，或者回答著「是」「不」一類的單字。

開會的項目流水似的過去，在我們有成見的心裡，卻焦灼地等著《謙屈拉》上場。看哪！第一場是印度山林的野景，大葉的植物和紙作的濃豔的花朵，十足地表現著異國的情調，一個戎裝的少女上場了，這就是古印度公主謙屈拉，她有著剛毅的性格，自幼男裝，好打獵，英姿奕奕很惹人愛。

——林珊！杜桓似乎都忘了這兒是會場，好像他也正在劇裡的山林裡奔馳，甩著帽子站起來叫，我急拉他坐下，幸好觀眾沒人注意他。臺上的林珊果然轉過身來，用她特有的女中音唱著頌讚山景，我們才知道是異國文的劇詞。當電光裡的春神、花神出現的時候，她又唱著祈求美貌的禱詞，漸漸的，她脫下戎裝，穿上公主的華服，垂著長大的綴著

珠寶的兩條辮髮。

　　——　她的頭髮長得太快啊！杜桓喃喃地。

　　——　假的，先生！我的聲音比他還小，因為會場太靜，誰也不忍心少聽一個音符，不肯少看她一個動作。

　　第二場謙屈拉已做了一個王子的妻，她是美如明月地歌唱著謙屈拉的幸福，背景是華貴的古王宮。

　　——　那個王子是誰扮的？杜桓問。

　　——　大約是社會系的一個姓……楚的吧？我仍專心看著臺上。

　　——　林珊在什麼時候和他排戲呢？我一切都不知道。杜桓說。

　　——　靜一點吧！先生！我十分焦急地說。

　　他以至大的忍耐看完歌劇就走出禮堂去，我也莫名其妙地追隨他出去，我們無言地走在秋夜的清涼裡。

　　——　謙屈拉似乎和原作有點出入呢。我不經心地說。

　　——　原作？啊！我恨林珊！黃小姐，我不陪你走了，找她去！他狂癲地走向禮堂的北門。

　　禮堂的後臺並不十分亂，林珊劇裝還沒換下去，假辮髮垂在腰際，她見到杜桓略略驚悸一下，但又鎮靜下去，微笑著。

　　——　你做得太好了！珊珊。真怪！你並沒排練呀。我搶著說。

　　——　在中學演過，只這兩天唸唸詞，自己唱唱就可以了，他們要排我就不演了。她已經把假髮摘下去，原來的捲髮又美麗地襯托著她愛嬌的臉龐。

——珊！杜桓很感動地握住她的手，叫了一個字，再也說不出什麼來。

我約他們到外邊去散步，林珊並不拒絕，我不勝驚訝；我留下他們，自己先回去，林珊也沒拒絕。我更加奇異而疑惑地歸去，不安地等著她，一面也想著她終歸是要演一幕喜劇的，不由得我又幻想起在她的吉期我的穿著計劃，大褂子是過時了，必須要一件好夾袍。我想著終於抗不過一天的疲乏而沉沉入睡了。

翌晨我醒來已經八點了。林珊的床空著，有一封信用粉絲帶繫在我的燈傘上，信是她寫的，皮上寫著：「黃芹，黃芹！」親切地重複地寫著我的名字，此外沒有別的稱呼。什麼時候留給我的呢？我一點也不覺得呀！我真沒用！我匆匆打開信紙，呀！林珊走了……

黃芹：

再見！我先祝你好，因為我的話不知從何說起呢，不過我想什麼也沒有祝你好還要緊的，不是嗎？我決心離開這座夢幻的藝術宮，走到現實生活裡去，自己也知道這不是一件容易的事，但是不容易的事「才夠味」啊！「才夠味」三個字是我倆的口頭語，你明白我。你說我走的「夠味」嗎？本來該在暑假之末悄悄走開，但是那太平凡，不夠味，而且對於這個美夢多少又有一些留戀，至少我還想和杜桓痛痛快快地玩一次。在我出走前，他一點也不知道，和你一樣。臨走沒有什麼送給你，只是那雙有高跟的拖鞋送你吧，你曾幾次讚美它著地的聲音，其他的東西隨你用，或者標賣了，冬天捐給窮人。我不再要它們，一則它們過於華麗，日後的生活要它們沒有用；二則我要在生活轉變的時候做一次豪爽，你一定會替我辦的。我只拿走我的琴，那一度安慰著我心靈的好伴侶，另一樣我拿走我的鋼筆——它是有用的。

朋友！沒有感傷，沒有過多的告別辭，我走了，我穿著平底鞋走的，路途儘管坎坷，我自己先要站得穩，對吧？啊！再見！

林珊

　　我茫然地張望著校園的石子路上有穿著黑色長衫的歌詠隊走向禮拜堂去，鐘聲又遠遠傳來。林珊哪！走得已經很遠了吧？啊！林珊！

第四章　江干落日

那些日子峰時常發脾氣，我就特別地思家起來，所以兩個人時時相對無言，或各自喟然長嘆著。漫漫長夏的日子就那麼憂鬱地度著，好像「雷雨以前的悶熱」似的弄得人煩躁起來。真想崩山倒海地鬧個痛快，兩個人的鬱悶終究是要爆裂的。

果然，那是五月的一個下午，峰從公司下班回來，我正出神地讀著一本小說，雖然知道他回來了，但為免了彼此不自然的招呼後的窘迫起見，我仍低著頭讀我的小說，可是已經心神不寧靜起來。我聽著女僕給他倒洗臉水的聲音，他自己喝涼開水的聲音，往桌上扔白盔的聲音，換拖鞋的聲音……如鳥噪似的在聽覺裡亂成一片。我與其說昏亂不如說膽怯起來，抬起頭來怯怯地說：「回來啦？」「嗯，沒死在外頭……」他昂昂地說了些話，我只聽見一半。我用小說扇著涼，外面金桔花正濃郁地放香，我心裡想：「……奈何天。」女僕把晚飯擺好了，我們默默地吃著，一根魚刺卡在他的喉嚨裡，嘩啦！爆發了，如急雨迅雷似的爆發了，他把一盤魚全摔在地下，把我的鞋濺汙了，地下油了一片。女僕無言地打掃著，他轉身出去，不知到哪裡去了。女僕小聲問：「先生為什麼生氣？」「誰知道，發瘋罷了。」我說著站起來，打手勢叫她把飯菜拿走。她收拾乾淨了，屋內也靜寂起來，窗外的金桔花寂寞地放著香，夕陽從窗簾縫裡射進長長的金光，光射在父母弟妹的合影上，那安樂的家，慈祥的父母，友愛的手足，我卻離開，和他來到生疏的異鄉。他呢？又這樣好怒，我伏在床上哭起來，哭得很痛快，心裡的鬱悶似乎掃蕩一空，我就洗洗臉，換了一件洗過的衫子，拿了一把葵扇走出大門，到江邊去散步。

還沒走到江邊就聽到吱吱的搖櫓聲和水鳥拍翅聲……我的眼哭得很難受，只得低頭往前走。忽然眼前一片異彩，我抬頭一看，啊！落日！江上、天上、人間完全是紅色，真是「滿江紅」。小船上搖櫓人的藍衣

也成紫色的啦。我的眼被照得眨眨的，我感到陶醉，可是也想哭，因為我感到孤獨。忽然有人在我背後說：「你也來啦？」是峰的聲音，我更想哭，因為我感到怨恨，我頭也不回地背著落日向一片平沙走去。沙岸上有下垂的修長的枝葉，我倚著樹根坐在溫暖的沙上，我用葵扇遮住臉，淚從眼裡涓涓地流出。一陣晚風吹得我抽泣起來，沒有完結的淚和江水賽流起來。

　　離我五六尺遠，他也坐下了。他從沙裡拾了許多小石子投向琥珀色的水波里，激起成串的紅珠。江邊漁船上有女人在小爐上燒菜，漁人安閒地吸著旱煙。拉船纜的弓著腰排成行列從我們面前走過，沙灘上留下他們的足跡，那麼深，那麼清楚，他們走過去，他們所拉的大船載著竹竿、木材……沉重地從江面上拖過。吱吱地響，有節奏，有規律的，江水劃出條條紅色的瘢痕，他們是拖著沉重的使命的，遠遠地劃向目的地。我的淚已經乾了，我的扇子不知什麼時候掉在沙上。天水之間的紅光已經變成丁香紫色，落日已全沒在山後。幾塊白色微紫的雲多變地浮在天邊。他沉靜地望著天邊，我想「永遠這麼靜就好了」，我還沒想完，他掉過頭來。我轉過頭去看對岸的塔尖。

　　他坐的地方又近了，不過和我二三尺的距離。我感到窘，匆匆的心情瞬息萬變，「他一定會和我正式地談論什麼吧？」我想。真的，他說話了：「湘，你的眼睛怎麼啦？」我微慍地說：「明知故問。」「說實在的，這些日子我真不高興。」「不高興就折磨人，跑到幾千里以外來受氣。」我說著又流下淚來。兩隻白色的水鳥翩翩地追逐著飛掠過我們頭上，我們同樣感慨地喟嘆了。他接著說：「不過我不高興也是有緣故的。」「……」「湘，你心裡是不是沒有我的存在？」「你就專會派人不是。」他沉默了一會兒說：「上禮拜六下午的事你還記得嗎？」我問：「什麼事？」他半晌沒說話，我好奇地問：「什麼事，你說。」他喃喃地說：

「那天下雨……我下班沒雇著車……身上全淋溼了。可是一進屋門你第一句就問：『有家信寄在你公司嗎？』我身上的淋溼一點也不過問。」我恍然大悟，他一星期來發脾氣的原因就在這一點。天哪！我不但不知道，就是知道也忘淨了。難為他記得這麼清楚，我又覺得可笑起來，他淒然地自語道：「家信在你心裡的地位要超過我一萬倍……」，我這時的心情很難描述，有同情、愛憐、趣味……各種紛雜的情緒。我掩飾地說：「外面下雨我全不知道，你如果告訴我，我絕不會先問家信的。」「告訴？這是需要體會的。」「那麼我慢慢地練習吧。」

天色已由深紫轉到深藍，人更少了。江岸的桅杆靜靜林立著，對岸佛寺的晚鐘已經響起。晚風吹在身上感到異常清爽，我們沉靜地散步，我又聽到他嘆息了。我覺得他心裡一定還有什麼隱衷，我的性子是爽快的，多少有些傻氣，如果終日叫我「猜」「體會」……不上半年就會悶死的。所以我只得問：「還有什麼不高興，索性都說了，省得天天發悶氣。」他笑了一下，很不自然，很苦。慢慢地說：「還有你，好不好把看書的時間改一改？」「看書的時間？我沒有一定的看書時間，怎麼改？」「比如我上班去的時候，你看書，我下班以後，你就休息……」我笑著點點頭。我問：「還有嗎？」「可見人總是不知足的，不妨再要求一件事。」他說著笑了，一禮拜沒見的笑容，對於我真是感到珍貴。可是這一件事是什麼呢？如果還是限制我看書，我也許要惱了，或者認真和他談判。所以我莊重地問：「請說吧，我力量能辦到的無不遵命。」他欣欣地說：「明天老王請客，許多先生、太太、夫人、小姐的，自然也請你去。你如果肯，請你穿那件粉紅衫子，還有那一對三個大圓連環的耳環也戴上好嗎？那雙白高跟的皮鞋……多美！」「你必得把我打扮得那麼妖，才……」

夜已深了，我們走入歸途，遠遠地看到門口處，女僕和鄰婦們交頭

接耳地議論什麼。看見我們走來，驚訝了一下，就各自散開。我們走近時，她搭訕著說：「太太洗澡吧，水早就溫好了。」我點點頭，走到幽暗的臥室。一室櫚花香，我們不忍打破這一團清靜，誰也沒開燈。我說：「今天我差一點就投江啦！」他在幽暗裡說：「我也那麼想了呢。」我小心翼翼地從衣櫥裡拿出兩份潔淨的浴衣。鄉愁已經化為烏有了。

第五章　魁梧的懦人

　　朝露尚未消逝，顆顆在玫瑰的蓓蕾上閃爍，像明珠。

　　山喜鵲翹著長尾在牆垣上站著噪，不時投入樹叢裡，啄一粒熟透了的櫻桃，紅溜溜地鑲在牠的尖喙裡，又喳地一聲飛去。小麻雀瑣碎地跳著叫著，不知在做些什麼，還是在尋找些什麼，有如一些無事忙的小婦人，沒有一分鐘的閒暇，也沒有半點成績。

　　初夏的早晨，僅僅這小窗外的小巧之景就夠人留戀的了，何況陣陣的玫瑰香甜又不停地帶來我對城市裡的記憶呢。

　　其實我只愛著這富有田園風味的家，一向厭惡都市生活。為了讀書不得已的住在囂塵裡，但有假期就回來；不過今天略有不同罷了，一星期的春假並沒回家，因為在都市裡有比玫瑰更可愛的……呀。我的意芬會使我忘掉一切呢。她如果見到現在窗外的晨景不知要怎麼喜歡哪。昨天晚上因為途中跋涉過於疲乏了，也沒得機會把她的事告訴父母，今天再也不能緘默了，起碼先告訴母親，因此再也忍不住，匆匆披衣下床，準備在早飯時陳述一切。

　　「你看，還是毛手毛腳的，眼看要娶妻的人了，還這麼孩子似的。」早餐時不小心打碎一個碗，母親半惱半痛惜地說。

　　「以後不啦，而且，而且離娶妻還不知有多遠呢。」我很驚訝母親的未卜先知，掩飾地說，說著又兀自暗喜，誰把我們的事告訴家裡的？奇怪，真的和意芬結婚嗎？天哪！那真是世界上第一件快樂事呢。

　　「誰說我要娶妻了？」我厚著臉皮又追問一句。

　　「你怎麼還不知道？你爹寫信沒告訴你？你也沒從城裡帶東西來？這可真怪，只有一個月你就娶妻子了。」母親懷疑地看著我說。

　　「媽！你說什麼？我娶誰？」我似乎感到一些異樣。

「娶誰？娶你的妻，我們春天給你定下的！」

凝結的結果又爆裂開來，我狂了似的到院裡去找飯後散步的父親。

「爹！您什麼都瞞著我。」

「怎麼？有話屋裡說去。」

父親嚴肅地坐在太師椅子上，母親仍坐在餐桌旁。

「我說你怎麼沒告訴孩子？也是他一生大事，該告訴他，叫他也喜歡喜歡。他也一人來高了，整天在外頭辛辛苦苦地念那沒完沒了的書，回來冷清清的也不像話，親事妥了你也不告訴他。真是的！定了日子你還不告訴他？」母親咆哮著。

「我有我的道理呀，你，你哪兒知道？」父親的嚴肅似乎減去了真實性，嚴肅的外層包藏著惶恐。

「你有理，你有理，你詩云子曰的還沒有理？只是我叫他從城裡買的東西你都不告訴他，你還說什麼？」

「婦人家，知道什麼，豈不知他們現在心懷不古，另有見解，又哪裡把父母的話放在心上？我要告訴他定下親事了，他恐怕現在還在城裡呢。眼下他總算來了，既來之則安之，一切就好商議了。」父親頗有得意之色。

「真是怪事，我就不信這麼大孩子還不願成家。義格，你多說得對嗎？」母親看看父親又看看我。

「倒是怪！父親把我愚弄來，母親預備怎樣呢？」

「怎樣？什麼都預備好了，只是還差些零碎事，和一些小物件沒買，這都好辦，等會兒把衣服什麼的也都給你看看，你也放心。」母親似乎很慈愛。

「我不看。媽，我不娶。」

「什麼？胡說！娶不娶也不能由你說。」

「我的事，為什麼不許我說？」

「你還是把新腦筋抑制一下吧，木已成舟，實難悔改了。」父親說了一句卻轉身走開，好像躲避這場糾紛似的。

「媽也不是害你呀，是我親眼給你相中了的。頭是頭，腳是腳，好人才，好活計，你還要怎樣？」母親半哄半斥地說。

「媽，不行啊！我離畢業還有好幾年，自己還花家裡的錢，再娶一個人加重家裡的負擔。」

「簡直是胡說，書都白念啦！誰叫你養活媳婦？有家，有我呢。我看你是想『自由婚』對吧？」母親一句給我道破。

「媽！我就說實話吧！我不能娶別人，除非是她，媽！我愛一個同學的表妹，除非她，我再也不和別的女人結合！媽，這是實話。」

「我還當是什麼難題，原來你在外面交了女學生啦？那也不難，你乖乖地娶過王家的姑娘，以後你再娶八個我也不管你。你父親弟兄三個並沒有第二個孩子，三股只你這一條根，媽給你娶一個，你自己再娶那誰的表妹是一樣。」

「不行啊！那是犯罪，媽！鼓兒詞上的故事現在已經行不通了，您應許我，退婚手續我自己來。」我堅決地說，完全忘記我母親暴烈的性子。

「好，你一定叫我丟臉，自己兒子的事都不能做主，我還活著做什麼？」母親拿起桌上的水壺就敲著自己的頭額，幸虧我搶得快，不然母親臉一定受傷了。

「這是何苦來哉？」父親不知從哪兒又進來了。我哭著跑出去，把

怒氣凌人的母親交給父親。

時已正午，窗外已失去早晨的寧靜，蜂鳴蝶舞地喧鬧。母親仍不停地喊罵，我關好窗門，蒙著被單子哭起來。

沒有一個人同情我，我沒有兄弟姊妹，朋友呢，又都在城市裡。父親似乎比母親頭腦清楚些，但是在母親前又敢怎樣呢？意芬！給我些勇氣呀！為了你我要堅持到底。

想著想著，漸漸痛快一些了，坐起來，自己安慰自己：

「自己的母親什麼不好辦呢？只是不該在她氣頭上要求啊。」

我從衣袋裡拿出意芬的相片來看，她的頭微昂地看著丁香的花霞，似乎含怒了。我又拿出另一張來：她微笑地依著窗格扇。我的心平安了一些，我的勇氣和耐性也都充滿心頭。

母親三天沒理我，我柔順地在她左右侍奉著，等她心平氣和時再說，這次我要用「以柔克剛」的方法，她是我的母親哪，她不會過於為難我。

可是她已經四天不理我了，就像看不見我似的，只和父親說話，要什麼東西，就在我眼前也不叫我，只是大聲喊女僕，我的計策是很難收效的了。我焦急得如初關在籠裡的鳥，最後想，如再這麼延遲下去，日子一天比一天近了，我只有逃走這一個方法，至於以後的生路我也就不願多想了。可巧姨母在此時來到，大約是幫忙母親給我料理家事的，她也像母親似的兒女很少，只有一個兒子、一個女兒，早都成婚了，所以常來我家住些日子。她一向很疼愛我，她的性情，整個和母親相反，溫柔而沉默。母親卻男子似的剛烈。我現在見到姨母像見到救星，恨不得馬上把委屈述給她；但在母親面前我不敢，小不忍則亂大謀，我努力忍著委屈，強作愉快地歡迎我的救星。

「怎麼不帶孩子們來？」母親向姨母問詢著她的孫子孫女。

「到時候再來吧！義格什麼時候來的？怎麼在外邊晒成黑大漢了，可真像大人似的。」姨母她拿我當孩子呢。

「……」母親見姨母談到我，突然閉起嘴來。

「我來了四五天啦，就要看您去，您倒先來啦。」

「妹夫呢？」

「吃完飯遛彎去啦。」

「孩子的衣服都預備好了嗎？」

「……」母親又沒回答。

「怎麼啦？你們娘兒兩個怎麼？好好的……」姨母已經感到我們母子間的糾紛，看看母親看看我說。

「大姨！您幫我勸勸，我媽生氣啦！」我乘機會說出來。在母親屋裡我已經站了兩點多鐘，全身像是被捆綁似的，那麼痛、麻、疲、憊……

以後不知姨母怎樣勸的，在晚飯時母親顏色稍霽，並且叫我吃魚。我吃著，準備明後日做第二次的要求，所以魚吃到嘴裡和嚼棉花似的不得滋味。

晚上下了一陣小雨，很清爽，玫瑰的甜香襲入窗裡。我愛這夜色和花的恬靜。並沒點燈，不住回憶著往事，幻想著將來，更提防著目前的難關。

「這麼早就睡啦？」是姨母進來了。

「姨！我沒睡，您來！」我從椅子上跳下來，拉住姨母像拉著救生

船似的，感到希望就在這裡！

「點上燈吧！」

在亮晶晶的煤油燈光裡，姨母那麼慈祥地歪坐床沿上，我又想開口訴說我的苦衷。

「快畢業了吧？」

「還有三年呢。」

「啊！才一年的義格兒呀，長得這麼高了，有你父親高了吧？」姨母從上到下地看著我。

「比我爹高半頭，在學校也數著我高呢。」

「你怎麼像孩子似的撒賴，不肯娶媳婦呢？王家的姑娘，我還見過哪！姨不騙你，百裡挑一的人才呀，別裝傻，氣人玩。你媽脾氣暴，彆氣她，她也是為你打算哪，你是十九還是二十？」

「二十！」

「是不是？你表哥在二十一都有人叫爸爸啦。」

「那有什麼好處？」

「你們石家人口太稀少，你爹你媽早就盼望添人進口的，你從小到大，二十幾年來，你媽也不容易扶養啊！你上學走了，住在外邊，你媽常常想你想得哭，要不就拿你爹撒氣，很少過好日子。你聽話，娶過媳婦來，你媽也不悶得慌啦，你再出門也好放心哪。」

我聽了姨母的話，心裡有如小刺扎得痛不可當。我一旦要求失敗，逃走了，母親怎麼好呢，父親也不能安生。我幾乎叫出來，頹廢地坐在椅子上，說不出一句話來。

「聽說你在外邊還認識一個女學生，可見你的人性好，有學問，又能幹，人家才跟你好。能幹的人為什麼想不開呢？別死心眼啦！你是唸書人，別的不知道，古書古戲上，佳人才子，兩三個妻子也是人生一場。好孩子，你好好完了婚，你媽一定還叫你娶那個女學生。」

「為什麼媽一定要給我多一重累贅呢？我真不明白。」感謝姨母，半晌沒好出口的話她倒先替我說了。只是這三妻四妾的觀念卻是和母親站在一條戰線上來向我進攻。

「你媽有她的難處，你這親事是她上趕著人家訂的，萬也沒想到你不願意。她辦事是說一不二，你怎麼叫她反悔？以後你叫她怎麼在親友中為人？她只有你一個寶貝，就算你委屈，也是應該的。她一輩子的福禍就在乎你了。好孩子，你想想看。」姨母原來柔中帶剛，專說動人至情的話，我雖怕母親的暴烈，但我深知母親愛我，我不該為一人的幸福，犧牲母親的尊嚴和幸福！天下只有一個母親，我無形中敗退下來，第二次抗爭的決心不知怎樣消歇了，伏在桌上哭出聲來。

「義格！大丈夫別女人氣，哭什麼？你只要聽話，你媽絕不再怪你，我擔保。走，跟我一塊去告訴她！」姨母站起來。

「您一人告訴就得啦。」我仍伏在桌上毫沒禮貌地大聲說。

「你睡吧！明天也到各親戚家走走，請請人家。」她說著走出去，我聽她立刻就到母親屋裡去。她勝利了，母親也勝利了！母親勝利我有一種悲喜交集之感，我以悲哀換母親的愉快是對的，天下只有一個母親！

「可是天下也只有一個意芬呢！完了！犧牲了她的純潔之愛，完成我們母子間的妥協，多麼自私呀。」我突然一個意念又蕩漾著，我全身的汗，像在烈日下似的流出來；但隨即又冷了下去，熱汗像冷水似的遍體淋漓。

「天下只有一個意芬！」又一個意念接著我的腦膜。

「意芬愛你！」「一個！」「只一個！」這些意念，雷鳴似的在每個神經裡震盪，良久良久。我冷靜地沉醉在回憶裡，一年前的一幕，清晰地重映在腦海裡：

「注意！第一行，第二個人就是她，從左邊數！」

這條兒，黃大可遞給我的，他坐在我後邊，當時牧師正在講天國的道理。

我看完點點頭，不由向左看去 ——

第一行第二個人的位置在我左前方，所以我只能看到她的後側影，淡雅清秀的神氣確是不平凡。

「散了禮拜你可以給我介紹嗎？」我匆匆地也給他寫了一句在他那紙條的背面。他伏在我背後說：「一定！」我心才寧靜了一些。牧師正在講彼得打魚的故事，我已經聽清楚了。

牧師的祝禱文今天特別漫長，至少有五六百字，好容易祝禱完了，風琴奏著散會時的進行曲。我拉著黃大可衝出禮拜堂的門。雖然人們擁塞在門口，但我們卻很快地到了禮拜堂的院子裡。

「表妹！這是我的好朋友石先生！」他很自然地把我介紹給他的表妹，她輕輕地點點頭，沒笑，也沒說什麼。

「我娘叫你回家吃飯呢。」半晌她才向黃大可說話。

「不，我還和石先生到同學家去呢。」

再也沒有別的話接續下去了，三個人沉默了片時，見大家都散去，只有三五個腋下挾著「讚美詩」的老太太談著家常，還有小孩子們不耐煩地拉她們的衣服，「走！回家！」的聲音夾雜在家常話裡。

「那麼，再見了。我回去啦！」她打破三人的沉寂說。隨即又對我很有禮貌地說：「石先生，再見！」

她的背影消逝在禮拜堂的大門外。

「老石，怎樣？」

「她怎會理我呢！」我若有所失地回答他。

「拿出勇氣來！進攻！」他拍著我的肩說。我很感激他，笑著看看他。今日我才看出黃大可的眼睛那麼有神那麼黑，很像她，他們是表兄妹呢。

「老石！信！」黃大可在走廊上大聲叫我。

「別開玩笑！昨天我才收到家信。」我從臥室探出頭，又希望又不敢希望地說。

「裝糊塗，不是家信。」

我突然跳出來過去搶，他卻把信插在褲袋裡。

「老石！咱們先小人後君子！信呢，早晚給你，可是不能白給，現在是你們幸福的開端，在開端是該鄭重紀念一下的。也不難為你，國強冰淇淋！我還約她來，怎樣？」

「好說！一切好說，拿過信來。」

他只把信拿出一角來，我乘他不備搶過來，跳回臥室，關緊了門。他在門上踢了兩腳。

「早晚放不過你。」他說著恨恨走去。

我怯怯地，十分細心地剪開信，有如小時偷著摘未熟的杏子似的又怕又愉快的心情：

石先生：

　　信已見，在禮拜堂裡常見你和大可表哥在一起呢，那麼我們是一個時代的人物。希望在品學方面互相砥礪，在主的道理中互相扶助。

　　下次之約，只要有大可表哥同在，我是不會失信的！祝進步。

陳意芬

　　我反覆看了四次，然後用絲帕包起來藏在衣袋裡；但是天熱，衣服薄，不妥，我難捨地放在書箱裡。

　　我們初次會面是在公園裡，她除了微笑或點頭搖頭以外很少說話，她寡言的性格更顯得她不平凡。我因為心跳，怯怯地也沒話說，當場只有黃大可活潑。

　　「表妹！你別看我們老石這會兒老實，在熟人眼裡，可夠瞧的，個子高力氣大，誰也怕他幾分。不知為什麼今天卻演上無聲電影了。」

　　「……」我笑了，給他一塊點心叫他堵上嘴。我真怕他說出圈兒去惹惱了她，那就不堪設想了。還好，她是不動聲色地看著我們。

　　時光終究很快，夕陽已經黯淡了，黃大可叫我送她回家。他卻先回學校去了。

　　「您……不住校？」我稱她為「您」總算很對吧？我想就一直這樣稱下去。

　　「啊！住校！不過星期六回家。」她的聲音很小，似乎很羞澀，以下我再也想不出合宜的話來。我不知是不肯離開她，還是忘記了應有的禮貌，沒給她僱車。在五月的黃昏，緩緩地走在洋槐樹下的人行便道上。

　　「石先生！我的信你見了嗎？」她卻先說話了，而且叫「你」。

「收見了，你寫得很好呢。」我也把「您」字免去，不十分適當地說著讚美的話。

「哪兒？還是石先生寫得好。」她的聲音已經自然多了，我的怯弱也減去多一半。我們像好友似的且走且談著。

而前邊就是十字路口，往北轉就是她的家，我戀戀地放慢了腳步，她也遲緩地站住，張望著四方的車輛。我再也忘不了，她那憂鬱的目光，臨別她又停了一會兒，才匆匆地走去。

此後我們在每一個星期末就見面，黃大可卻不肯再陪伴我們。意芬為人很大方，愛好文學和音樂，所以市場的書攤，或 ×× 大街的樂社都是我倆的熟地方。我本來也是愛好文學的，因此我更加深了愛書癖，我們往往各人帶著書在幽靜的場合無言地坐幾個時辰，然後再分開，各懷著滿胸臆的留戀分開。我們各有一個未說出口的心願，和一般有情人似的希望永遠相守，從今春，這種意念更加強了，我已深切地愛戀她。她的長處並不在她的外貌，她並不美，只是雅潔不凡的神氣是別的女性所沒有的。她有著一個鵝蛋型的臉和一雙黑澄的眼睛，在她的眼裡往往有一些莫名的力在引人，在鼓勵人，在訴說內心的含蓄……人們說眼睛是靈魂的窗子，她的眼睛卻是靈魂之門扉，它們容納了我整個的愛和魂靈。我從那次初見她到現在並沒從那門扉裡解脫，我的心魂留在她的眼睛裡。她有著低低而柔美的聲音，話很少，少得那麼合適，只要說完一句話，那低柔的語音再也不會從我的耳鼓裡拭去，而且還要不時地重複著，像留聲機的音盤似的永久地印在我的耳內和心底：

「我愛書，我愛音樂，我愛花，我愛自然……總有那麼一天，我的書房建在一座大田園裡。」這是她在春假的一個夜裡在 × 海水濱說的。

「只是不愛我，我做你的書僮總還對付吧？」我親切地說。

「誰要這麼大的書僮呀，做一個保鏢倒不錯。」她笑了。

「那麼我就到你書房外的大田園裡保鏢吧！」

「我可僱不起，到時候不定上哪兒去了。」

「我這是義務保鏢的，而且總不離開你，打也不走，罵也不走，一生一世總給小姐看園子。」

「誰信哪，到時候還不定……」她又笑了，笑得卻和方才不同；我想這是機會，應該痛快地陳述我的心意了。

「你不信？其實從初見你我就不想再離開你了。你不信？不信怎麼辦呢？不信你去問問黃大可！」我囁嚅地說。

「信不信這時很難定啊，誰知道有什麼變化呢？」她已經收斂了笑容，好像見到什麼異像似的凝視著水波。水波裡的繁星和岸上燈光的反照，層層的被夜風吹成細浪。

「不過我最擔心的是怕你不愛我，我一無所長，就是保鏢還對付。我又傻又痴，又不漂亮……你能愛我？我不敢想……」

「你看，又說這樣的話。別難過呀！不但我……不忘你……還有人在暗中羨慕我們呢，我一向不會誇獎人，但是你在我心裡卻是完美的，你的長處就是你的直爽忠誠的性格，你有一番叫人傾心的風度，我很難用合宜的字句來形容它。你讀書據說很用功，你有科學的頭腦，你有文學的意識……你的體格多麼健壯啊！你這廣闊的胸膛，裡面還有一顆赤誠的心，心裡有一個人的名字，叫C、I、F……對不？」她因為安慰我而說這麼一些話，我感到莫可比擬地滿足，我見她說到「有一個人的名字叫C、I、F……」時羞澀地轉過臉去，我忘記一切地擁住她，擁她在我廣闊的胸前。

「我聽見你心跳得很響。」她緊貼著我的胸說，半晌抬不起頭來。我撫摸著她豐多的柔髮，全身發出愛的力與熱。此時我忘記一切，忘記我們以外還有世界，還有人類，還有其他，只感到她和我愛力的交流。

「你應許我！意芬！以後永不分開，你是我的……」

「十一哥！」她因為我的名字叫「石義格」她就叫我「十一哥」，就是同學之間也因了黃大可的宣傳，大家都叫我十一哥。她呼的聲音特別悠長，而且微抖著，只這三個字足以代表了她的許多衷曲，她是在答應我，安慰我，她是我的！這三個字正是少女的心聲，初戀的頌讚，人間至美的聲音！我永不忘這聲音了，這三個字是我迷途中的朗星啊！我該按著她的意思做，我要忠於她，將來我一定為她建一所田園裡的書房，將來……將來……當時我做著美麗的幻夢。很長時間她才離開我的胸膛。

僅僅幾個月的工夫，我就要做負心人了，我對不起她！我不該盜來芬芳的少女之愛，我不該，我不該，我只配做母親的兒子，做一個素不相識的女人的丈夫。我該死！但我又沒機會死；我該逃！我又沒勇氣逃；天哪！你給了我一個多麼怯懦的心哪。我恨恨地不能入睡。

翌日正午，鎮上趕集回來的鄰人從一家熟商家給我帶來一封信，我接過來半晌不敢拆，在我的手裡有千斤重，心頭更好像有一個鐵爪，抓緊我的心。我機械似的到屋裡鼓足了勇氣看下去：

十一哥：

　　諒已平安抵家吧？伯父母見到你該多麼快樂呀！

　　那天送別歸來偶中暑熱，病了一天。暑熱或者不是主因，別愁卻重壓著我。病已痊癒，幸勿遠念，但是暑後的重逢卻是我日來唯一期待著的。

　　我平素喜歡讀詩或小說，但這幾天卻看不入門，琴也不愛彈了，怎麼好？如果長此懶下去，真是不堪設想呢。

十一哥！我急切地想見一封你的平安信，你的信會給我加增活力的！十一哥！我等候你的佳音。

並望信中寄一些你窗前的玫瑰花瓣來，叫我也嗅到你近旁的香氣！
芬又及

芬

　　我全身僵了似的折不好她的信紙，我負了她，我負了她！到家後居然沒時間給她寄隻字片紙，不知她此時要急得怎樣呢？可是我給她寫什麼呢？實說了嗎？這會傷心過甚的。不說嗎？那是欺騙！我得了她純潔的愛，結果還要欺騙她，我的罪更大了，而且加增了她受罪！我只有忍痛不寫信吧！可是她要急病了怎麼辦？她一直見不到我的信，一定要想到許多不幸的事。僅僅的送別她還病了，如果她想著我有什麼意外的遭遇該怎麼樣？於是我決心寫下去：

意芬！

　　別後安抵故里，只因思念增愁，千情萬緒不知從何說起，所以乃久未作書問候，尚望知我者諒之……」

　　簡直是鬼話，我自己也看不下去，意芬兩個字在上，絕不能和下面的鬼話相連的，我不能騙她！

　　「芬！完了，一切的夢幻全破碎了。母親迫我和一個素不相識的女子結婚，怎麼辦呢？……」

　　又是鬼話，這麼懦弱的人是不配給意芬寫信的。呵！不知怎樣做才對？

　　又延遲了三天，我仍然給她寫了一封充滿熱情的信，雖然心愧，但是我抑制不了自己的熱情呵！上帝罰我吧！我騙了她。

　　在我們情書往返中，那個日子來了，姑表親戚，世誼戚鄉，穿門入戶地不停。在吉日的早晨，父親還從縣裡借來一小隊警察，守在門口

和庭院。父母就這麼好面子，上好的酒席一桌一桌地擺了不知若干桌，我的腦子昏沉地任人擺布。在供桌前叩拜了天地，對母親似乎盡了一份心。洞房之夜，我仍然昏沉地待著，只覺新娘一身紅光護體，此外再也沒見到其他。

第二夜我已經清醒了，我發現新人很美，圓臉型很白，水汪汪的眼睛不時地偷看我。

「第二個少女又把她的愛付託給我！」我想著，全身血液沸騰起來。在這帶有誘惑性的新房裡，我做了新人的丈夫。她給了我新的趣味，當時我忘了一切。

在新婚的生活中，再也沒想到別人的不幸和焦急，母親也放下心去，心平氣和充當著婆婆。

因為她也認得字，所以把意芬的信都交給母親。母親也居然替我保守著祕密，真出乎我意料之外。

「今天爹似乎交給媽一封信，是你的同學來的嗎？我看看行嗎？看看我能認多少字。」她看著我說，這是婚後第十日。

「那是分數單子，英文的，看它做什麼？」我惶愧地說，不知我為什麼這麼能說謊。

「唉！」她臉色悽悽地不說什麼了。正在狂歡的日子，我忍受不了寂寞，一寂寞我會想起意芬來，所以我親吻著她，不許她嘆氣。

「起來吧，誰也不是傻子，你還以為我不知道呢。從先你哭著不要我，你在外邊認識了女學生，還和我這舊式人好嗎？都是假招數。我沒喝過洋墨水，我自然不懂洋文。」她說著哭了，推開我。我不知怎樣替自己辯護才好。

「不哭，媽看見了要罵我，她嫌不吉利！不哭！」我初次見到女人的眼淚，我覺得她更美了，我不知如何來博得她的歡心，我跪在床上向她發誓，絕不再接近第二個女人，她才笑了，一天雲霧才算散開。暗中我又囑託父母，意芬如果來信，千萬不要叫她看見。漸漸地信少了，因為我實在沒有機會答覆她呀。

甜蜜的光陰過得更快，暑假期滿，還有三天就要開學，她替我整理行囊，我看著她，不忍分離。心想帶她一同走，又不敢說，母親一定不答應，唉！無可奈何的別離呀！終於忍心丟她在家裡，我又回到都市裡去上課。

校園裡花樹茂暢，綠叢叢地保持著盛夏的風光。事情總是那麼巧，到校第一個遇見黃大可。

「老石！回來了！」他親切地跑過來接我的行李。

「你好？」我內愧得漲紅了臉，把行李放在草地上，握住他的手。他無邪的臉上除了歡迎我以外，沒有別的成分，我的心才放下一半。

「表妹近來心緒不好，等會兒我去約你出來，見了她就好啦。老石，你怎麼啦？是不是很多日子沒給她信？」到宿舍，我坐下，他迫切地說。

「你知道鄉下郵政不便，積壓、扣留、遺失……我也真沒法。」我的臉紅紅的。

「好了，我去約她，在哪兒見？」

「忙什麼，再休息一會兒。」我真怕見意芬，她一定會看出我的破綻，她不像黃大可那麼簡單。

「得了吧！不忙！真不忙！四點，╳海見。」他說著邁大步走了，

我已經來不及挽住他。我也沒心緒打開行李，坐著發呆，想十足完全的謊，免得當面難堪。我是不善於說假話的，可是事實至此，我該怎麼辦呢？

七月末的黃昏，有著暮春的情調，×海公園的垂柳被夕陽照得更柔美了。黃大可和意芬並立在柳下，我的心一動，不知是不是忌妒，似乎無論如何她不該立在他身邊。她穿了一身淡橘色的衫子，有波紋的頭髮飄蕩在小風和柔柳裡，衣襟做著調和的動盪，臉容似乎消瘦了；但更加清秀，黑澄澄的雙眼外籠罩著一抹憂鬱，像兩片輕霧遮著她的視線。她見到我似乎笑了一下，隨即又收斂得沒有蹤影。我此時心內不知是什麼味道，像噩夢初醒了似的，對她又喚起暑假前的愛戀，妻的影子從我記憶裡淡下去，究竟意芬是我第一個愛人哪！先入為主，愛她也是應當的，只是暑天這件公案該怎樣掩飾呢？我很快地走過去，向他們兩人點著頭，不到五分鐘，黃大可又借題走開。

「我還以為你不回來了呢，沒想又見到你。」

「我為什麼不回來呢？為你我也要來……」我們坐在柳下的長椅子上。

「可是為什麼二十幾天不給我信呢？」她怨恨地轉過頭去。

「你不知道，鄉下郵政不便，積壓、扣留、遺失……也難怪你誤會呀。」就是我早想好了的一句。

「信裡冷冰冰的也怪郵政不便嗎？」她似乎已經看破了我的祕密。我又不安起來。

「我要的玫瑰花瓣始終也沒給我，還說什麼呢？」

「你容我解釋，意芬！我的信往往是托鄉人帶到鎮上去寄，我只有報平安而已。我怕他們拆。至於玫瑰花瓣我是想把整朵的花朵給你，零落的花瓣不祥呵！你能諒解我嗎？」

「你倒理由十足，又這麼詩意，我真不能再責問你什麼了。」她似乎已經把怨恨融釋了，很自然地笑著。我現在完全放心啦，一切惶恐、擔憂全忘記。她從一個麻布的提袋裡拿出一個小紙包，上面還用絲結繫好了。

「這是暑天的一點成績，不知為什麼看不下書去，什麼也沒心緒做，所以我改了工作的方式，給你親手做了點東西，也得不少的安慰。」說著交給我。

我打開看是一對白枕袋，用色紗各補繡了兩朵玫瑰，淡紅的玫瑰，又自然地配了三五個小葉子。我說不出來地感激，她仍然愛我呀。但一想及家裡圓臉型、新婚的妻，又不寧靜起來，妻也給我做過枕袋，彩蝶的、鴛鴦戲水的、三陽開泰的、麒麟送子的……說不出的華麗；但不免庸俗，比起她的技術來，當然不能同日而語。但是我卻做了庸俗人的丈夫，意芬的高潔是無望的了。

「大熱天還叫你受累，我又感激，又不安。」

「這算什麼，只要你……不忘我，我一定盡力使你快樂。」她悄悄地把頭倚在我的肩上。我不知為什麼難過起來，想擁住她哭一頓，但是我不敢，我不能再接近她，道德心在我心裡閃著小光。

「我怎能忘你呢？不過……」

「不過怎樣？」她坐好了問我。

「我總覺得愛是盲目的，你愛我自然看不出我的毛病來，但是一旦你發現我的缺欠就該不愛我了，我怕……」

「十一哥！你沒毛病，沒有缺欠，你是我心目中最完善的人！不要膽怯呀！」她又倚在我的肩上。她需要我的撫慰。我控制住自己的熱情，想起婚後十日對妻的誓言。

「奇怪！你的確改了態度，你……」她突然站起來從上到下注視我。我覺得內心有愧，臉頸都漲得熱辣辣的，說不出話來。

「你有什麼事嗎？十一哥！你的事瞞不了我，你的臉漲得那麼紅，你怎麼啦？你告訴我，有難處我也許能幫助你，有過錯，我饒恕你。十一哥，你說。」

「沒事，也許路途跋涉太辛苦的緣故吧？」我幾乎說了實話，但是我不敢，我受不了當面的難堪，我忍住到底沒說。可是兩人之間似乎有一個無形的隔閡，我們就悵悵地分手了。而且一連兩個星期沒見到她。我有幾次想寫信或打電話約她出來談談，但是出來談什麼呢？所以幾次的動意都打消了。只有忍住，忍住，任命運來擺布我吧！

有一天我收見兩封信，一封是意芬的，一封是家信。我自然先看家信，因為那是父親的手書呢。信裡另有一頁小紙，用鉛筆寫的很小的字。那是新人的信，我倒要快看看。父親的信不外先敘家常，然後說幾句勉勵的話而已，她的信寫得很整齊，四四方方的小黑鉛筆字，像陳嘉庚的橡皮鞋底上的小方格子似的布滿了紙上：

　義格夫子見字如晤：日前一別，遠隔千里，物在人行，每每見物思人。妾在家自知孝順堂上二老，夫子在外幸勿遠念。飲食多加，起居用意，體健心安，乃妾之所望所禱。臨書神馳，不盡欲言，百拜敬請
　學安

　　　　　　　　　　　　　　　　　愚妾王麗英斂衽

我還是初次收見這樣的信，沒想到她的「女子尺牘」倒讀得很熟。沒有錯字，也沒白字，深情綿綿，十足表現在字裡行間。要叫我寫這麼一封規規矩矩的信也很難呢，倒不能小看她。末後我遲疑地打開意芬的信：

十一哥：

　　你也許會笑我痴吧？又來信打擾你。

　　上次我本想對你陳述三個月來的懷念和思慮，以期得你一些安慰，但你給我的只是無邊的冰冷，我的失望自不待提，就是你自己也不會多麼愉快吧？十一哥！我本想從那天起不再理你，以增加你的難堪；但是一想到你紅漲著臉欲言又止的樣子，似乎大有難言之隱。你能否告訴我，有難處我和你分當，有過錯我寬恕你，有誤會我向你解釋，萬不可悶在心裡。十一哥，我愛你，只要你不忘舊情，請忠實地把隱情告訴我吧！我已經看出來了，只是尚不清晰而已。十一哥！你是我至愛的人，如不能以知己相待，我還有什麼希望？……

　　許多不幸的、可怕的幻像在我腦海裡變換地映演著，每一個幻象都足以傷我的心，都足以影響我倆的愛，以至日來食睡不寧。幻象究是空虛不足信的，你一句忠實的話，足可消除一切的幻象。你自然會答應我，十一哥不忍心叫意芬傷心呢，是吧？我專誠地等著你的回音。

芬

　　於是我又茫然不知所措了，我呆呆地看著兩張不同的信紙，我的腦海被兩個不同的臉型忽起忽落，忽隱忽現地交錯地晃著，晃著，幾乎昏暈過去，鎮靜了良久才清醒了。這一切糾紛真使我難勝任，不由得消極起來。人生太乏味了，僅僅幾十年的光陰又多一半被哀愁占去，就是在快樂的時候，又有什麼趣味呢？年輪的不停，際遇的不順，倒不如死了乾淨。可是死了又怎樣呢？而且怎樣死呢？於是又想到出家，或者做宗教事業……七上八下，稀奇古怪的思想消滅了那兩個不同臉型的影子。意芬的信，我硬著心腸沒答覆，唉！意芬。

　　總算平靜地過去了一個月，季中考試也順利地完成了。數月來神經似乎得了一些安息，現在才知道世上最寶貴的是「安寧」，我一向卻又偏缺少安寧。

　　一天晚飯後，黃大可怒沖沖到宿舍來找我。

「老石！你做事也太欠坦白了，可是天下事又總是紙裡包不住火，你是白隱瞞了。」他似乎是個挑鬥的戰士。

「你指的是什麼事？不妨明說。」我自然明白他說的是我結婚的事，但他既沒指明，我也不便先道破。

「唉！其實這事也很平常，我聽你的老鄉 ×× 說，你暑假回去結婚了。這也怪不得你，可是你一直隱瞞下去，叫一個少女依然瘋了似的戀著你有什麼好處？你的婚姻一定很美滿吧？連我也不通知一聲，一杯喜酒都喝不著你的，夠朋友嗎？」他的怒氣已經消失了，坐在我的床上等我回答。

「喜酒是一定請你的，可是你得給我大量的同情。婚前我怎樣向父親要求退婚，我怎樣忘不下意芬……也不用再說了。只是我對不起意芬，我對不起她，並且把她純潔安靜的心攪得紛亂不寧，我罪不容誅；再叫她知道我結了婚，豈不更叫她受打擊？老黃，我也不配再說愛她了，那麼就叫她恨我，自動忘了我吧！我想還是逐漸冷淡的好，千萬不可太突然，她的情感很重呢。老黃，開學以來，我總是遠著她，我寧可抑制住自己的熱情，也不叫她再深陷入愛裡。此心可表天日……我為她設想，老黃，我只好斬斷自己對她的熱情，此外再沒有別的方法。」我又幾乎哭出來。

「其實你也不用難過，對你的新夫人專情吧！」他悵悵地說。

我們沉默了大約十分鐘的工夫他才走。我一夜也沒有睡好。我知道明天下課後，黃大可就要把我結婚的消息告訴意芬了，她該多麼傷心哪！也許她恨我罵我呢？我再也得不到她的諒解了，大田園裡的書房永不會實現了，給她保鏢的事更是夢想……更不用再想聽那溫柔的聲音了。意芬，意芬！你像天邊的彩虹似的，在我心裡留下一道五色繽紛的印象，但你又迅速地消失，遠不可及的彩虹呵！我到哪兒去？妻雖然很

美很動人，只是另一種情緒，和意芬遠不相同啊！得的太容易，對意芬的認識雖也不難，但這麼無形地失去，未免反加強了懷念。得到的已不足奇，失掉的卻珍貴起來！意芬，×海之濱的擁抱該成了一個永不能泯滅的甜蜜回憶！我辛酸地朦朧入夢，卻夢見了意芬三次。唉！一切都是夢啊。

　　星期六下午，出乎意外的，意芬打電話來約我到一個咖啡店去，並且叫我把舊信、相片都帶去。簡捷地說完她就掛上電話。我不知是悲是喜，只是中了魔似的一直到屋裡，收拾好給我的信和相片，然後按時赴約去。

　　「恭喜！石先生！新娘子很美吧？」她第一句就這麼向我說，聲音雖很自然，但卻不是原來的低柔聲音，是尖銳的，像小利箭似的刺痛我的心。

　　「意芬！不要提起好嗎？」我哀求著。

　　「笑話，這又有什麼可不提的？還害羞嗎？」她笑著。

　　「我難過。」

　　「難過做什麼？男大當婚，女大當嫁。很平常的事，不是嗎？今天由我請吃冰淇淋，記住今天這個歡樂的日子吧！信和相片都帶來了嗎？」

　　「帶是帶來了，但是叫我保存著做個紀念好嗎？」

　　「不必，我們沒有什麼可紀念的了。省得累你太太撕。」

　　她一下把我手裡的信包搶過去，嘻嘻嘻地笑著。我不明白她的意思是什麼。我像個觀戲的孩子，呆呆地看著她的動作，她把那一包信裝在一個麻布手提袋裡，旋即寧靜下去，寧靜得像一個石像。

「也好，給你一個紀念吧！這個紀念不會被人毀去的，這個紀念是無形的，只留在你的心裡。」她說著。

雨點似的親吻我的臉和肩，灼熱的唇在我的心裡印下深深的烙痕，熱唇夾雜著熱淚，暴風疾雨似的襲擊著我。我忘了理性，忘了一切，狂了似的擁抱她。但她猛力地推開我，我幾乎跌倒，我真奇怪她哪兒來的力氣，我像個落在陷阱裡的雄獅一任她來處理。

「活見鬼！你還要騙我到幾時？你曾說過，你真愛我；但你給我的除了悲哀還有什麼？你只說愛我……我藐視世上一切的愛。尤其男女之間更無所謂愛，只是性的追求罷了。比方我和你吧，又何嘗沒把冠冕堂皇的愛擺在前面。可是你結了婚，就再也不需要其他的女性了，我呢？狂吻了你一陣，事後也就味同嚼蠟了，往好裡說不妨說是愛到了最高潮，其實也是人性的需要而已。石先生！人和人的關係總要自然，勉強來的結果總是苦的……」她聲淚俱下地說，但馬上擦乾了淚，按鈴叫夥計，她要的完全是甜點心。

「讓我們再甜蜜地聚首一次！」

「意芬，你冷靜一下吧！你恕了我！一切的過錯都由我始。我也沒法子向你解釋了。意芬！你真太不饒人了。」

「怎樣？請你吃點心還不好嗎。我不是很冷靜地招待我的嘉賓嗎？請啊！吃吧！你的喜宴也許沒有這些點心甜呢。」

她始終似狂非狂似真非真地說些刺心的話，舉動毫不正常。她是傷心太過了呢。我，我怎麼才能使她得些安慰？我焦急地抓著自己的頭髮。

「何必那麼厭煩哪！走啊，任你之所好！走啊！」一桌點心完全剩下，她卻先跑出去付了錢。

「再見！石先生！」然後頭也不回地走出去。街上車馬喧鬧，我尾隨在她後面，替她雇上車，她仍不停地走去，不坐，走過大街、小巷……一直到她家門外。她沒回頭，推門進去。我一人呆立了片時，悵悵轉回學校。

陽曆年假時，我忽然接到一個請帖。

「意芬這麼快結婚了？」我驚訝地自語著。

可是她為什麼不能這樣快結婚呢？這時心裡充滿了一種莫名的痛苦，像病菌似的，在心深處滋生著。

「去不去？意芬要結婚了。」黃大可也拿著一張請帖來找我。

「送她一份賀禮吧。去是不去了，你代我致意吧！」我幾分傷感地說。

「喂，你太欠大方，去了，道道喜算什麼？」

「不去，我實在大方不了。」

「你就不想看看意芬了嗎？」

「……」

「去，老石！我陪你，你看看新郎什麼樣子也好放心哪。愛情絕不許自私的，只要對方幸福，愛的目的就算完成了。去啊！明天我來找你一塊去。」

「喂，別走，你知道新郎是個什麼人？先給我說說怎樣？」

「我也不十分清楚，太快了，反正她本人也願意。要不說叫你親自去看嗎？耳聞不如眼見，準去啊！」他說著走了。

今天就是意芬的吉期，我不知是好奇呢，還是無目的的，隨了黃大可

去賀喜。我們去的正合時，花車已經迎娶來了，賀客們爭前恐後地蜂擁而前。天色還晴朗，意芬還在車裡，樂隊奏響了，由伴郎伴著新郎到車邊去迎人。新郎很英俊，中等身材，一臉喜氣。我茫然得像個鬼魂，並沒人注意，我總以為自己也是這幕劇裡的主角呢，但沒人理會我的存在……

半晌我才清醒了似的隨著人群往裡走去。新人已經到禮堂，黃大可也沒有蹤影。我很想回去，免得見景生情，真暈倒過去。可是我的腿又偏偏把我拖入禮堂裡。

「新郎新娘對行三鞠躬……一鞠躬……二……三……」司儀的喉嚨像電臺上的擴大音機似的叫囂著，弄得我的耳膜嗡嗡地響。人雖多，但我身材高大，我看見盛裝的意芬。我的意芬畢竟不平凡，白色的花紗下映掩著純潔的臉容，她今天為什麼這樣美呢？我如在湖畔見到秋月，光耀照眼。她一轉臉，似乎見到我，她冷冷地微笑了一下。她這一笑是對我而發的，她在報復！她報復得好狠哪！

新郎挽她到休息室去的時候，賀客用花紙、豆子、小米、小摔炮毫無憐惜地投去，新郎用大禮帽擋注意芬。我恨我自己此時沒帶小的手榴彈，如果我有任何武器，我一定投向那新郎去，他奪去我的意芬！

大家照合影時，我惡意地站在他們後面，等將來她看相片時見到我，叫她永遠忘不掉我……但是那又有什麼好處呢？我今天的思想的確反常了啊！像個受了氣的孩子。

當靜夜深思時，想來還是我負了意芬，她的婚姻不見得會美滿吧？看婚姻的排場和賀客還能斷定新郎不失為上流人物，對於意芬的物質供給或不會缺乏；但是意芬缺乏的卻是情感是愛……是初戀的甜蜜。這一切只有我能給她……可是我又未能給她，是我負了她。我抓緊她贈我的枕袋悄然長嘆，此後的生活是另一個方式了，綺麗的夢幻和妄想全消滅……

寒假一天未停地返裡了。

初抵家門時，正是嚴冬的黃昏，院裡沉默得只有初亮的燈火無力地從窗口射出。因為預先沒給家寫信，所以家裡沒想到我回來。我到家門前又遲疑了一下，我不知屋內是什麼景象，此時卻被女僕看見。

「少爺回來了。」

母親一人出來，見我很喜歡，父親也很喜歡。我坐在母親的床沿上，享受久別後的團聚欣喜，只是沒見到妻，又不好意思問。

「去接她吧！我沒想到義格回來得這樣早。」母親吩咐著，我才知道她回娘家去了。

「忙什麼？天太黑了。」我信著口說，其實也不是誠心話。

「不，一年總住娘家，女婿回來還不來，更不像話了。」母親的臉在燈光下突然嚴肅起來，像一般婆婆對兒媳婦應有的神氣。只是她並沒在眼前哪，一提起她就如此，見到她不知要如何呢？母親的心理未免矛盾，妻是她給定的呀。我不安地徘徊在屋裡，等著，母親又張羅我的晚飯。

我的飯還沒吃完，外面車子已從大門外趕入院裡，不久見她從外進來。不知是冬天衣服厚不合體呢，還是消瘦了，看來她那麼憔悴。我們默默無言地相視了一下，她就趕著向母親問好，向父親問好，又把從娘家拿來的禮物獻上，然後拘泥地站在桌邊。

「去，給他收拾衣服行李去吧！」母親赦了她，我也安寧地吃完晚飯，陪父親坐了很久。後來母親催我休息去，我才到自己屋裡。

床枕已經鋪好，她呆呆地在燈下出神，見我進來站起，悲喜交集地凝眸看著我。我握著她的手，覺得她確是消瘦了，距新婚僅僅半年，她已經失去少女的活躍和嬌媚，人生不過如此啊。

「你瘦了，家裡太累嗎？」我問。

「不……累……」她伏在我胸前哭起來。

「你怎麼啦？不要哭，告訴我！」我憐惜地抱著她。

「你等等，我還得到媽屋裡去看看呢。」她拭乾淚，又回頭在鏡子裡照了一下，推開我，匆匆地走去。

為了避免母親的申斥我們滅了燈，炭盆裡的紅焰仍發出一片小光輝，我見她的腮上、眼裡都是淚。

「媽待你不好嗎？」我小聲問。

「不！」她搖搖頭，索性嗚咽起來。

「……想……我……了？」

「不！」她仍嗚咽著。

長時間的嗚咽過去，她才拭著淚催我休息。

「睡吧！你太累了，總怪我太笨，媽太能幹，不能稱她老人家的心，常惹媽生氣……」她拭著淚抽泣著說。

「你暫時忍耐吧，我獨立了就好了。我媽的脾氣我能不知道嗎？你只為我忍耐一下，我能做事了就接你到外邊去住。」我安慰著她，我對她不勝憐惜與同情。我想：幸虧意芬沒和我結婚，不然像她那生在自由裡的靈魂，又怎受得了這舊家庭的樊籠。

「你也不用許願，到時候早就和你的女朋友結婚了，我更沒希望啦！沒想到人一長大了就一點快樂也沒有了……還不如生下來就死了的好……」

「你放心！我絕不會辜負你。請你以後不要再提什麼女朋友吧，為了你，我擯棄了一切女性的愛……」

「假如你的話都是真的，我還沒算白活……你說的都是真話嗎？」

「真的！沒有半點謊！」我又怎能欺騙這重壓下的弱者。

「……」她無言地凝神看著我的雙眼，似乎在找什麼破綻，但我此時心裡並不惶恐，因為我已無愧，意芬已經嫁了。在久別後的狂歡下，我們沉醉在夜的黑暗裡。

最不了解的是母親對她的態度，不管是談著，笑著，只要一見她馬上就嚴肅起來。而且時時對我說：「媽對不起你，早知如此，還不如給你娶那個女學生呢。我不知為什麼總看她不順眼。」唉！這是為什麼呢？天下事不可解的太多了。母親做了婆婆以後簡直換了一個人。我終日思索著這個問題，但是總想不出一個好計策來，那麼只好等我經濟獨立了再救她吧。這也只好歸諸命運而已，真是一波未平一波又起。

當我們二度別離時更加深了惆悵和牽掛，她只是哭。我竭力安慰她，再三地叮嚀她，叫她耐性等著我，並且教給她怎樣寄信……然後我才機械似的離開家。

半年的光陰眼看又要過去，我的心早已離了軀殼，馳向家鄉去了。又聽黃大可說意芬婚後生活很快樂，不論各娛樂場所，或大商店，常常見到他們的儷影，所以我更想回到家去，以免在街上看見意芬後的不堪。

在大考將完的那一天，忽然收到家裡來的電報：「英病速歸。」我如聞疾雷，如看蛇蠍般的心悸不安，在第二天清晨就匆匆歸去。但是晚了，我遠遠見家門外有白紙的喪幡在午後的陽光裡動盪。

父母無言地迎著我，妻已停在屍床上。岳母和妻妹也止住哭，拭著淚站起來。我不顧一切地奔過去抱著她的屍身大哭，一直哭得母親看不過拉起我來。

「還是我們麗英命不好，年輕輕的夫婦就這麼分開……」岳母說著又哭起來。

她到我家僅僅十一個月，毫未享到幸福，就這麼鬱鬱地埋在我家的墳塋裡，留給我無邊的悲哀和淒楚！據說她的病是頭痛，大約是急性腦膜炎，電報才發給我她就死了。她臨終不知有多少話要向我說呢，但卻默默含恨死去。當時守著她的恐怕只有母親吧？她看著婆婆嚴肅的臉死去，該多麼痛苦呢？

本來母親叫我到上房去住，怕我在自己的房裡見景生情，但是我堅持不肯，仍留住在自己的房裡，思及去年的一切真是恍如隔世啊！

玫瑰依然在晨光下開著，小雀子依然在枝葉間跳躍著。但我的心已失去往日的歡樂。麗英死後一月正是我們結婚的週年。那天我從墓地歸來，就被母親叫到上房去。

「年輕輕的，什麼事都該想開些。她死得太早，難免傷心，可是一個月來，你也夠受的了，以後不要再這樣了。你看一個月來，你都瘦了！唉！都是媽對不起你！……」

已經一年了沒見母親這麼慈愛過。我真不知如何來報答母親的善意，只好淒楚地笑了笑，我覺得這一笑比哭還難受呢。

「許多事我都沒有向你說，半月來說媒的已經成群地來。鄉下人真不開眼呢，看去年你娶親時候的排場大，都想把姑娘送到咱們家。我有了去年的教訓也就不再做你的主啦，我看還是你自己辦吧，費用還是家裡出……你那個女朋友怎樣啦？還是你們有緣，沒福的倒先死了……」

我這些日子就怕母親提這件事，今天終於聽到了，我的心如利刃刺著般地痛，我覺得上帝在懲罰我。

「媽！不要說啦！我受不了。」

「怎麼？她不是和你很好嗎？」

「她……她已經出嫁了。」

「……」

母親也似乎意外地驚訝著，半晌說不出話來。

「那麼還是從家裡給你物色吧，外面女學生多半是靠不住的，反正媽不能委屈你。」母親仍不肯放下這個問題。

「媽！您只有我一個孩子，您自然很疼我，假如您真疼我，求您以後不要多談這些事好嗎？我活著不是單為娶女人來的。我一年來為這些事苦得夠受啦，媽，您答應我！」

「那麼你就一輩子獨身嗎？」

「也說不定，不過總要冷靜一些日子。」

「那麼你不再上墳地去哭她好嗎？」

「嗯！可以……」

「其實我也不是難為你。但是見你難受，媽心裡也不好過呀！」母親的淚也幾乎落下來，一向剛強的母親，很少見她流淚呢；但是為了我，母親傷心了。

「我聽您的，媽！您放心好嗎？」

等父親進來，母親靜靜地掩飾住自己傷心的痕跡。她太剛強了啊，並且歡笑著轉了話題，我也藉機會退出去。

有一天，我無心地從父親的舊書箱裡找到一本「諸葛神書」……是用數學的方法來推算休咎的。夜裡我在寂靜的深房內如法推算起來。

一個字、一個字算出，寫下來卻成章句，猛一看心為之一動。在靜

寂無一人的空房的深夜裡，我好像對著一個古怪的巫人。我看著自己抄下的句子：

「芳花未放先凋謝，淒雨敲碎別離夜，天災，地禍，還是自家孽；但回頭，青燈古剎，佛門籠明月。」辭句的好壞我已經顧不得了，但是個中意思倒合我目前的心情。我呆呆地看著這些句子，那種心緒大有賈誼在長沙夜裡看見鵩鳥，和愛倫坡妻子死後聽見烏鴉幽靈似的叩他的門板時的感覺一樣。我的心緊縮著：「假如麗英的靈魂回來，我該怎樣呢？」想著想著更不勝其恐怖了，幾乎想呼叫母親來給我做伴，不過我沒喊出口來。

幸虧一抬頭，見書架上自己學校課本的書背上的金字對燈發著光，想起自己是學科學的青年，怎麼迷信起來了？不由得笑起來，自己簡直成了童蒙。

「人是有脊椎的高等動物。」生物學上這樣記載著。

「人為萬物之靈。」古哲人早就告訴給我們了。

於是我戰勝一切玄妙，我忘掉悲哀。「我要做一個冷靜的科學家，絕不敢再墜入情感裡了，我怕啊！」我立著志沉沉睡去，沒有思慮，也沒有夢。

第六章　綠舟

　　湖邊柳絲在秋霞的映照下如夢裡秋思般的撫著靜靜的水面，水面有遠山淡淡的倒影。

　　是何處漂來一支蚱蜢舟？綠的船身，綠篷，綠的槳和櫓，那上面該有個纖小的精靈吧？還是一顆詩意的童心？原來只是空空的一個小到和柳葉似的綠舟。

　　淺黃色的浮萍花朵斜斜地遮在舟篷上了；但轉瞬，又到了浮梗的端頭，啊！啊！這不繫之舟。

　　看！小小的一個隊伍呢，從蘆葦深處漂出，三支、四支、五支、七支小小的綠舟，水波漣漪了，一個初生的小魚來欣賞水面上的世界了，它見到這一隊小舟，「世界上的東西巧小可愛啊」，它想著，又游到萍葉的蔭下了。

　　難得有愛麗斯的縮身藥，不然我將要變化成芥子似的小人，駕著這些小舟中的任一支，漂游在圖畫般的湖面上。當我閉上眼睛冥想的時候，我心飄飄地乘到小舟裡去了。於是綠的光彩使我整個心靈眩迷了：我想到初發芽的楊葉，我想到雨後的芭蕉，我想到鸚鵡羽毛上的光，我想到天使，人間一切的綠，我想到青春往事，以及一切在記憶裡開過花朵的遭遇；但是想不起一個容顏，一聲叮噹的細語，在夢般的童年裡，友情也隨之消逝了。

　　是秋風的獨語嗎？還是誰在哀嘆：「載不動許多愁」，將愁思付於流水吧，何必要難為蚱蜢舟！

　　等我輕輕睜開久閉的眼，白日夢化成煙，散了，那小小的舟之隊伍已經漂到更遠的地方，那地方掠過一個燕子的影。

　　蘆葦叢裡走出一個孩子，她的衣服很美，臉和態度都很可愛，不過

眉頭卻微皺著，黑色的眼睛裡有晶瑩的淚光，一把尖而狹長的葦葉握在白胖的左手裡，右手遮在眉際，站在水邊遠眺著，她在尋覓什麼呢？

「你找什麼？孩子。」

「我那一隊水兵！」

「水兵？在這和平的湖面上？」我微微震悸了。

「嗯！坐在綠船裡的蜉蝣。」

我萬不會料到那一隊小舟卻有著這麼大的使命，是水兵，兵士是做什麼的？孩子心裡可能明了這名詞？「兵是多的，多到很有趣的程度。」孩子一定這樣想。

「那隊水兵坐了船在水面上遊玩多麼有趣！」我說。

「遊玩？你知道他們是要打仗的！在湖邊的深洞裡有一個青蛙是他們的仇敵，他們結隊打仗去了！可是您見他們回來沒有？我等他們大半天了。」

「蜉蝣還會打仗？他們的生命本來就很短促啊！還會造船？還會有仇敵？」

「船是我用葦葉編的，蜉蝣是我捉住放在船上的，我幾次對他們說：『去！多去幾個，你們不知道青蛙不停地吃你們的同伴嗎？』我叫他們去打仗的，我手裡還有許多葦葉，我可以編許多小船給他們坐，不過，還不見他們回來，一定是敗仗了吧？」孩子說著引頸遠眺著。

「小小的創造者啊！會編小船，會捉蜉蝣，還能創造打仗。」我對她不敢藐視；我想著凝視著她，她仍在遠眺。

「你叫他們打仗幹什麼呀？」

「幹什麼？我玩。今天是星期日，我在這兒玩。」她似乎瞪了我一眼說。

「創造者的心啊，一個『玩』，會發生如許的波折嗎？」我想著，見她躬身跪在水岸上，用了一個小枝撥弄著什麼。

「回來一個，你看！只是水兵沒有了，一定是……」她把水邊沖歪了的一個小舟拾起，檢視著已經鬆散了的綠色船身，惋惜地說，聲音很酸楚，隨即在溼泥上用樹枝掘了一個小坑，把這小舟無聲地埋葬了。

「看！水兵變成空軍了！」我指著水草梢上飛翔的蜉蝣安慰著她說，她抬起頭來，拭拭眼睛笑了。

第七章　雨

　　春來未見瀟瀟雨，遍處是黃沙，矇蔽了多少清爽的心緒啊！我有時就想，如果住在沙漠的邊境，或乘駱駝旅行到沙漠時，該如何苦悶得可怕。昨天我本要到朋友家去，走到胡同口外，仰望西北的白塔頂上，籠罩了許多墨色的濃雲。我想：「假如在六月，這一定會來一陣急雨的。」所以我仍繼續著走去。走著，走著，雨點滴在焦灼的手上，仰起頭來滴在臉上，唇上，還有些泥土的氣息，甘露似的使我的感官甦醒了。可是我並沒有轉方向，仍舊往前走。但這雨卻是夏季的來勢，急驟得很，我的袂衣已經溼透了。

　　好在離家不遠，我掉轉頭來，重新走上次家的路，身上已經感覺到涼，心裡卻十分爽快。到門外，母親撐著一把大雨傘焦急地張望著，我如一隻遇險的小鳥飛投在母親的傘下。

　　一場大的春雨呢，隱隱三五聲春雷，丁香花的枝葉，欣然地搖擺著。看母親遲緩地換著溼衣服（我的衣服早換好了），我搭訕著說：「媽，這場雨對農田有益處嗎？」

　　「敢自好，有錢難買三月雨，今年鄉下收成一定錯不了。」我點了點頭。

　　記得幼年時在鄉間，見到農夫用柳條編成圈戴在頭上，敲鑼打鼓地在小廟臺上祈雨，燒香，叩頭禱告……然後敲敲打打地繞著村子行。許多孩子、小狗跟在後面，而結果仍是赤熱的太陽，沒有一片雲一絲雨。今天這場雨在鄉人看來，不知要怎樣感謝神明呢。

　　雨仍未停，風更涼了。我換了雨鞋撐了傘，加了一個披肩，想到門外看街上的流水。還未開門，就聽見街上的車輪濺水聲。我開了門，在門洞裡有一個人蜷伏在門洞的小石獅子旁邊。他的衣服已經溼了，一雙泥汙的鞋，放在臺階上。他的身體瑟縮得像一個襤褸的大球，在這大

球邊有一個高高的小鼓，一塊紫色的舊綢子晾在鼓上。這兩件東西告訴我：這蜷伏的人就是平日在街上唱曲子的流浪老人。他會唱，會表演，他的鼓清脆地打著節拍，有時用口哨裝作喇叭、笛子、胡琴之類的管絃樂器。姐姐的孩子們，如果一聽到他的鼓響就跑出去，大人們禁止不住，他們的小手手裡總悄悄地拿著一二分錢，這老歌者的主顧也只是小孩子們。奇怪的是他只唱一個故事，是《小寡婦上墳》。那塊紫色的綢帕，就是用來摀住臉哭的。有一次我教課回來，見他正跪在街邊，唱著而又哀哀哭泣，許多孩子臉上呈著各種不同的神氣看著他，那個大孩子眼裡閃閃的有淚光。我不忍心打破了他們凝靜的欣賞。我扶著車子，聽他哀哀哭唱，看他那前仰後合悲痛欲絕的樣子，覺得他完全不是一個老人，而是一個遭遇不幸的少婦。這歌收來卻是用一個哀痛過度的閉氣法，乾噦一下，然後蒙著臉半晌不出聲，小聽家們多麼擔心啊！不過，一些有幾次經驗的，就從衣袋裡掏錢，或愧愧地偷著溜走。果然他拿開帕子站起來，換一副微笑的臉子，伸手向圍著他的聽眾要錢。結果他只得到一些破爛不堪的分票。他滿意地背著鼓，一跛一跛地走向夕陽裡去，間歇地敲著鼓，孩子們也呆呆地回去。

　　我站著看他很久，也許他感到了，把埋在膝間的臉仰起來，那麼枯乾的一張臉，皺出一些笑紋來說：「叫唱曲嗎？」我搖搖頭，他失望地又把臉埋在手膝之間。我關上門，預備拿些熱麵湯和饅頭給他，可是再開門出來時，他卻走了。雨並未停，我下石階，看他弓著腰背著鼓，一跛一跛地在冷雨裡走去，很遠很遠的。我想叫他回來，但是我的唇已麻痺不能動了。等我回到家裡，身上又溼了，因為我兩手拿著東西沒拿傘呢。他一定誤會了，因為有許多人家的門洞裡不許人站立或閒坐呢。可是我的意思又怎能傳達給這可憐的老人哪！

　　春雨停停吧，再珍重一些，不要下了。沒有田地，沒有居室的人，到哪裡去躲避呢？

　　　　1942 年 8 月（原載《新民日報》1942 年第四卷第十六期）

第八章　黎巴嫩的香柏木

　　我真希望自己是平原上的野草，或沙漠的玫瑰，或是水邊的蘆葦，或是約旦河邊的百合，甚至希望自己是任何一個生命最短促的一年生植物，免得見到世事的變遷。但我卻偏偏是一棵黎巴嫩的香柏木。我將要怎樣度過這些悠久可怕的日子啊！

　　在黎巴嫩山上，我生在母親 ── 一棵大香柏木樹的身旁，和許多同類的樹木綠蒼蒼地映著西方的大海。現在你們叫地中海，不是嗎？腓尼基的商船在夕照裡結隊地駛往尼羅河口，再載著大量的非洲珍品，乘南風歸來。在黎巴嫩的山上，也聽到過漁人的歌聲，銀狐在月下結隊出遊，閃著數百顆膽小的媚眼；我的蔭下也曾沉睡過疲乏的行人，五色的錦雞在小草上追逐著牠們的情侶……呀，一切都過去了，一千年，二千年……時光太悠久了。

　　那些棕色的奴隸啊！是一萬個，還是五千，連我的母親都沒數清。他們每人持斧、鋸、勾、鑿以及繩索從海上走到黎巴嫩的森林裡。監工的皮鞭聲，奴隸的呼叫聲，把一座靜靜的山弄得烏煙瘴氣。眼看許多同伴被他們砍倒了，他們又來弄我，母親的枝葉護庇著我又有什麼用呢？第二日我和許多同伴一起被人綁成一個龐大的木筏投到大海裡。好難忍的海腥味！我才知道黎巴嫩山上的氣息原是濃香的，只是生長在那裡，久而不聞其香罷了。我記得那些棕色的奴隸說：「香啊，香啊！」現在離開我芳香的故里來到這腥氣難忍的海上，駛向何處去呢？母親仍在山上嗎？他們要我們有什麼用呢？我們雖然香，可是夠笨重的，要我們有什麼用呢？

　　這許多的「不可解」把我的「木心」脹得發痛。

　　海水腥是腥但非常美，夕陽的光灑下來，給它罩上了一張龐大的金網。我們漂浮、漂浮，漂浮了好幾個晝夜，終於被他們弄到一個生疏的岸上，又把我們分開來，因之我更孤獨起來。

天哪！我受了多麼大的刑罰呀！我受過鋸、刀、鑽的創痛，由一個白髯飄飄的老藝術家把我按照天使的形象雕刻成了一個「木美人」。因為在宮殿的角落裡正缺少一個燈架，我就擔任這麼一個俏皮的角色。許多的同伴也都改換形容，裝飾著宮殿的內部：有的做地板，有的做護牆板，上面還刻著初開的花朵或飛翔的鳥。我們淒然相對，有無限的哀愁。但是靜靜地從未有過交談，因為說話又有什麼用呢？誰能把一個「木美人」再重新造成一棵香柏木呢？

那天月亮很好，我掌上的明燈都因之遜色了。在窗外的走廊上有抑揚的琴瑟聲，又聽到遠遠的人聲歡呼著：「所羅門王萬歲！王后萬歲！」漸漸地琴瑟聲加大了，加大了，還有齊整的步伐聲。突地殿門開了，五十對童女舉著明亮的燈火，輕輕地走入殿裡，她們站成兩排。她們的錦繡長裙交錯著鋪在香柏木的地板上。看哪！埃及的公主、法老王的女兒、智慧之王所羅門的新婦！在月光下，在燭影裡，嬌滴滴地依著一代名君的肩膀，按著琴聲走向殿中，她的珠履軟軟地踐踏著無數的錦裙。在六重臺階的寶座下，四對真正的埃及白孔雀馴熟地站在寶座兩旁，高高的銅臺上有繡墊承托著后冕與后節，發著精金和寶石的光。那英俊年輕的所羅門王親手替她戴上冠冕，又交給她那短短的王節，然後吻著她的小手說：「美麗的王后，我對萬君之王耶和華起誓說『我愛你直到永遠』。」兩朵笑著的紅暈飛上她的兩頰，廊上的琴聲又響了，那一對天造地設的情侶行完加冕大典，就翩翩地回到寢宮。這巨大的宮殿立刻沉寂起來，五十對童女、白孔雀，都退出去了，琴聲也停止了，遠遠地還有沸騰的歡聲。

我忽然覺得臉上溼潤起來，好像我的眼裡曾經流出了忌妒的淚水，我自己懷疑起來。仔細看：原來我的頭被一個生著金色捲髮的真美人頭貼著，她海藍的美目流著繁多的淚，塗著香膏的唇一張一合地在小聲訴著怨

言。「木美人哪！我多麼羨慕你呀，你有明珠鑲就的眼，你有赤瑪瑙的小嘴唇，你出自名藝人的手。你快樂，你安靜，因為藝人是慈善的，他不肯給你一顆解事的心。所以你沒有悲哀，假如我是你還知道什麼是悲哀嗎？……」可憐的人受了什麼委屈呢？窗上一個人影，飄然跳入窗裡。我身旁要發生怎樣一件故事啊！進來的是一個青年，他除了衣服比不上所羅門王，什麼都在那智慧之王以上。他眉宇間有威毅的氣魄，他有魁梧的身材，在月光下他的姿態有如凸起的山崗。他對那哭泣的女人說：「還在發痴嗎？你沒親眼看見埃及公主奪了你后妃的位置嗎……」一會兒，月亮從樹枝縫間溜到高空，全殿更明澈如水晶宮。那青年人又說：「我除了沒有王冕以外，有什麼地方比他不足呢？！放明白吧，他絕不會垂顧一個沒勢力、沒財富的宮女的。他也不會真愛那新娶的婦人，只是敬畏法老王，那埃及雄主的威名而以婚姻結交罷了。這奢侈的、愛財的富人哪，總有一天，我……」那哭著的女人忽然迅速地用手遮住他的嘴說：「你喝醉了嗎？魔鬼附住你嗎？說什麼瘋話呀？」「哈哈！瘋話？你不見前些日子，示巴的女王來覲嗎？表面說是要聽他說智慧的話，實際是變相地求婚。多少駱駝馱來精金、香料、寶石與檀香木……那精明的女人真是十分了解他。可惜來晚了一步，沒想到她的意中人已是法老王的愛婿了。請想！你有什麼做賄賂來買王的愛呢？」「愛情是可以買的嗎？如果可以買，我現在不買王的愛，倒要買你的愛了。」「我的愛情卻是不出賣的，是甘心獻給我選中的愛人的。我為你保藏了多年的愛，請你接受了吧！」「但是我忽然懷疑起來：我真的愛過他嗎？還是沒了解什麼是愛呢？你使我從迷茫中清醒過來。你，你，你是早已被我愛著的，只是王和你有些相像罷了，而且……我多麼羨慕那加冕的盛典啊！」「美麗的人哪！終有一天我親手捧著冠冕戴在你頭上。」兩個人從窗口相扶著出去，只剩下我對著寂寂的月，聽著尚未休止的遙遠的呼聲茫然了。人間的事太奇怪了，我也許要永久站在這宮殿的角落看這些奇怪的故事呢。

在一個明朗的下午，王和他的后妃在這殿裡吃著豐美的宴席。但其中卻沒有那美麗的埃及公主。只是王所寵愛的外邦女子，打扮得那麼妖冶，用各種姿勢向王獻酒，她們身上沒有長長的紗衣，只是珠寶鑲繞和塗著脂粉的肉體。我看得心煩，但我有什麼方法閉上我的眼睛呢？她們淫蕩的笑語，足夠使人掩耳的了，但我有什麼力量拋棄了我手裡的燈而去掩耳呢？看，一個戴著翠圈耳環，黑髮大眼睛的摩押女子怎樣邪暱地依在王的懷裡，舉著杯說：「祝王萬壽，喝了吧！這酒比那埃及公主的香唇還香呢！」別的女子也隨著大笑起來。昏昧的王的良心在靈魂深處一閃，他呆了。也許是對他那冷宮裡的王后懺悔了！那個女人卻站起來把那杯酒喝了說：「你們看，我在喝那棄婦的眼淚，真香啊！」於是又一陣哄笑。忽然，一個臣僕匆匆地進來匍匐在地說：「求王恕我闖進來的罪吧！你的侍臣，尼八的兒子耶羅波安叛了，他正在圖謀作以色列人的王。」王憤怒地站起來推開那狐媚的摩押女子，摔了酒杯說：「捉他來，我要親手濺他的血在我的宮裡！」那個臣僕又匆匆地退了出去。我怕起來，我將要目睹「人殺人」的醜事了，我多麼不幸啊！黎巴嫩故鄉啊！吹一些清香的風來使我的靈魂甦醒吧！

　　我被人類的血腥氣弄得昏昏欲死了呢。又來了臣僕報信說耶羅波安逃到埃及去了。王才又坐下吃他奢侈的午餐，喃喃地說：「逃往埃及，法老王死了，我還把埃及放在眼裡嗎？諸女子啊，為我換大杯的酒吧！在耶和華，以色列的上帝保護之下我是王中之王啊！」話還沒說完，忽見那摩押女子昂然地離開座位說：「王的心真是被耶和華迷住了，你不是多次說我是你的愛妃，我的神就是你的神，並答應了百次為摩押的神造聖像獻祭嗎？怎麼又反悔起來了？」說著假作嬌痴地抽出王的佩刀來說：「王的愛既然不是真誠的，我再活著有什麼趣味呢？還是死了的好，也好自由地回我的家敬拜自己的神。」說著用刀往白玉似的頸項上橫去。

自然她的手臂早被許多同流的女人挽住，因之她可以更逼真地表演這幕自殺的戲。王的心驚亂起來，一個生於錦繡堆裡的王自然沒有什麼事比這幕戲還動過心。他把刀奪過來說：「沒有金子可以用銀子代替，沒有上帝可以拜別的神；要是沒有你，用什麼代替呢？在天明一定開工為你的神造像。」那女子伏在王的腳下，吻著王的袍子說：「願王的福壽無邊！」唉，背義的人哪！要拜自己所創造的假神了，以色列的上帝賜他的無邊洪福，竟換不得他一顆信心。太陽忽然被雲遮住了，陰沉沉的天氣呀，他們的宴席還沒有完。

王終於年輕輕的死去，遺下錦繡河山和一千多妃嬪，此外戰車、馬匹、精金、珠寶、牛羊、象牙、猿猴、孔雀、駱駝、臣僕、戰士無數。他的喪儀所費的錢多如海邊的沙，但王自己能帶入墳墓的只是一個犯了罪的屍體。

我多麼恨自己悠久的生命啊，我眼見埃及的兵在這宮殿裡搶去王製造的金盾牌二百面，重得二十個兵抬著一個，真不知王當初造它們有什麼用。這些兵又搶去許多寶藏及妃嬪，我手上的金燈臺也被他們搶去，幸虧我沒受傷，仍然佇立在這劫後的所在。眼看著興盛的衰敗了。

所羅門的兒子遠遠地逃亡到別處去。一個禿了尾的孔雀時時走在我的面前，我很想問問它對於這次變亂的感想；但是幾十年來我的木口沒有張開過，還是始終如一。我們只有黯然一瞥，就各不相干了。

月亮和我一樣，它照昔日也照今日，照君王也照庶民，又照著開著的宮窗。我又聽見廊子上的琴瑟聲，我又聽見遠遠的人聲歡呼著：「耶羅波安王萬歲！王后萬歲！」殿門開啦，有一百對童女提著珠燈引路，依然把華貴的長裙鋪在香柏木的地板上，那個尚未失去青春的黃捲髮的女人挽著一個俊偉的君王走著貴族的步子，登上寶座。十六對孔雀分列在四周，王把一頂寶光閃閃的后冕加在那個生著捲髮的頭上。她笑了，

一個青春的笑。王吻著她的手說：「親愛的后啊，你的榮耀幸福不比所羅門的后所得的要超過十倍嗎？我在上帝面前立誓說：『我愛你直到永遠。』」大典已完，他們正要回寢宮的時候，我旁邊一個蒼白的中年婦人悲哀地發著抖。在月光下我看出她是所羅門加冕的后，也是所羅門的棄婦。她為什麼穿著宮女的衣服站在這裡呢？她忽然悽慘地號哭了一聲：「多麼悽慘的典禮呀！」隨即發著鬼哭似的聲音從窗子跳出去，沒人看見。但是新王新后都聽見這淒然的哭聲了，而且他們斷定是從我這兒發出的，他們派兵丁搜尋哭的人，沒有。誰的臉上也沒哭的痕跡，雖然都那麼中了魔似的發著呆。結果他們怕搜不到人而獲罪，就斷定是「木美人」作怪。一個兵丁說：「王啊！是那個丟金燈臺的香柏木人哭它被搶去的燈臺哪！臣僕在王登位以前就常常聽到她哭。」我心裡非常氣憤。我並不怕獲罪，只是這樣以假作真未免太不合道理。好在人們原是不合道理的動物，我也看慣了。我正要寬恕他們，但那愚昧的王卻提著刀在兩個持燈的臣僕後面，又怕又裝作勇敢地走來。我看他面上已失去當年的清秀，不知什麼東西使他的臉上多了一層晦色。他用刀威嚇著我說：「你真叫惡鬼附了體嗎？在王的吉日你哭些什麼？」我自然不會像人一樣求他可憐，我也不願真做出使他們驚嚇的事，我依然保持著香柏木固有的品格，昂然佇立，月光正好照在我鑲著明珠的眼上，發出兩道清光照在對面掛鏡上，我自己也奇怪這光的銳利。那王用袖子遮住眼睛說：「把她扔出去，立刻！扔在無人的地方焚燒了吧！」果然我被人們抬出去了。從人慾橫流的王宮裡，走入清新的夜空中，幾十年的煩悶完全隨風而散。抬著的人說：「真香！為什麼在宮裡聞不見香氣呢？」另一個說：「宮裡只有人的氣味，把香味淹沒了。」那一個又說：「在哪兒燒這木美人呢？」另一個說：「你真呆，燒她多麼可惜呀！這是名藝人的雕刻呀。我們把她放在風景美的地方，有工夫倒可以多欣賞幾次呢。」「還是你呆呀！王如果知道了，抗命的罪我可擔不了，也許把我們餵了獅子，那還

能欣賞藝術嗎？」「哈哈！你沒見王對這木人多麼怕嗎？我們把她安置好了，回去對王說：『這木人確有精靈附體，不但沒燒成反被魔鬼搶走了！』」他們走了很長的時間，走到一個靜寂的棕林裡，林中有一條小溪，他們就把我安置在溪水邊。一個人說：「你覺得這溪水香嗎？」「是的，香極了。比王家的香料要香萬倍。」「這小溪是通著黎巴嫩山澗的，所以香啊！」黎巴嫩，我的故鄉，聽見你的名字我也得安慰！幾十年的人間生活使我遍體腥羶，小溪水潺潺地流吧！你帶來的故鄉氣息足以使我的品格更清新。那兩個好心的臣僕已走遠了。我清醒地站在生滿野玫瑰的土地上，從棕葉的縫隙中看那銀色的月光，這個地方是多麼合適的居所呀！到白天有各色的鳴禽棲止在我伸出的手上，肩上，唱著林中的歌曲，它們有時歪著小巧的頭端詳著我的眼，或者頑皮地啄著我閉了多年的嘴，得得有聲，與溪水、鳥鳴組成一曲和諧的音調。

又過了多年，我依然健在。一個同樣的月夜，我正聽著溪水訴說故鄉的消息，溪水說：「黎巴嫩的小柏樹又蔚然成林了，黎巴嫩的水發著乳香的氣息……」忽然，一個白衣女子從我身邊匆匆走過，向著王宮的那條路，走得雖然飛快但是顛巍巍的，是衰老的表現。聽她喃喃地說：「看亞比央王后加冕去呀！看亞比央王后加冕去呀！五十八年了，五十八年有三個不同的王登基，三個不同的后加冕。呸！羞死人的事。嘻，嘻，嘻……」笑得如夜間的惡鳥。我默默地說：「人間的事，可羞的太多了。唉，我願回到我的故鄉！」

（原載《東亞聯盟》1942 年第三卷第一期
1945 年被收入小說集《奔流》）

第九章　雪的頌讚

　　雪，喜歡悄悄地來，在萬物的沉睡中來，給人以驚訝的欣喜，如果你的屋舍在村間，最好在小山下。當你推扉一望：全宇宙改變了，難得的純潔，難得的白色，在雪後是公平的塗遍了各處，高山低谷，屋舍田原，完全受到聖潔的洗禮。

　　一般人喜歡把狂吼的北風伴著雪來寫，但在我的經驗裡卻以為風是雪後的事，雪總是無聲地飛飄下來，而且在下著雪的時候，天氣也不比平日冷，總是那麼涼森森地解除了人們在爐邊的枯燥，消散了在酷寒中的不適，假如在雪裡有一兩株臘梅，那麼一陣陣甜香會沁入你心靈深處的，更會使你忘了春花秋月的美。

　　記得在江南的冬日，很難得下雪的，但是有一次卻下了一天一夜的大雪。庭院裡的一株老臘梅，正在盛開著金色的花朵。它是從一個老磨房的牆角下斜著長出來的，有的枝上花多，有的枝上花稀，總是三兩朵生在一個小枝下，頗有風韻地在冬的空氣裡生長著，在雪裡它甜香飄散，使人不忍關住窗子。在晴天的臘梅也同樣的芬芳，但是它的色彩太淡了，是宜於雪天的，雪加增了它的美。

　　的確，雪能加增萬物的美，隨便一團蓬草，或一段廢垣，在平時看來總是給人以荒蕪或雜亂之感的；但一經下了雪則深淺有致地成了圖案。夏日的烏蘿松蔓延得太高了，在牆頭屋脊的鐵蒺藜上也爬滿了，等到秋殘時候未得把這些枯了的枝蔓摘取下來，常常對它生出厭惡的心；但是下了雪以後，枯枝上巧妙地掛住了團團的雪，看來好像架上的白薔薇，雖然沒有綠葉襯托，有那淫淫的黃枝和朵朵白雪已經夠使人喜悅的了。

　　可惜人間總是汙穢太多，雪的純潔又能保持多久呢？不用吹起雪後的朔風，不用露出融雪的日光，只要人們的足跡和車輪的碾壓就足夠破

壞雪的純潔了，何況街頭巷隅又隨時有汙水和垃圾的傾倒呢。於是我覺得雪還是該降在鄉間，在大自然中保持它的純真之美，人煙稠密的都市啊，是專會破壞清潔的。

但是你可以登到景山，或北海的白塔上去俯視整個被雪遮蔽的古城，或者到什剎海、李廣湖邊上去欣賞這被人忘記了的名勝。假如有一兩個知己，更可以去西直門外或德勝門外去看古城垣下的駝群，看它們傲慢地、遲緩地順著領路人的牽引前進，雪地上留下多少大瓣的足跡，更遠更小了，載著冬日的憂鬱遠遠走去，留給你的是無窮盡的悵惘與美的空洞感覺，這些感覺完全是雪的賜予啊，我用無言之歌讚美它的純潔。

第十章　悸

「媽媽！我不去！」有一次我想帶珂兒出門去玩，她不肯。

「為什麼？孩子，你不是喜歡出門嗎？到公園去看金魚。」我說著，看她的小眼睛裡閃著一些祕密，就半勸半哄地問她。

「不，我不去。」

「為什麼呢？咱們順路到楊姨家去看小貓。」

「我怕！」

「怕什麼？有媽媽在你旁邊，怕什麼？」

「怕要飯的，怕街上餓死的要飯的。」她說著拉緊我的衣服。

「……」我聽了說不出話來。我感到羞愧，許多人餓死在街頭，我卻有閒情逸致帶了孩子去遊逛，去玩樂……我的孩子有媽媽的愛，有足夠的衣食，還按時按節地去踏青，去玩，我慚愧。我也怕了起來，我想起小乞兒泥汙的小手向我乞討，我只冷冷地說「沒有」，或偶爾發慈悲給他們一分錢……但對我自己的孩子卻有這麼豐富的愛。我抱住珂兒發果，半晌一句話也說不出來。

「媽媽！你知道要飯的都沒有媽媽，也沒有爸爸呢。」珂兒在我的懷裡，遐想著說。

「不，他們也有媽媽、爸爸，可是……」

「可是為什麼不給他們吃東西呢？」

「沒有錢買呀！」

「為什麼沒有錢呢？」

「他們沒有事做。」

「為什麼沒有事做？」

「……」我回答什麼呢，她好奇地等我的解釋。

「媽媽，告訴我吧。」

「我也不知道，孩子！你去在院裡玩皮球吧，一會兒姐姐就回來和你玩了。」我一向沒有使孩子茫然得不得要領過，我把孩子支吾走了，她坐在夾竹桃下面的小凳子上，一會兒又跑回來，好像又看見什麼可怕的東西似的。

「我又聽見那個要飯的哭呢，就在咱門口。」她說。我專心一聽，果然一陣陣微弱的呼叫聲，像哭又像號，又像喘，就在我的門外。他就需要我的幫助。我從廚房裡找到一塊剩饅頭，開了一個門縫想給他，但是他卻躺在地下。似乎年紀很輕，其實只是身材很小罷了，全身泥汙，我又上哪裡去看他的年紀？他見我給他饅頭，出乎我意料地搖搖頭，不要。奇怪！怎麼回事呢？問他，他也不說什麼。我一生自然經過多次的悲哀，但沒有一次比這次更難過。哦！他在藐視我的婦人之仁，他在譏笑我的假慈悲，他不需要我這短暫的賙濟！他需要徹底的救助啊。我輕輕關上大門，仍在想著他到底需要什麼。

「媽媽！你怎麼不捨得給他？」珂兒從屏門裡往外探著身子問。

「他不要！」我說著還在想……我想他一定是需要稀薄的食物，餓了多日的胃，怎麼能咽乾硬的饅頭呢？他的腸胃也是柔嫩的肉啊！我把一碗剩稀飯熱了拿出去。我低著身子給他，他卻接了，一口喝下去，我的心略覺平安些。而且再也沒聽見他呼叫。珂兒也隨即把這件事忘了。

晨來忽然起了暴風雪，清明後第二日怎麼有這樣冷的天氣。飢寒線上的生靈，好容易盼望到三月天，三月天又這麼殘忍，疾風冷雪任意激

打著胃內無食身外無衣的人，任他們顫抖著和自然的殘暴抗爭。我把冬衣又找出來給孩子們穿好，送琤兒上了學。回來和珂兒玩了一會兒，風雪仍未停，天色更黯淡了。我雖然知道琤兒安坐在教室中，但心裡老覺不寧靜。風吹得窗子啪啪響，珂兒又在恐怖地看著我說：「媽媽！你聽！昨天門口那個要飯的又叫喚哪！」我仔細一聽，並沒有人聲，只是風聲罷了。

「不是，孩子！那個人已經走了。」

「他到哪兒去了？」

「我也不知道，只是今早送你姐姐去上學沒看見他。」

「他也有家嗎？」

「我想他應該有！」我似乎在欺騙孩子，我實在不忍多摧殘這一顆小小的童心哪，她也就把注意力轉向她的小絨熊上。

午間我去接琤兒，因了風大，我轉了方向走著，在一個小胡同的轉角處，直僵地躺著一個餓倒的人；自然這種現象是日來看慣了的不足為奇。我硬著頭皮從他身邊走過去，但是我不知從什麼地方看出他的特徵來，他就是昨天在我門前呻吟的那一個！我從什麼地方認出他來的呢？也許是因為他身旁吐的小豆小米稀飯吧？那已經凍硬了的一大攤。可憐的！吃了怎又吐出來了？他的胃已經不能工作了吧？我默默地走過去，心裡兀自酸酸的，人與人之間就一點連繫都沒有嗎？任他們餓死在街頭。

下午我又從這兒過，卻見一個警察指揮著兩個和死去的乞丐神氣差不多的人抬走一個白色的薄皮棺材。完了，這也是一個「人」的「一生」。但是我始終不明白，任一個人飢餓死去，死後卻用足夠他生前買

幾天食物的錢買一個棺材來，裝殮這已無知覺的屍體。那麼屍體比生命還珍貴些嗎？還是「死」真比「生」值得紀念呢？我始終想不明白。

「媽媽，這也是餓死的吧？」琤兒也來問我這問題。

「哦！」我真不願多和她們討論這問題了。

「怎麼人好好的會餓死呢？老師說叫我們省下錢來賙濟窮人，老師說那是最好的行為。」她一提老師就像提起神明一樣，叫我也服從她的老師才滿足呢。

「是的，那是最好的行為！人和人是該有同情和互助的。」

「媽媽！人怎麼好好會餓死呢？」

「胃裡沒有食物，可是胃卻總是自己動作著，有食物，消化食物，沒食物，胃膜自相摩擦，痛得難忍呢……而且身體內也沒有養分和熱力……人就完了。孩子！走吧，太冷！有工夫再細講吧！」我拉著她匆匆走向寒風裡。

很多日子沒和孩子談到乞丐的事了，而且萬幸門前雖有時來討飯的，卻沒有多麼悽慘的景象。據說有些仁人善士捐了款，新設了幾所粥廠，這麼一來，起碼把這些垂危的人們集中在幾個地方，免得到處使人心悸。從我的立場來說，設粥廠的先生們也是慈悲為懷呀！至少可以使我眼不見心不煩。哦！人與人間總算還有連繫，我應當再告訴我的孩子們，人間尚有希望。

「走啊！琤，珂！到北海去！」天晴了的禮拜日，我對她們說。

「走！我拿著皮球去！」珂說。

「媽媽！我帶顏色筆去！和小本兒。」琤說。

　　我們在晴朗的三月的天空下走著，孩子們愉快得連躍帶跳，我卻注意地向前路探視，一有餓倒的人，就繞著走。

　　謝謝「命運」！我們只遇見三個，都被我巧妙地躲過，她倆沒看見！

第十一章　越嶺而去

　　遠遠一陣雷聲，天還沒全陰，西北山頂上有一朵烏雲，它魔幻地伸展著，一忽兒，黑了半邊天。

　　東柱的唇角往上牽了一下，又收回去，他要笑，但忍住了。陽光從雲隙裡灑下來，廣大的草原上描了一彎小溪，澄清得實在像帶子——藍色的絲帶子。鎖兒的媳婦也趕著一隻頑皮的鴨，叫牠歸到群裡去預備回家，其餘的鴨卻柔順地上岸，在淺草岸啄羽毛，有的扇著翅，滾下水珠。遠遠看去好像幾朵大而純潔的白花朵，錯落地開在綠草上。

　　被趕的那隻鴨子又悠悠然游在溪水裡。鎖兒媳婦急得咒罵著拭著額上的汗，一縷短髮被汗浸溼了捲曲著，像一個黑絨花蕾。東柱的笑再也忍不住了，一聲笑掩住了遠雷。

　　「笑什麼？跌跟頭撿了元寶是怎的？」她怒沖沖地瞪了東柱一眼，舉著長竿子順流跑去。鴨子在水裡靈活得很，不像在陸地上那麼文縐縐的，牠順流浮下去，人和鴨子都趨近了東柱，他捲捲褲腿兒邁入水裡，一手捉住鴨翅。

　　「要活的要死的？」東柱笑著，鴨子嘎嘎地在他手裡掙扎。

　　「你敢弄掉牠一根翎毛，我要你的命。」

　　「你瞧！我擰死牠。」

　　「東柱！你敢，你……」她隔著河焦急地喊。

　　「我就要看看你要我的命！」他笑著，作勢弄死那隻鴨子。

　　「給我送過來沒事。你……」她聲音已柔和多了。

　　「說好聽的！」

　　「東柱！你給我吧！要不……我回家挨罵。你還是我的好街坊呢。」

她持著竿子半哀求地說，東柱奔馳而來。水花濺在他捲著的褲腿上，鎖兒媳婦卻倒退了幾步，她感到他威嚴和力量的逼迫。

「還得說好聽的！」他緊立在她的對面，眼光逼得她低下頭去，什麼也沒說。乘他不備，一下搶過鴨子去，倒持了竿子要跑。沒跑開，他捉住她的膀子不放。

「你還要我的命不？」他笑著，看著她。

「不，要你命做什麼？得啦！放開我吧。他們一家子看見可了不得。」她掙扎著像她手裡的白鴨。

「晚上出來一會兒行不？就在這兒，我有話對你說。」

「不一定。」

「不行，你來，你不來我跳牆找你去。」他故意要挾著。

「那可怎麼好？我來，不過得他……睡了……他還有一點不舒服呢。」她仍然沒脫開他的手。

「他，他 —— 少提他！你可答應出來了。不許到時候變卦。你還是起誓吧！」他等著回答。

「我來，不來了，不得好死……你真……」她哀怨地望望陰遍了的天，有雨前風吹著撫在溪面的楊柳，他把捉著她的手鬆開。似笑非笑地依著一棵樹幹望著她臨去的神色。鴨群緩緩走去，雷聲近了。

雨後的晚夕，有夏夜特有的清爽籠罩著大地，鎖兒在床上呻吟著，他媳婦在簾下的小涼灶上煎藥，看看新月已經鉤住牆外的樹梢兒，蛛網上的水珠閃爍著銀光，時候到了。蛙聲似乎在呼喚，而藥的氣味懊惱著她，良久，良久，藥水煎熬好了，端入屋裡，婆婆還嫌她熬得太稀，時候小。

「心裡想著什麼？這麼忙？這麼一大碗苦水叫他怎麼喝？」婆婆瞪著她，她也沒說什麼，只是咬咬下嘴唇，轉過臉去。

「我不吃呀！太多。」鎖兒並沒看見藥量多少，只是順著媽媽的口吻撒潑不肯吃，他只有十四歲呢，比媳婦兒小了五歲，他在坑上像一隻瘦猴兒。

「別著急，好孩子……你再給他熬去！也上一點心！這會兒別再熬糊了。他媽的該犯喪氣星！」

她又點上小涼灶，把藥壺放在上面。落下滾去的水很難燒沸，新月又升高，蕩在白色雲縷裡，織雲浮過去，天色藍得可愛，她焦灼地偷偷把藥倒一半在地下，然後煎了一開，好容易服侍鎖兒吃了藥，婆婆又罵又囑咐地走了，鎖兒還沒睡著，反側著。

「你也睡，你不睡我害怕，我吃了藥嘴苦，你從櫃櫥裡給我拿點冰糖。要不，你從小籠裡給我拿一個沙果吧……」

「你還有完沒有？吃了藥不說好好睡，出出汗，又吃這個，又要那個，你成心擾人……你成心折磨我是怎的？」

「你就會跟我發橫，你有本事跟我媽說去。吃點糖準睡呀！」她聽了，無可奈何地去拿冰糖，不再說話，怕婆婆聽見不甘休，那麼更不能出去了。「他等急了真會跳牆進來呢！」她想著悄悄地把糖放在鎖兒的手裡。

「你好好睡，你睡了我還得關雞柵欄。還得把狗關在二門外，完了事就睡，你要不好好睡我就不跟你好了。」她的聲音很小，不過心跳得很厲害，好像不該這麼瞞哄一個孩子。鎖兒的冰糖塊太大，在嘴裡不便當，唾液都流在嘴外。

「你給我咬開，糖塊太大。」他把糖從嘴裡拿出來。

「得啦！小祖宗，您對付著吃吧！要不自己咬開！我嫌髒！」

他只得又放在嘴裡，咬著，嘟囔著，漸漸睡了。她才長長出了一口氣，等了一會兒，她悄悄地走出去，幾枝秫稭被她踏碎，她一驚，用腳尖走去，幸虧沒人問，她從後門走出去。月色和蛙聲的世界，有小溪潺潺地奏著夜曲。

「你怎麼才來？」

「你嫌晚不會別等著？」她像一個出籠的小鳥，話語又強硬而活潑了。在月下，她的臉上有愉悅的光。

「對了，正要跳牆去找你，看你為什麼捨不得你那小猴兒男人，我看你們怎個親密勁兒！」他妒忌地用力抓緊她的肩頭，她熱烈地依近他，他們沉醉在雨洗過的青石上，有小草圍著青石的邊緣，她低聲笑著。他仍然妒忌地咒詛著，要從她身上找一些安慰，以解脫他的憤恨。

「說實話，你和那個小猴兒怎個親密勁兒？說！」

「我們親，我們捨不得離開，他是我的男人！」她有意挑逗他，她見他微怒的臉孔背著月光另有一種魅力。她恨自己炕上那個猴兒似的傻孩子，可是命運注定了的，自己恨著的反倒要相守一世，自己念念不忘的卻成為路人……心緒不寧地起伏著。東柱果然被惹怒了，雄猴似的撲向她，狂了似的，把頭臉撞著親她的全身。

「你再靠近他，就要你的命！」他瘋狂略住，恨恨地說。

「你……要我的命，我也願意，東柱！你弄死我吧！」她迷茫地站起來，顫巍巍地走了兩步，張著兩個手臂，要他抱。

「離開我遠一點！我不要你挨我！你這心嘴不一的女人！去！躲開

125

我！」他怒斥她，像叱罵一頭生癩的狗。她的淚流了滿臉，月光憐惜地照著她慘淡的面容。

「你真怪我嗎？你不知道事情是父母做的嗎？你不知道我心裡難過嗎？你不知道我出來難嗎？你還這麼屈人心，你不說可憐我，你還生這麼大氣，我真不如死了好。」她的手仍然張著，但全身沒有著落，晃搖著像微風裡的花棵。

「你死了倒也乾淨，省得一想起你們的事就刺我的心，可是你不能一個人死，你留下我做什麼？」

「我捨……不得叫你死……你……這麼年輕力壯……你還有用……你不能死，你不能死啊！我的……好東柱！」她終於哭倒在他的胸前。他的怒氣已經化為烏有，粗大的手指抹去眼角的淚，撫著她的髮鬢，默默無言。月下的天地清明而廣大，難道沒有一個地方使他倆存身嗎？可是也沒有一件東西足以阻止他們相近哪！是什麼使他們這麼傷痛，這麼毫不憐恤地摧殘他們活潑潑的生命。

「你不知道我在他家一天多麼苦哪，婆婆那麼厲害，事兒又那麼多，一天累個死……他又是那麼一個尿泡孩子，一點不能幫助我，心痛我，動不動的還向婆婆說我的不是。我的脾氣自幼咱們一塊玩你是知道的，沒吃過虧；可是現在只有氣受，沒有完的苦吃著，你還不明白人家……」

他的憤怒早已變成哀憐，他擁著她默默無言地四處望著，忽然他見到北方和西方的高山，綿延巍峨。在那兒似乎有力量吸引他，呼喚他。

「你和我走吧！」

「了不得！我怕人家笑話。」她畏懼地搖著頭，好像已經有千萬隻

眼睛在注視她，有千萬個輕視的冷笑的臉在她四周閃著，丈夫的小瘦臉上暴露著青色的血絡，也冷笑著似的映在她腦海裡，婆婆的臉是鐵色的……可怕啊。

「怕笑話！不怕受罪？不和我走，做小猴的女人誰能誇獎你？就是有人誇獎你，你又能得到什麼？你又有什麼快樂？你想想，你就真甘心一輩子忍氣吞聲活下去受罪嗎？你嫁了以後也得了瘦病，黃黃的臉，我見了就心痛！走，無論如何你得走，你要想活著你必須走。在山那邊有我的親戚家，就是沒親戚我也可以養活你。憑我這一身力氣到哪兒都能活下去……可是我家房無一間，地無一壟……窮人一個，這是要說明白的。」

「你以為我要享福嗎？我把用在他家的力量拿出一半來，在哪兒也不會受餓……還有你，我更不怕……可是爹媽的臉面全完了，說不定他家會跟我爹爹要人呢。」

「你是從他家走的，他敢跟你爹要人？唉！就是跟你爹要人，你也不用掛心吧！誰叫他把你嫁給那麼一個毛孩子哪。」

「那也是命！你不要怪我爹！……走了以後，你還生氣不？你的怒氣……叫我怕，又叫我……喜歡，你要再生氣，我真受不了，東柱！你看你哪兒那麼大力量？你看你站在人前好像一座山。誰的話我也沒甘心聽過，只有你的話，不聽也得聽，你送我幾步，叫我回去，拿點用的東西再走。」

「不行，馬上就走！你回去就不好出來啦！也許永遠走不成呢，馬上就走，你走不動我背著你。」他焦急得聲音又大了。

「可是我的東西就都便宜他們？」

「比把命給他們好多了吧？你現在回去，一定走不出來了，那麼你的命就是馬上完不了，零罪再也受不完啦，說不定一會兒他們正起來追你哪！走，不要那麼小氣，你是東柱的人就得像東柱，東西沒有了可以買，命完了可就都完了。我還要活著，你也不能死……」他用右手攬住她的腰，邁著大步往北走去，月已偏西，青蛙還在咯咯不休。

走到山腳下，聽見山水吼叫著，她靠緊他，似乎有些恐懼：「這……是什麼叫？」聲音那麼顫抖著。

「山水，這聲音可怕嗎？」他柔和多了，保護她安慰她，像一般最勇敢的丈夫對愛妻似的。

「我怕！我覺得比婆婆罵人可怕得多。我覺得像……有神鬼似的，咱做的事瞞不了他們。」她怕得抬頭望著他，想在他臉上找勇氣。

「你說我們走開是壞事嗎？傻人才那麼想呢！神鬼總比人聰明得多，要真有神鬼，他們會保護咱們的！」他說著，自信地仰視聳立在當前的陡峻的山岩。似乎在默禱，似乎在尋思，他見夜色裡每一個山石都是偉大的，每一株樹都是正直的，在這兒沒有虛偽，沒有欺騙，沒有詭計，沒有人造的假道德，山水的吼叫是自然的正義呼聲，因之也覺得他們走對了，正義的聲音叫他們前進，月光射到多樹的山坡上已是微弱了，她疲乏地坐在一塊平石上。

他的精神更加奮發地前進著，扶著她爬向更高坡，她借了他的力，已經忘卻畏懼和疲乏。向上爬，向上，向上！終於達到玉虎嶺，翻過嶺去是另一個區。他們在那兒可以找到工作，他們可以在自己的意識下活著，共同地活著，沒人再來欺負他們。

他們站住了，同時回過頭來，見山下的故居都沉睡在夜色裡，有夜的黑暗籠罩著無垠的大地。該有多少怯弱和不幸的人同時被黑暗籠罩著

啊。她微微嘆了一口氣。

「累了嗎？」

「不，可是咱們暫時坐在這兒歇一會兒行不？山裡有……什麼嗎？」她戀戀地望著山下說，又望望四圍的山坡。

「什麼也沒有呢，不怕有我哪！」他縱身一跳拉住一根橫樹枝子，啪一聲折斷了。去了小枝葉，成了一個大棍子。又折了一枝給她。木枝還很溼潤，很重。

「有了這個，狼狐……都可以打了。你不要怕。」

「那你坐下來，靠著我多坐一會兒。多少日子都不能和你多待一會兒，你坐下！靠近我。」

「這會兒還怕我離開嗎？從今以後再也不離開你了，放心吧，小傻瓜！」他愉快得像一頭在草原上脫了韁的馬，他枕著她的膝蓋躺下，仰望從樹縫間撒下的星光，月要西沉了，空山新雨後，有超人間的清香瀰漫著。

「你要困，就閉上眼睛睡好嗎？」她俯面對他說。

「不，我不困，我要醒著，看著你，在天亮的時候，咱們必得趕過嶺去，等太陽出來，找親戚，找工作都容易。你怎麼總往山下看呢？你怕什麼？還是捨不得什麼人？」

「不，我只是看看，住了多年的老地方……」

「新地方比老地方好，你怎麼有一點難過似的？你要是捨不得老地方，為什麼肯跟我走到這兒來？為什麼？」他笑了。

「我也不知道為什麼，還不是為了你……」她笑著的眼光掠過他仰

起的臉。近曉的山風雖在夏日卻涼森森地難耐，他起來偎依著她，她像做著好夢似的喃喃地叫他的名字，當他的熱力偎暖她的時候，山雀子噪了，紅光射遍了東方天際，山水吼叫著，淡紅色的霧像紗幔，垂罩著各個山谷，樹木也似乎換了茜色的晨裝。他倆醒了。她半驚疑、半喜悅地望著他，他熱烈的擁緊她。他見朝霞樹影之下的她，像一個美麗的新婦，他催促著他的新婦起來趕路。

他們毫不遲疑地走去，向上，向上，越過玉虎嶺走向一個新的境域。

第十二章　前路

　　沖在山溝裡的水發出轟轟的響聲，有節奏地沖過渾圓的，眾多的山石。馬櫻花樹錯落地生在山溝兩邊斷崖的紅土上，羽毛似的葉子，粉絨似的花，點綴在蒼翠的山谷間，放出清香的氣息。天氣陰沉沉的，高峰上繞著雲霧。

　　三妞兒已經把衣服洗完了，她見四周沒人，把鞋襪脫了，捲起褲管來站在一塊圓石上，任山水衝著自己的腿腳。水勁很猛，她幾次站不穩，而且涼得使她一口一口地倒抽著冷氣，她卻偏要站著不躲開，黑布褲子完全溼了，紅布小褂的大襟也被躍起的水花打溼。她小聲罵：「缺德的。」她想脫下小褂晾在樹枝上去，陡地聽岸上一陣笑聲，只得把解開的扣子又扣好，大聲罵：「缺德！」她提起盛衣服的籃子和鞋子，光著腳走開，到水邊有草的地方。草紮了她的腳：「缺八輩兒德！」她只得穿上鞋，跑到山坡上，找那笑她的人。

　　「我想沒別人，又是你，你笑什麼？」

　　「親媽還不管人笑吶，你管得著嗎？」那個拿著鏟子掘野菜的黑牛說。

　　「缺德的！掘野菜做什麼吃呀？」她說。

　　「餵豬！」

　　「呸！還餵豬吶，人吃什麼？吹牛！」她說。

　　「要不你就不給我做老婆了嗎？怕吃野菜呀？」

　　她拾起一個小石頭向他投去，他就笑著跑開了。但是不往遠處跑，摟住一棵白楊樹，防備石頭再來。她不再砸他了，倒對他點頭說：「過來，我問你正經的。」

　　「什麼？」他並不動。她正色叫道：

「真的，有事呢，不過來你不是人！」

他過來，但並不走近她。她往前湊湊說：「怕什麼？我又不吃你！」說著，乘他不備在他赤裸的胸上打了一拳，然後轉身跑開。他追著，一把抓住她，笑著說：「憑你這個小身材敢打人？今天有你的……」

他把她擁在一個大山石下，親著她的臉，她推著，罵著，笑著。山水聲還是轟轟地吼，天更陰了，山裡到處瀰漫著濃霧似的雲。

「你說前面那大山石像什麼？」他已經放開她，兩人坐在山石下的竹葉草裡，他沒話找話說。

「愛像什麼像什麼，我可該走了，三件衣服洗了半天，媽準得罵我。都是因為遇見你這喪氣鬼。」

「嫌喪氣，別對我使那股子勁，你不打我，我也不能招惹你。你媽罵你，你把實話告訴她就得了。」

她「呸」了一聲走開了。眼看就要下雨了，他還在獅子坡摘野菜。

她到家把半乾的衣服晾在籬笆上，拋下籃子到屋裡。媽正紡麻繩。

「我還當你死在外頭啦！也知道回來，還不快燒火哪，你爸爸從地裡早回來了，要不是和你王五叔在門口說話，早要吃飯啦。」她把乾柴煨在土灶裡嘟嘟囔囔地說：「就知道紡麻繩，誰做飯不一樣，必得要我做。」用力折山柴，用大把的柴燒著。

「你還不往鍋裡添水？鍋就要燒炸了。」媽說。她才把鍋裡添上水，洗米。飯好了，把外面說著話的爸爸找回來，又把野馬似的和人家捉迷藏的弟弟叫來。她真氣極了，她想：他野馬似的玩倒沒人說，我又洗衣服又做飯媽還罵我。啪！給了弟弟一個耳光子。弟弟本來玩餓了，一打可打起火來了，躺在地上打滾不起來，罵著，手腳亂蹬。爸爸拉不起來

他。媽說：「都是這個死丫頭，做一點飯沒好氣，拿他撒氣。」

「不用管他，咱們吃咱們的，吃完洗碗。」爸爸大聲說。這句話很有力量，弟弟顧不得打滾，帶著眼淚、鼻涕、汙泥……吃飯來了。三妞兒看著弟弟不由得一笑。雨真下起來，很大。

北山上已經看不出山峰來。她想：「他也許還在獅子坡上吧！」

經過一場大雨，天已經不那麼炎熱了。沒衣服可洗，媽叫她學著納鞋底。她沒好氣，她想出去。

「又是福子的底子，我不管。」

「別找罵，好好做我不罵你。你弟弟的不管管誰的？你爸爸的鞋底大，你做不了。」媽說。

「屋裡都把人悶死了，我上山坡上做去。」她說著就要走。媽把她叫住：

「你的心裡長野草啦？在屋裡就坐不住。拿著底子，別只是玩。等一年半載叫人家招走了，看你可怎麼好？去吧！看你嘴噘得那麼高！躲著人家的果園子走，省了人家瞎害怕。」

「聽見了。」她拿著弟弟的鞋底子跑出去。

她坐在一棵大樹底下，山水在下面吼著。昨夜的雨水從峰頂上往下流，流成一道道閃光的條子。黑牛還沒來。她看那個像大獅子頭的石頭又像個人臉，怪得可怕。她四處找黑牛，沒有影子。她又惱又怕，小聲罵著：「缺德！」從一塊大石頭後面走出一個人來，不是黑牛，可是她也認識，是胡大爺的兒子——狗剩兒——也就是她新訂婚的未婚夫。她很看不上狗剩兒，可是爸爸種著胡家的地，去年收成不好，還借了胡大爺六十元錢，一直沒還上，五月前連本帶利已經一百二十元了。爸爸

沒主意，愁得整天打轉，後來要把青苗賣了，棄了自己經營了半年的青苗，得了錢好還帳。胡大爺倒有主意，要和爸爸做親家，把三妞給狗剩兒做媳婦。不但不用還錢，還又給出五十元錢，一匹布，兩對銀鐲子。爸爸對這位親家真有說不出來的感激。只是三妞兒不願意，她知道狗剩兒天生的只有一隻耳朵，據說前生死後狗要吃他，可是命大的人狗一嘗就知道，不敢吃了，只吃去一隻耳朵。名叫狗剩兒，不但紀念著前生的事，連這一世也表示出與眾不同來，狗都不敢吃，長命是無疑了。不願意又怎樣呢？爸爸欠人家錢！她一見狗剩兒從石頭後面出來，又失望又生氣，彳亍地納底子裝看不見。

「我知道你今天準來，可是黑牛給我們放牛去了，來不了啦！」他大約昨天在什麼地方隱藏著，看見她和黑牛的情形。

「來！來！誰也管不著！」她還納底子。

「你可不能老早的就叫我當王八！」他湊過來說。

「天生要是王八，怎麼也不會不當。」她說。他卻站在她旁邊，伏過短少一個耳朵的頭來，要有一點丈夫的表示。她卻不容情地用鞋底子打在他臉上。他摸著臉，懊喪地說：「開玩笑是怎的？打起男人來了。」可是並沒生氣，又湊過去。她狂了似的推開跑了，一直跑到回家的路上，見黑牛果然牽著一頭牛從對面走來。他見她狂奔著，又往獅子坡上看了看，看見狗剩兒，他鼻子裡哼了一聲說：「今天真美呀！還沒過門就先圓房了。」說著牽著牛走向山坡去。三妞兒又氣又委屈，坐在路邊一塊青石上大罵：「死不了的缺德鬼們，都滾山死了才好呢！」罵著往山坡上看看，只見狗剩兒穿過他家的葡萄園子溜開了。黑牛把牛撒在山坡上吃草，他看了她一眼。她扭過頭去不理他。黑牛在山上唱起小曲來，聲音很大，弄得山裡起了回聲，和有節奏的山水合成一種動人的調子。

六月裡的天兒呀，天是熱的，
誰家的姑娘，坐在那野地裡，
伊呀，呀呼嘿。
野地裡青草多呀，草是綠的，
誰家的姑娘呀，想那個少女婿，
伊呀，呀胡嘿。
……

她心裡噗噗地只是個跳，不由得又走上山坡去。他滿不理會她，還
是俚俗地唱著。唱完了又用舌尖打嘟嚕兒，看著牛吃草，看都不看她。
她生來沒受過這個氣，這個滋味可不是人該受的，比打一頓還難受。她
用鞋底子敲著自己哭了起來，邊哭邊罵：「缺八輩兒德的。死不了的短命
鬼兒，瞎了眼的老牛……」她哭著，他咯咯地笑，又唱：

六月裡的天兒呀，天是熱的，
……

她覺得哭也哭不出好處來，拾了一塊大石頭用力投在山溝裡，嘩
啦！濺起幾尺高的一叢水花，她的氣似乎洩淨了。懶懶地回到家去，可
是一個鞋底尖也沒納完，塞在炕席底下，沒敢給媽看。

事兒總是往一塊擠！本來她就睡不好覺，又偏偏從房頂上出來個大
圓月亮，不歪不斜地使勁照著三妞兒的窗戶。炕又小，容不得她翻幾個
身就碰在牆上，蚊子又咬她，她真煩了，煩得捶牆，捶了幾下牆還是睡
不著。用力閉眼睛也覺得亮。她坐起來披上衣服，開開屋門，弄得門轟
隆轟隆直響，可是爸媽屋裡一點動靜兒都沒有。從院裡看北山上藍微微
的，比在太陽裡還好看。她走到後門外邊去，原來哪兒都有月光。連毗
的果園裡、山谷裡、樹上、草上都被銀光籠住。她想早知道這麼好看，
天天晚上出來看看。忽然腳底下一個東西一蹦，把她嚇得倒退一步。見
那東西咯的一聲又咚的一聲跳在面前一窪積水裡。三妞兒終究是三妞

兒，膽怯起來，轉轉身到門裡，關上後門。一閃，一個黑影抱住她，她嚇得要叫，那人堵住她的嘴小聲說：「是我，黑牛。」她也小聲問：「你怎麼進來的？」

「你開門發呆的時候我溜進來的。」

「我怎麼沒見你？你為什麼晚上出來？」

「因為白天沒好氣，晚上睡不著。出來想在獅子坡遛遛彎。可我也不知怎麼，在你門外遛開了。三妞兒！」

「什麼？」

「我要你做老婆。」他鄭重地說。

「不行，你不知道我們和胡家的事嗎？」

「要不，你就跟我跑！我一定要你做老婆！」

「不！黑牛！我離不了家。」她怯怯地說。他緊抱住她，使她比白天柔順多了。他們好像聽見有人走路，嚇得分開了。他躍過短短的石牆走了，臨走說：「你等著，我絕不能叫狗剩兒挨著你就是了。」她驚懼地走向前院去。

「是三妞兒嗎？」媽果然向窗外張望著，見她遠遠走來，這樣問。

「是，我肚子壞了，走夜了。」她撒著謊，走到自己屋裡，不知道媽信了沒有。她關好門躺下。說也奇怪，月亮已經移開了，只照著窗子的一角。她憂鬱著、回味著就睡去了。她夢見抱著她的是那一隻耳朵的狗剩兒。她哭罵地醒來已經天亮了。

夏天裡她做了不少針線，總是到外邊去做，每次總有黑牛伴著她。有時遇見狗剩兒，不過狗剩兒常常躲著他們。黑牛已經不給他家放牛

了，只是割青草挑出去賣，賣了錢和那沒眼睛的爸爸過日子，在村裡算得上一個赤貧的人家。所以狗剩兒心里納悶：「三妞兒為什麼看不上我，反去喜歡一個窮小子？」這悶兒總也納不完，因為他忘記了自己少一隻耳朵的事。不然，無論如何也會找出她不喜歡自己的原因來。可是他並不傻，這事從來不對父母說，不但不對父母說，任何人面前他也沒說過。他想：「當王八總不是體面的事，偷偷地當吧！」

　　田裡的收穫很豐富，三妞兒爸爸十分高興。胡大爺打發人來送信，定規在十月底娶親。媽媽為她忙著做衣服、鞋，催她自己也做，只是她反倒沒有夏天工作得勤了。媽媽整天罵著她，她整天和弟弟吵嘴。說不出的煩、怒，好像總想抓住誰打一頓似的，沒理由出去了。

　　已經有半月多沒上獅子坡，不知道黑牛近來怎樣了？一天媽正在給她做一件大棉襖，十分專心地鋪著棉花，她藉機會跑出去，到和黑牛常坐著的地方。草已零落了，山溝裡的水已沒有那麼大的聲音，只有那麼細細的一縷，淙淙地自上流下。許多突露的大石堆滿了山溝。馬櫻花早已落了，楓樹的葉子紅突突的，一切都改變啦。她想這時黑牛要來了多麼好呢，向他訴訴委屈，無論如何也要想法子不做狗剩兒的老婆，但是連黑牛的影子都沒有。她心裡很像吃多豬油似的那麼膩汪汪的。

　　秋風習習地吹著，夜雨打溼了窗紙。在媽屋裡的燈下，三妞兒拿著一個鞋幫兒出神。媽還沒睡，棉衣是不便在燈下做的。媽在縫扣襻兒條子，炕上一邊一個睡著爸爸和弟弟。雨打在窗紙上，也打在三妞兒的心裡。媽為自己忙著，她不忍。爸爸把女兒聘了抵帳，也覺得可憐。還有常常和自己打架的弟弟也覺得可愛起來。她想哭，又不好在媽面前示弱。

　　「媽，我頭疼，先去睡好嗎？你也睡吧，媽！」她特殊柔順地說。

媽抬起頭來在她臉上看著，好像想從她臉上找些什麼似的，結果媽在她臉上找出了痛苦。而且她一向說話總是強橫的語氣，今天特殊的柔和反倒使媽驚訝了。

「去吧，早睡早起！早起好好洗洗手臉，等到了人家，手太粗了不好看，胡家是大人家呢，常洗就好了。你並不算黑呀……」

「大人家也是沒用，一個耳朵能用錢買嗎？」她終於沒溫柔到底，嘟著嘴走了，到自己的小屋裡。雨打在窗上，打在屋頂上，打在她的心裡，很久，很久。她看媽屋裡燈熄了。又很久，很久，她披了一件舊米袋輕輕走到後院去，雨打在她沒有遮蓋的臉上。她不敢開門，她怕媽聽見。她見秋雨的夜裡是可怕的，到處黑糊糊的，不是月夜那麼光明了。她登著堆在牆邊的舊磚頭，越過短牆去，到了伸手不見五指的夜的戶外。她扶著牆垣走去，穿過一個黑森森的小棗林，到了一個黑沉沉的小院門外。她知道這是黑牛的家。她的臉已經被冷雨打溼了，鞋子也溼透了。她輕輕地叩著一扇破舊的板門，一下，再一下的，像啄木鳥的聲音。

「誰？」一聲洪壯的男子聲，是他呀，她又敲了幾下，聽得門裡有腳步聲，當腳步聲走近門口時又一聲：

「誰？」

「我，三妞兒。」他一下開開門。在黑暗裡，他倆走到屋裡。他點起棉子油的小燈，屋裡昏昏地把兩個影子照在牆和屋頂的連接處。

「你叫雨澆溼了。」他把那個破口袋拿下去。

「你爸爸呢？」她問。

「死了。死了七八天啦！以後我一點累贅也沒有了。」他淒涼地說，

落下淚來。

「我什麼都不知道。」她說著，拉住他蒲扇似的大手，再也說不出話來。

「你要做少奶奶了，是嗎？真沒想到你還上我這兒來。三妞兒，明人不做暗事。你說，你心裡樂吧？」

「缺……」她罵不出來，只是伏在他胸前哭。他並不撫慰她，又冷冷地說：「說話！是樂？是愁？」

「還用問嗎？你這死不了的鬼，專門說滅良心的話。」

「那麼是不樂了。不樂有不樂的辦法，我爸爸也死了，我一點累贅也沒有。你跟我走！憑我一身力氣，也不會餓死你。說話，馬上就走。」她踟躕著說：「可是爸爸欠胡大爺很多錢呢。」

「欠債還錢，拿人頂帳行嗎？」他說著站起來看著她。

「我要走了，他們不會饒爸爸的！你叫我想想，黑哥哥！你不要催我。」她哭著說。

「叫你想想，你想什麼？現在只有兩條路，一個是跟我走，我會養活你。一個是你去做少奶奶，給你爸爸頂帳。你……」他已經握住拳頭，那麼憤憤的。雨打在窗上，也打在他倆的心裡。

「我怕爸爸受罪呀！黑牛！你不要催我！」她哭著撲倒在他懷裡。他憤憤地推她倒在床上，大聲著說：「去吧！給你爸爸頂帳去！沒有什麼說的。」說著打開房門，風雨吹進屋裡。

「去！去！我這窮人窩裡不配少奶奶來的。」她忍不住哭求他饒了她。他不聽。她只得跑到黑暗裡去。外面下著雨，他關了屋門，一見她遮雨的舊口袋還在他床上放著，便拿起口袋追出去，隱隱見她正向山溝

的路跑去，山溝盡頭那大深潭哪！他狂了似的追上她。

「你走錯路了。」他拉住她。

「不要管我，你這黑了心的。」她掙扎著說。他不由分說抱起她來，往她家走去。他扶她上牆她不肯。他只得說：「那麼我喊醒你爸爸！你要跳山澗嗎？你忘了你爸爸的帳嗎？我不怪你，三妞兒！聽我一次話吧！你好好替你爸爸頂帳，我也會好好找回我的損失來。」他把她送進牆裡，他走了。拋下那條溼了的口袋。

她昏昏地走到自己的小屋，不知是夢是真。她點上燈，照照自己，還是原來的樣子：白皙的臉，直鼻子，長長的有點吊梢的眼睛，很不難看。只是沒有如意的事！她想在雨地裡的黑暗中摸索著出去是為什麼？他為什麼又來追我？她滅了燈，兀自想不清楚。

第二天，她病了。

媽媽著急，爸爸請鄉里一個大夫來給她診病。大夫開了藥方子走了，媽到晚上把藥給她吃下。第三天她病得更厲害了，臉焦黃，沒血色。媽要另請大夫，她哭著不肯：「媽媽！不要緊，再養幾天會好的。我不要吃苦藥。」媽只得依她。她再也不起來了。

胡大奶奶下午親自來看她，三妞兒裝作昏睡，不動。只聽見：「真好個模樣，要有個三長兩短，可是該著我們狗剩兒命苦。」她心裡暗暗地唾罵著：「缺八輩兒大德，上這兒貓哭耗子來了，沒有你們那狗剩兒，我也不會這樣。」於是她半真半假地大聲呼叫著：「唉呀！好難受！」喊著泄憤。胡大媽只得到她媽媽屋裡去坐。她想欠起身來痛痛快快唾她兩口，可是身子卻動不了，只得恨恨地躺下。

還好，半月後她總算能坐起來了。見媽更忙地預備她出嫁的事，她

十分的煩又不能出去。黑牛如果知道她病了會怎麼樣呢？她想著想著心裡就亂，只得不去想。

院裡終日有掃不完的落葉，十月底的天氣已經冬意很深，時光的難關終於來到，三妞兒的嫁期近了。她的心像風吹的落葉，飄飄的沒個著落。她不想黑牛也不想狗剩兒。不想媽，也不想爸爸。可是她心裡的確在想事。

已經是十月十九了，三妞兒明天就要做胡家的人啦！姑姑、舅舅……來了許多親戚。看三妞兒的嫁妝，打聽三妞兒婆婆家有多少地畝，亂成一團。三妞兒的媽簡直鬧暈了。但是三妞兒心裡卻打定了準主意，沒有人能轉移它了！因為她的心此時已非常堅強。

夜已深沉，從黑牛的家門裡出來兩個身影，匆匆地往北山走去。星光照在山裡，到處斑斑駁駁的。當他們爬到山頂上時，月亮照著他們的故土，他們回頭佇立了片刻，然後毫不留戀地走了。那是黑牛和三妞兒，他們要去開闢，創造一個美麗的小天地。他們所有的是愛和力。

（原載《華文大阪每日》1943 年第十一卷第八期）

第十三章　良田

　　村邊一株老柳，不十分高，柔條披散開來卻造成一片陰涼兒，涼森森的，和太陽地裡是兩個世界。

　　兩個農夫握著鋤頭，枕著突出的樹根沉睡著，黃色的大螞蟻在他們的胸上、手上、臉上爬著，隨即又被他們的大手撫弄下去，這正是暑天的午睡時候。

　　年輕的那個坐起來，歪著頭看看鋤頭的刃，又對遠遠的山峰望望：那最高的峰頂上已經遮上白雲，正是雨來的先兆。他臉上顯出意外的喜悅，推醒身旁的老人說：「您看，北山戴帽，下雨沒有道。要下雨了！」老人略看看遠山，平淡地說：「人忙，天不忙，你們都說今年旱。你看，怎樣？」老人說著坐起來，赤紫色滿了皺紋的臉微笑了，兩人站起來，各扣著水洗過的藍布背心的紐子。峰頂的雲加厚了。

　　一群赤身的孩子從村裡走出來，他們提著小筐、小鏟子，在田邊池邊菜園子邊上摘野菜、捉蚱蜢。

　　「也難怪人們著急，米價漲得太猛，沒有田地的人家，只好吃野菜。」老人感慨地嘆息著，也引起那年輕人的一件心事。

　　「真的，小牛家吃野菜，一家都腫臉，好了沒有？」

　　「不知道。」於是兩人沉默地向前走著。

　　柳蔭下空無人影了，走在分路時，老人站住咳嗽一聲說：「一會兒準要下雨，你的涼帽呢？下完雨田裡沒事，你跟東家告假，回家吧！家裡有五月節沒吃完的青穀米，等你弟弟磨面給你做饃饃吃……家裡的黃瓜也該打蔓了。」青年點點頭，兩人分路走開。

　　黑雲布滿了天空，雷聲隆隆地響，田間農夫都匆匆歸去了。青年也走向他的田主家……

女主人正在院裡餵雞，她穿著白衫子、淺藍褲子、一雙白鞋，輕俏俐落。黑壓壓的頭髮戴著銀壓鑽，梳得光光的鬐，長而彎的眉下一對靈活的眼睛，左眼下一顆香頭大小的痣，嘴角尖尖的，攏住兩張紅潤適度的唇，唇右上方有一個較小的痣。有這兩顆黑痣顯得皮膚更白了，可是人家說她的丈夫就是這兩顆痣剋死的。她嫁了不到三年丈夫就死了。沒有公婆，只有一個小叔在城裡照應祖傳的一座糧棧，家裡只有她的小嬸做伴，種了幾十畝田地，用了一個長工 —— 就是從田裡歸來的那個青年。

他把鋤掛在檐下的木鉤上，往地下唾了一口乾苦的吐沫。他渴了，提起水桶和扁擔去挑水。女主人說：「不用挑了，還有不少，對門王大叔給挑了一擔，夠用了。你把後院裡的乾柴蔽起來吧！就要下雨了！」

「好吧！今天我要回家一次！蔽完柴就走行嗎？大奶奶。」

「吃完飯再走，我預備了一點菜過陰天，旱了這麼些日子，好容易有雨信了，可得吃點好的！你整天辛辛苦苦的，叫人不忍心，別看我平常不說，我什麼不明白？」

青年農人喃喃地說：「可是我大伯叫我回去……」

她笑了，把雞籠關好回過頭來說：「那麼你也把他請來吧！」

他無言地把一堆乾柴用簍子漸漸地都運到柴棚子裡，把棚門關好。雨來了，銅錢大的雨點打在乾土地上，又很快地乾了。但雨來得急，他只得跑到堂屋裡去。大奶奶切菜，二奶奶在燒柴。要說起二奶奶來，眉眼不如大奶奶好看，身材胖胖的，坐在蒲團上燒火，好像一個大肉球，不過還不黑，白胖胖的，不愛笑，也不好說話，整天做活、燒飯、餵豬，還織得一手好「家機布」，大奶奶十分愛這胖小嬸。這年輕的長工在兩個主婦之間有些不安起來，一則生疏，一則悶得慌，他把泥濘的鞋

脫下來放在門後邊就呆立著，搓著兩個溼溼的大手，不知道做什麼好。大奶奶已經覺出他的不安神氣，笑著說：「何大哥，你那個沒編完的柳條筐在哪兒？」他高興地從牆上摘下一個沒編完的柳條筐蹲在後門裡編起來。一聲不響，沉毅的臉，下垂的眼簾，背心外裸露的雙臂，有力的腿腳，在表現出他是「地之驕子」，沒有田地他不能活，田地沒有他也不能生產，他只知道工作、本分，除了把田地裡的嘉禾收成食糧以外再也沒有別的妄想。他沒有父母，沒有妻子，但是他也沒有憂愁，因為他覺得誰都待他很好，比如他的伯父母待他慈愛，堂兄弟待他友愛，堂姐妹對他體恤……就是女主人林大奶奶也對他很好，不過林二爺——林二奶奶的丈夫卻引不起他的好感來。他一想起林二爺來就心裡說：「臭美，一拳打他個嘴啃地。」不過馬上他又想：「理他呢！早晚他得餵狗。活該林家倒楣，連地也不能種，就會擺架子。」他編著筐子，外邊雷聲響成一片，一陣陣蔬菜香送入何大的鼻管，這些氣味足以證明女主人對他的好意，他想：「好人有好報。」

飯後雨已見小，何大戴上笠帽，光著腳轉身要到後門外去看雨水，林大奶奶說：「何大哥，你看這場雨下透了沒有？」他看看外面要停未停的雨肯定地說：「六成雨，要是接著再下一夜就不大離了。」

「可是北山的雲一點也沒少，也許晚上還有雨。」

「還有雨，河南里那塊稻子今年錯不了。」

「都是你平日盡心的功勞，好心得好報。要不遇見好心人，我和二奶奶一個婦道人家可知道什麼呢？我們二爺是個買賣人，也不懂田地裡的事……」她說著眼睛閃閃的，好像有淚光，何大心裡很感動，只是女主人才說完誇讚自己的話，反倒覺得不安了。停了一刻他低聲說：「雨晴了，該栽蘿蔔了，棉花地也該鋤了。」

「那麼，你再找一兩個工夫幫幾天吧，一個人做不了。」

「可是工夫一天要好幾塊錢呢……」

「田裡收多了都賺過來了，要是誰都不雇工夫，沒田地的人更苦了，今年米這麼貴，都挑野菜吃……」

何大聽見「吃野菜」心一動，他想起小牛一家子吃野菜中了毒腫起臉來。小牛的姐姐 —— 那個俏妮子的臉腫得像河裡的浮屍。他嘆了一口氣，喃喃地說：「栽蘿蔔可以找女工吧？」林大奶奶連連說：「你看著辦！」

雨已經晴了，朝陽晒在樹上、草上，宿雨閃閃發光，何大領著四個女工在園裡工作，三個中年婦人，一個十七八歲的少女。她是小牛的姐姐 —— 小鳳，一向在家裡操作，並且兼著照應弟弟，所以小鳳身邊總離不了小牛 —— 一個黑小孩。今天小鳳的臉已經消了腫，美麗的臉型又復原了，只是顏色青青的，現著飢餓的樣子。四個女人伏著身子把蘿蔔秧子整齊地栽在畦裡，小牛卻在園邊用樹枝掘甜草根吃。何大一向不好說話，但是今天他胸裡好像有許多話要說，只是說不出口，也不知要說的是什麼。他把園裡新生的野草盡量地拔著，一株粉色的山竹花搖擺在晨風裡，他看著小鳳的背影又看看小花，摘了花給小牛說：「給你姐姐去。」小牛果然跑過去給他姐姐，小鳳回過頭來笑了，把纖細的花柄銜在口裡低下頭工作，小牛又光著腳跑到園邊上。何大呆呆地拉住一把下垂的柳枝，一陣水點打在他和孩子的頭上，他才清醒地放鬆了柳枝，繼續拔草的工作。

晚上散工了，五個人到林家去吃飯。小鳳對小牛說：「好孩子，你回家吧，完了我給你捉幾個大蝦蟆燒蝦蟆腿吃。」孩子跳著腳說：「不，我跟姐姐去。」小鳳急得說：「那我跟你一起回家去。」何大把小牛領過去，

小聲說：「小牛，別著急，跟著我。」

　　掃得十分清潔的院子擺好兩張桌子，八個小凳，當何大領著她們進去以後，林大奶奶笑容可掬地過來，道了辛苦，拉住小牛說：「小牛挨著大嫂坐。吃饃饃還是吃煮玉米？」孩子喜出望外地說：「吃饃饃。」說著不顧咀嚼匆匆地吃起來了。小鳳紅著臉說：「小牛不聽話，叫大嫂操心。」說著又不安地看看大家的臉。其餘的賓主已開始吃著讓著。二奶奶要大家吃完她再吃，大奶奶拉住她讓她坐下了。大奶奶是一個好說笑的人，只因為作了寡婦不好常出去，今天這麼許多女人來和她同桌，她真是興高采烈，口若懸河地談起來。她說：「今年青穀米收得好，一點也不苦。大嫂們吃呀！有菜餡的，有糖豆的……」小牛搶著說：「糖豆的。」小鳳急急地阻止他說：「別吃了，小心撐死。」林大奶奶說：「吃吧！可別吃太飽了。吃完了，每人拿回兩個去給家裡人嘗嘗，做得不多，不然多帶回一點去。」說得女人們都笑了，一個灰白頭髮的婦人說：「這饃饃可好吃，大奶奶也真疼人，你們沒見西頭馬五家的那份小氣哪！多會兒給他家做工夫總是怕人吃，心疼出那不爭氣的兒孫。聽說馬五的兒子把家裡整口袋的玉米偷出去給外家老婆……」另一個婦人咬了一口饃烏拉烏拉地說：「隔壁馬七家也是那麼怕人吃，要不怎麼說是守財奴呢？」林大奶奶測知她們再往下說就把全村的短處都說出來了，還有一些有關風化的新聞都會從她們口裡說出來，當著何大的面多麼不好意思，何況還有沒出閣的小鳳呢！所以她笑了笑說：「大嫂們明天還在這兒，棉花地壟上也要栽蘿蔔。小鳳，你也來。只管帶小牛來，我沒孩子，看著他怪可愛的。」小鳳半天沒開口了，聽了林大奶奶的話，才笑著說：「淨叫大嫂和二嫂費心。」二奶奶也搭話說道：「別看你二嫂傻，誰好誰壞都知道，你只管來，我就看你順眼。」小鳳笑著點點頭，把一片黃瓜正要送在嘴裡嚼，一抬眼見何大正對著自己看，她心跳了，耳根發熱覺得何大的眼裡好像有一種「什麼」叫自己羞澀。黃瓜

送在嘴裡忘了嚼。小牛吃飽了喊著：「睏了，回家。」漸漸都吃完了，小鳳幫助收拾碗箸。天色已經黑暗，牆角飛出三五個螢火蟲，那三個婦人已經走了。小鳳和小牛拉著手也要走。林大奶奶偷偷放在小鳳手裡一個荷葉包，耳語道：「那是早上吃的餅，帶回去給小牛吃吧！」小鳳不知說什麼好只是看著她，她又大聲說：「何大哥送送她們姐倆，她們路遠！」

　　何大悄悄地跟著小鳳姐弟在蒼茫的夜色中走，兩顆跳著的心形成一種不可言喻的情形。經過一個池塘，到了小鳳的家 —— 柳下的草屋，小鳳遲疑了一下，從衣袋裡掏出些「什麼」來說：「小牛早晨從你們園裡摘的山竹花。」說著交給何大些「什麼」拉著小牛跑到家裡去了，何大茫然地張開手看到底是什麼？哪裡是花，卻是一個布做的小「針插」，好像還繡著花，只是看不清楚什麼顏色了。何大想：「女人用的給我做什麼呢？」十分疑惑，但馬上又喜歡起來，究竟為什麼喜歡，他自己也不知道。總之，何大心裡憑空添了一份妄想，和一般青年人一樣的妄想，他想除了從土地裡收穫食糧以外，似乎應當從人群裡再找一個伴侶。他這樣悠悠忽忽地從小鳳的家往回走、走、走，忽然聽人說：「何大哥進來關大門哪！」原來他已經走到東家門前了還在往前走。林大奶奶叫住他，他無言地關好前後的大門，走到後院自己屋子，聽著大奶奶把房門關好，又聽見野外青蛙叫，這些事真是從來沒有的，他從未失眠過，但是今天他無論如何睡不好。他看開著的窗外樹隙裡已經有小星星在閃，鄰家的狗不時地吠著，他想起白天的事：他想伯父、他想田裡的秧苗、他想女主人的和善、他也想起女主人的美，但一轉念，小鳳清瘦的臉型又逼近了他的想像，她的眼睛很黑很亮，眉彎彎的，鼻子小小的那麼直……啊！還有一張嘴總像要說什麼又不肯說出口似的，還有她的身材，那麼窈窕……只是臉色青黃得可憐！可惜她不是自己家的人，不然自己可以盡力使她有吃有穿，她不知要變得多麼美哪。他又想起有

一次伯父說：「你已經二十多歲了，也該成家啦，可是誰家的姑娘合適呢……」他想著忘神地說：「就是小鳳最合適。」說完自己也覺得可笑，身邊沒有一個人居然說起話來真是見鬼。而且小鳳對自己怎樣更不得而知，他忽然記起小鳳給的「針插」來，他從枕邊摸索了半晌拿著那小巧的女紅，心裡反倒平安了。

秋天到了，真是豐收的秋天哪，上天是不辜負苦心人的，家家農場上堆積著收割的嘉禾，大道上收割的車輛來往不絕，相逢的農夫們大聲說著自己的成績。何大趕著牛車，載了一車穀穗，車後跟了許多拾穀穗的孩子和婦人，在他們的小籃裡有許多拾來的米糧。何大知道這小小的人群裡有小鳳姐弟。偶爾回頭見豐盛的田野廣闊無垠，漫長的大道上有疏落落的不整齊的一行列拾穀穗的人。小鳳近來臉色好起來，紅潤起來，這時宇宙間的色彩是金黃和濃綠。有這少女的紅潤豈不是更加美麗鮮豔了嗎？他們似乎熟悉了，而且各有一種特殊的情感在內心裡隱隱地生長光大，這也許就是所謂的「愛」。只是他們不知道，不肯用言語表示罷了。車子走著走著，臨近一條寬闊的河水，牛低下頭去喝水。何大對小鳳看了一下，遲疑了片刻說：「坐在車上吧！省了過水。」小鳳笑著，先把小牛放在穀穗上，然後自己爬到車上。豐多的穀草和穀穗，那麼柔軟，那麼穩。何大赤著腳走在河水裡，拉緊了牛的韁繩，嘩啦嘩啦地前進，走過河身。小鳳說：「謝謝。我們下來吧！」何大仰起臉來看小鳳高高地在嘉禾堆上，有天際的白雲和路邊的高樹作背景。美而高貴的景象啊，何大的妄想又洪水般地沖向自己誠靜的心靈。他說：「坐著吧！到村邊再下來。」小鳳愉快地嘆了一口氣說：「何……大叔，您在林家幾年了？」何大聽了小鳳叫他大叔不很高興，趕緊說：「你不能叫我大叔，你忘了我跟你爸爸叫大叔嗎？」

「那麼，大哥，您在林家幾年了？」

「兩年多了，可是今年完了秋我想辭。」

「為什麼？他們待您不好嗎？」

「不。因為我大伯老了，我應當回家種自己的地去。」

「可是你還有兄弟啊，他不會種嗎？」

「我爸爸留給我二十畝地，也該我自己經營一下了。大伯說我也應當……成家……立業了。」說著，他用力甩了一下鞭子，牛搖搖頭用力地走，兩個年輕人都沉默了。

小牛說：「姐姐！一群蜻蜓。」

「好，小牛，你願意坐車嗎？你回去告訴媽，就說何大……哥叫咱坐車，怕你累。會說嗎？」

「會，何大哥那天還給我兩條秋黃瓜哪！」小鳳凝神看著何大一縱身坐在車沿上，前邊已經到了村邊。對面通城的大道上有一個人騎著一匹小灰驢也向村裡走來。何大一眼看見是林二爺，漸漸走近了，何大只得跳下車來，車一轉身站住了。小牛小鳳都下來對何大笑著走開了，何大目送他們走遠了，二爺已經走到眼前。何大拉住牛韁繩說：「二爺回來了。」

「嗯，田裡的活兒完了沒有？」

「還不到一半哪。」林二沒說什麼，牽著驢走在何大的前邊，往自己家走。他穿了一身白市布褲褂，一件藍市布大褂搭在肩上，驢背上一個兩頭口袋，印著「三多堂林」四個楷書黑字。可惜三多堂什麼也不十分多，一個孩子也沒有，真是林二的心病。他的身材瘦瘦的，皮膚青白，五官都很是樣，可惜長在一個男人的臉上不算合適，一派流氓氣完全從眼裡透出來，不過他自己卻竭力做得一本正經。牛車從後門進來，穀穗

和穀草都卸在後院農場上，小驢子卻拴在牲口棚裡吃草料。何大知道林二爺回來總要和大奶奶說許多家常，所以他沒進屋去，把農場上該堆的堆，該晒的晒，還有許多零碎事，他做了一樣再做一樣，他不知道累，只知道這些是自己的本分。

晚飯完了，林大奶奶幫助二奶奶收拾碗筷子。林二爺用火柴棍剔著牙說：「嫂子，您歇會兒，叫她自己做，淨叫她媽的吃了坐著長肉，簡直是豬。」

「老二，別那麼說話，一天她什麼都做，咱家沒有她，我一個人可辦不了。」

「她不做，趕明兒砍個祖宗板兒把她供起來。一瞧她就是一肚子氣，早晚把她媽的……」

「老二，你並沒喝酒怎麼說起醉話來了？她一天老老實實的一點錯也沒有，你不許欺負人。」林大奶奶不願顯著二奶奶不做活，所以她不收拾碗筷反到自己屋裡去。何大本來就不喜歡這位二東家，今天見他這樣囂張更是不平。他呆呆地坐在小凳子上，看林二爺甩著手裡一個金面的摺扇。天本來不熱了，尤其村裡的黃昏更用不著扇子，但一般城裡人總喜歡拿著一把摺扇，叭叭地甩開，又甩閉。忽然他破天荒地對何大一笑，一顆金牙一閃說：「大哥，今兒坐咱們車的那個大妞是誰？我怎麼一時也想不起來了，怪俊的。」

「西村裡林大叔的閨女，還是你們的本家呢。」末一句話特別聲大。對了，她是林二的本家，那麼是不當對本家妹妹起壞心思的，因為何大總覺得他是一肚子「壞水兒」。林二自己倒滿不在乎地又問：「說了婆婆家沒有？」

「不知道，也許有婆家了吧？」

「那可惜了。不然給城裡富戶做二房可就抖起來啦。要在鄉裡找婆家，還不是給一個窮小子糟蹋了，可惜了的。」

「二爺！人家是好人家的姑娘，你可別說這外路話……」

二爺已經不高興了，眼睛立起來要破口傷人。林大奶奶一步從屋裡出來，拿著一個紙包兒，笑容可掬地說：

「老二，這胰子可真香，總叫你費心。這一包給二奶奶，你不要攔在裡頭，我一個人吃胰子也吃不了那麼多呀。」林二爺那一臉怒氣已經消了，對嫂子眉開眼笑地說：「您要給誰就給誰，只要您高興，只是她那豬皮不配使那香胰子。」

何大站起來去擔水，還聽林二爺說他：

「他媽的飽飯撐的，裝什麼孫子……」他雖然聽見，只得忍了這口氣，自己下決心：「冬天散夥。」

今夜大門關得特別早，大奶奶也老早地關好了自己的房門。何大在自己的小房外面坐著，想著今天小鳳坐車的事，又恨林二說那麼些下流話，他覺得實在對不起小鳳，憑空叫林二胡說一氣，自己當時真想給他一個嘴巴。但是自己並不是小鳳的弟兄，又不是小鳳的任何人，不過總覺得小鳳和自己有一種連繫。於是他想今冬散了夥，明春種自己的地，然後求大伯託人說小鳳做自己的女人，憑著二十畝田地和兩個人的勤儉，一生是多麼的幸福啊。不過小鳳長得太好了，難免沒有個人想娶她，到明年該是多麼久的時光啊！她能等嗎？還有林二那畜生說「叫窮小子糟蹋了」，自己是不是窮小子？二十畝地固然不少，但是這種年月，一畝地要花很多的錢糧，而且目前自己還在別人家當長工，不是窮小子是什麼？真不敢多想了。他覺得眼前成群的金星星，又覺得耳朵裡嗡嗡地直響，響著，響著，忽然聽見女人哭嚎的聲音，他用力鎮靜下來，仍聽得哭嚎和咒罵

153

聲。是林二和他老婆的聲音，是痛楚的呼凶號和狠的咒罵。何大怒沖沖地罵道：「畜生！」就想衝到林二的房裡去阻止這場糾紛；但一想，現在是夜裡，夫妻吵嘴，外人很不便參加。他站住了，聽聽林大奶奶也沒有動靜，又聽林二開房門的聲音，聽林二說：「跪下，你就跪在這兒，看你敢動一下，把你的腦袋砸碎了。」林二奶奶已經不號了，只有抽泣和甩鼻涕的聲音。在秋月的初十左右，月兒已經很亮了，遠遠地見一個人果然跪下了臉向著月。一個人叉腰站著，聽林二奶奶抽泣著說：

「你進去吧！晚上涼啦，我……我準跪著就是了……你不信坐在炕上從窗戶眼裡看著我……」話沒說完，一聲清脆的掌聲打在人的臉上。林二咒罵著：「你跟誰學的花言巧語，你在後門外頭，我上哪兒找窗戶眼去？我想你也不敢起來，不配人看著。還有臉說話哪，不嫌現世，占著好人的地方！」何大看他這麼欺凌一個無能的女人真氣極了，拿起頂門的木棒子就向林二衝來；但是林大奶奶拿著一盞小煤油燈出來了，她的頭髮鬆鬆的，兩條眉皺得緊緊的，說：

「你們怎麼啦？也不怕對門隔壁笑話。二奶奶起來，有事兒我擔。」林二只要一見他嫂子就無可無不可了。雖然她那麼冷靜，林二卻是一味地奉承：

「嫂子，您不用管，叫她跪到明天早上去。」

「二奶奶，你起來，打了不罰，罰了不打。她又沒犯錯，你已經把她打了一頓了，還要怎麼著？起來，二奶奶！」

「我不敢動，他要打死我哪！」

「你不用聽他的，他不敢，他怕打人命官司。起來！」林二奶奶哆哆嗦嗦地起來，側著身子走到屋裡去。何大扶著那頂門的棒子，一言不發。林大奶奶說：

「何大哥，您還不睡嗎？累一天也乏啦！我們老二在外邊也學出脾氣來啦，才到家就這麼鬧翻了天。他總是多嫌我，我一個寡婦人家可怎麼辦呢？」說著哭了。何大只得努力張開口忍著氣勸兩句：「大奶奶，您不用難過，二爺年輕，又是賺錢的掌櫃的，讓他吧！都進去吧。」

林二手足無措地說：

「嫂子怪我，怪我吵了您啦，以後我不理她還不行嗎？」林大奶奶嘆了一口氣說：「總怪我命不好，妨得你們林家不安，你們再吵一句，我也不勸，一根繩吊死完事，那你也就好了。」

這場亂子總算過去了，但是何大心裡又多了一層掛念，那就是他覺得林二對嫂子的神情不正常。何大深知這是林家的事，與自己無干，但是一想到林二就怒氣填胸。

奇怪的是，林二在家裡住了五六天還不進城，更奇怪的是林大奶奶臉上的笑容已經沒有了，她整天冷冷的，連說話的時候也少了。何大一總的莫名其妙，不過他想是林二在搞什麼鬼哪！

果然，一天何大從田裡拉完莊稼，預備打場了，他想跟大奶奶說找兩個短工幫忙。才走到大奶奶房門外就聽見大奶奶哭著說：「把你那些東西拿走，我不喜歡！你可別打錯主意，你不怕對不起你哥哥，我可怕給我娘家丟臉哪……」何大心想：「真喪氣！總遇見這些事。」他只好退到房後一棵櫻桃叢裡。一會兒見林二垂頭喪氣地到自己屋裡去。緊接著二奶奶就出來到大奶奶房裡，何大才出來到大奶奶窗外說：「大奶奶，該打場了，也該找兩個工夫啦！」停了一會兒，才聽她用平常的聲音說：「你看著辦吧……何……大……哥！」這聲音是勉強裝得的，在末三個字裡似乎含著無限委屈似的。何大想安慰她幾句，又無從說起，人類至高的同情心就這麼抑制著，眼看著一切的不平卻不能管，眼看著弱者受欺凌

卻不能去拯救，這該多麼痛苦呀。隱隱還聽見她飲泣的聲音，那一向善良的女主人受了欺負，何大連一句安慰她的話都不能說，這該是多麼背理的事呀。何大決定：「冬天散夥，眼不見心不煩。」

到了冬天，何大果然不在林家了，林大奶奶懇切的挽留也不能打消他的決心，因為他的決心已經不是一天了。他說要種自己的地，她又怎能阻止他種自己的地呢？一同合作的東夥就這麼分開了，為了一種暗中的惡勢力分開了。有一天，十一月末的天氣，天上陰沉沉的，北風呼呼地吹著，何大背著一個條筐在外面拾飄落的乾樹枝，心裡有說不出的愉快。因為冬天田地裡沒事，自己可以勤儉地多做點事，幫助大伯過一個豐富的新年。明春自己種自己的地，託人訂下小鳳，不過一年小鳳就可以做何家的人了。他想著想著覺得全身溫暖，雖然是號著北風的十一月天氣，但是何大卻感到春天一般的溫暖和馨香，所以一會兒他的條筐已經裝得滿滿的乾樹枝子。他把柴用草繩捆好了，正要背起來走，面前走來一個婦人，是林二奶奶。迎風走來，她已有些喘了。何大趕緊把筐放下打招呼：「二奶奶，這麼大風天您出來做什麼？大奶奶好？」

「好什麼，她夜裡老害怕，冬天風緊，狗一咬，她就嚇得不能睡。她叫我找你來上我們家去一次，她說有事。」

「那麼您先回去，我把柴筐送回家，就到你們家去。」

「按理說這事不一定要告訴你，可是你在我們家沒少出力，你是個老實人，我總想管你的事……」林大奶奶十分憔悴地用力地說著。何大坐在一個長凳子上說：「什麼事你說吧，我看著該管才管哪。」

「你還沒定親吧？」林大奶奶突如其來的一問倒叫何大一驚，不知道怎樣回答了。林大奶奶接著說：

「我想做一次媒積積壽，我倒看準一個姑娘很合適，要辦就趕快，

再等就晚了。就是我們本家的小鳳。」何大自然是喜出望外了，只是轉念一想，自己今年並沒有多少錢，拿什麼買定禮呢？所以遲疑地說：「拿什麼下定呢？一年的工錢都交給大伯了，大伯說明年給我定親。」

「明年再定可不準定什麼樣子的了。我見小鳳和你真是很般配的，定禮我替你辦。何大哥，你是明白人，我完全是為你和小鳳打算，因為……小鳳家裡過得很不好，她媽要把她雇出去給城裡大戶人家看孩子去。你想，城裡什麼人沒有啊，訂了婚再走多少還有點仗勢，有什麼事也好管……」

「不會不叫她去嗎？」

「何大哥怎麼說起孩子話來？誰不叫她去？是我？是你？咱們跟她家一點親戚都沒有，憑白地不叫人家出門做事像話嗎？要不怎麼說先訂下親來呢。」

「林大奶奶……您待我太好了，我終究會報答您的……訂了婚我就不叫她走。」

「那就看你的本事啦。唉！也得看她媽肯把女兒給你不給呀，你聽信兒吧！明天沒事就來吧！我下午就親自去說親。」何大覺得林大奶奶的心腸像活佛，而且聰明強幹像個好男子；但是她卻是個命苦的寡婦，他想著不禁淒然，低了片刻頭才說：

「大奶奶，您多費心了，我先回去啦。您還有什麼事吩咐我啊？」

「沒什麼事，只是你早晚見了老二不要對他提我管這事呀。我索性都告訴你吧，城裡的事就是他給小鳳找的。」林大奶奶往門外探了探頭，見二奶奶已經回到她自己的屋子，又接著說：

「老二不定存的什麼心哪，小鳳不肯去，她媽還打了她一頓。大

哥！我的命太苦了，遇見這麼一家子人，我和二奶奶總有一個會死在他手裡，到那時候大哥給伸伸冤。」說著落下淚來。何大從未見大奶奶在人前哭過，而且自己不過是她家一個長工，她能這麼看重自己，以後決心要為她出力。他直率地說：「躲開他完事。」

「好容易的話，娘家沒爹媽，又沒個好弟兄，可往哪兒躲呀。明媒正娶地改嫁也不是丟人的事，只是天下的好人雖不少，像我這苦命人到什麼地方找去？還有我們小嬸，我在他們家，她還能多活兩天，我要走了，你看吧，她就慘了。何大哥，我不能說叫小嬸累贅著不走，可是我心裡總不願意那麼一個老實人遭劫。」何大茫然站起來看著大奶奶，果決勇敢的神氣往外走著道：

「大奶奶，我走了，不管什麼事只要您看著我能管，就給我送個信兒，我是不會退後的。」

何大的婚姻果然由林大奶奶的力量辦成了，何家一家人都感激林大奶奶，何大工作得更勤勉了。兩家議定了明年完了「秋收」娶親。不過何大心裡總覺得有些牽掛似的，他很想見見小鳳說說話，或囑咐她一些事情。可是村裡的風俗是不容未婚夫婦見面的，即或偶爾見了面，也得各自躲開一言不交，訂了親反倒不方便了，這真是他預先沒想到的事。

大約在他們定親後第三天，何大照例背著筐子到有樹木的路邊去拾乾枝。天氣是晴的，也沒有風，他才吃完早飯，身上還是暖烘烘的。光禿禿的冬天的田野一望無際的褐黃色、深褐色的樹木，和人家墳塋裡常青的松柏，形成一種很調和的色彩。還有遠遠一座城牆，隱在枯樹間，這座城，究竟有多少人呢？有多少財力呢？吸引了不少村裡人去。他也曾進過城，趕集，或者賣米；但城裡人的內部生活他是不清楚的。林二這該天殺的東西，用什麼神通叫小鳳也進城了呢？真是給大戶人家看孩子嗎？那倒不錯，得了錢可以解她們母女目前的飢餓，只是未必吧？林

二那鬼總不會有什麼好心的，也許他把小鳳騙去賣給人去做小老婆，或者是比小老婆更壞的營生。何大的心裡煩躁起來，想馬上去找林二問個明白，又想找小鳳的母親阻止小鳳走，他的心真是委絕不下了。忽然他眼前一亮，小鳳提著一個小籃，也來撿乾枝。何大不知為什麼有這麼大的決心，居然毫無顧忌地拉住小鳳的手，他覺得自己把握住「真實」。小鳳也沒躲閃，只是臉上紅紅的像塗了胭脂。他緊握住她的凍得冰冷而且有裂紋的手，半晌才吃吃地問：

「你沒走？」

「沒有，媽給我趕做棉袍哪，也許明兒就走了。」

「你到城裡去做什麼？不走不行嗎？」

「不走媽不願意，走了倒可以使家裡少個人吃飯。也可以掙點錢……林二說是給人家看孩子。」

「這人家姓什麼？住在城裡什麼地方？」

「媽都知道，媽還上他們家去了哪，要不，也不能放我去。你……你不放心問我媽去吧。」何大把手放鬆了，倚著樹幹回過頭去望望遠處的城，默無一語。小鳳只得拾著地下的樹枝，可是她心裡覺得不痛快，她恨自己家連一畝田地也沒有，不能在本鄉本土吃飯，還得跑那麼遠，又不知道要遇見些什麼人，眼淚不斷地落在凍了的土地上。何大突然說：「我明天送你去，叫他們看見我，省得……省得他們以為你家裡沒男人。好欺負。」

「不用，我一個人丟人就夠受了，不能才……下定就叫你跟著丟臉。你不用去，有媽送我哪。他們好，我就做下去，不好就散，我不能叫人欺負。你也不用太操心，我怎麼去的，還怎麼回來就是了。」

他不知是感激還是傷心，心裡湧出各種滋味，眼角鼻管都是酸酸的，不過沒落下淚來。他覺得自己的確是個窮小子，不然每月助小鳳的家幾許日用錢，還用小鳳自己出去服侍人嗎？他自己慚愧極了，對小鳳正眼也不敢看地說：

「你說得對，我對不起你，等明年春天我自己種了地，無論如何也不叫你們挨餓了。只要我肯勤儉種地，上天是不會虧待我的，園邊，地邊，只要有土地的地方我都種上東西，長出東西來我挑到城裡去賣，把他們城裡人的錢拿來用。賣不完的自己吃，吃不了的給窮人……我們只要有地就不用發愁，不怕挨餓了。小鳳，你得幫助我！」他把小鳳伏著的身子抱起來，摟住她的腰，往東指著說：

「你看，把馬家墳過去，從北河沿一直到南邊那楊柳行都是我的田地，我父親臨死留給我的。先叫我大伯種著，等我到娶親的年頭，地就歸我自己種了。還有我們家後門外那個池塘和菜園也是我的……將來地畝會多起來的。只要你我勤儉，等地多了，你也可以像別人似的當起東家奶奶來了。」小鳳隨著他的指點看著那些連陌的良田，心裡燃起許多幸福的火花，把自己的清苦和不幸完全忘記了，羞澀地把頭藏在他廣闊溫暖的胸前，火熱的臉孔微擦他的衣襟。幸福的、愛的力從心裡貫通到唇上，她偷吻著他的衣襟說：「我也不願意當東家奶奶，我也不怕吃苦，什麼我都會做，反正你將來不像別的男人似的給人氣受就行。像林二似的那麼狼心狗肺地打林二奶奶多可憐哪。」他這時候快樂極了，他真不知女性有小鳳這麼多可愛點，他所見的村裡許多未婚夫妻都像仇人似的躲著，偶然有那臉皮厚的，說句話就被人笑話死。等結了婚，差不多又都是不配合的婚姻，爹媽強給娶的。不是男的整天裝凶神，就是女的撇清不肯合好，沒想到小鳳對自己這麼依戀，這真是天意。多虧林大奶奶，她一定看出我對小鳳的心意了吧？她怎麼會留心一個長工的心意

呢？也許小鳳和她說了什麼嗎？小鳳為什麼會歡喜自己呢？我得多問問她。於是他把小鳳摟緊了，聲音低低地說：

「小鳳！你覺得我有什麼好處嗎？」小鳳笑著推開他，提著籃子跑開了說：「來人了。」何大往四外一看並沒有人影，但是小鳳已經快跑到村邊上了。何大沒想到女人不但可愛，而且是不易對付的生物，為什麼好好的跑開呢？真是莫名其妙。他又不敢追她，怕她跑得更遠了，只得失望地看著她，看她又放慢了腳步，而且她的籃裡空空的什麼也沒有，只得叫住她：「喂！你撿的乾枝哪！」她笑著回過頭來說：「忘了撿啦，怎麼辦？」何大把自己的筐提過去，到她跟前，把成大把的乾枝放在她的籃裡，直把她的籃裝得滿滿的，他才說：「你剛才跑什麼？一個人影都沒有，你怕什麼？」

「我怕你！嘻，你看你的眼睛死盯住人，你說話的聲音都改變了，誰知道你要怎麼樣呢？」

「你太叫人喜歡了，小鳳，早知道你這麼好，我早就託人說你了，也許不會有城裡這一檔子事。」

「你看你，說那不高興的話做什麼，你還以為我是孩子哪？我也十八歲了，什麼不知道，你就放心不行嗎？你還叫我說什麼呢？」

「我不怕別的，就怕你人大眼高瞧不起我了……」

小鳳提著籃子轉身走開了，痛苦地說：「你慢慢看著吧！」說著頭也不回地走了。何大知道自己太直爽了，使她不高興地走去，又不好再招呼她，眼看著她走得遠遠的，他的心裡熱辣辣的，又痛苦又空洞，覺得有生以來今天是最快樂的一天，誰又想到她生著氣走開了呢？要想再有這麼一個快樂的日子，恐怕要等收完秋娶了她才會如願呢。唉！小鳳，可愛的人！

　　何大自從辭了林家的長工活以後很少到他家去，眼看就要過年了，他怕林大奶奶有什麼事叫他辦，他就和大伯說了一聲向林家走來，卻見林二奶奶滿身水淋淋地從家裡往外匆匆地走，一見何大急忙說：「林二把我倒栽在水缸裡就出去了，他要拿水淹死我，我使勁掙出來，我叫我爸爸上城裡告他去。」

　　「大奶奶呢？」

　　「她娘家嫂子養孩子了，她今早回娘家去了。你到她娘家找她一次吧！反正林二有一場官司。」

　　說著水淋淋地向小路走去。正好何大知道上林大奶奶娘家去的那條路，他就走著去了。

　　等何大和林大奶奶回到林家的時候，林二還沒回來，二奶奶娘家人也沒來。林大奶奶看著自己家一個人也沒有，房門也沒有鎖，幸虧沒丟什麼，只是冷冷清清的好像沒人住的空宅似的。她咬住嘴唇，忍著淚坐在炕上發起呆來。何大看看水缸裡的水灑了一地，有的已經在地下結冰了，二奶奶真可憐，這麼冷的天身上水淋淋還不凍成冰人嗎？剩下缸裡的水也不能喝了。他要掏缸，重新挑水，大奶奶突然說：

　　「何大哥，不用挑水了，萬一動了官司，人家還不上家裡來查，留著原樣兒吧！該著敗家，還喝水哪。」

　　何大不知怎樣好了，站在堂屋缸邊上嘆息。林大奶奶說：「你不用替他們擔心了；小鳳走了以後，我不放心，打發村裡開酒鋪的到城裡打聽。小鳳真是給人家看孩子，還給我帶了一雙鞋，給你帶了一個棉背心，都是她自己的錢買的材料，自己親手做的。」說著叫何大進裡屋去。大奶奶從紅漆板櫃裡拿出一個報紙包來，放在炕上打開。裡面是一件深藍市布的棉背心，白裡子，黑骨頭扣子，何大說不出的喜歡，又怕拿回

去家裡人問起來不好意思，就拿起來到柴棚裡去穿在大衣服裡面，有說不出的溫暖和喜悅，把林家不幸的事忘得無蹤影了。回來見大奶奶站在堂屋的水缸邊流淚，何大覺得林家人真不幸呢，不過最可憐的是大奶奶，性格好、能幹、長得好、一顆善良的心……為什麼遇見這些難辦的事。自己是個年輕男子，又不好安慰她，只得向她說些不相干的話；但是說什麼呢？從何說起呢？每次在她家總有二奶奶在旁邊，一切都還自然。今天只有自己和她兩個人，真是有許多不便。他想走，可是丟下她在這麼一個淒涼的環境裡，她怎麼忍受得了呢？而且林二也許會乘機回來，他是什麼也做得出來的，所以自己反倒不能走。何大的心緒複雜得自己都安寧不下來了，又想萬一官府人來問起自己來算什麼人呢？豈不又多一個頭緒？他於是問道：

「大奶奶！二爺知道我散夥了嗎？」

「他不知道，只要村裡人不知道他不會知道的。我想村裡人還不知道，因為還沒人給我薦新長工呢。」

「我大伯是不輕易向外人談家事的，也許外人不知道，只是二爺為什麼不問呢？」

「他嗎？他心裡整天想些邪事，正事一概不管。」

「那麼如果官府遇上我，就說我是長工好了。」

「何大哥，你也像我似的說起孩子話來了，官府的人是那麼好請的？別說沒出人命，就是出了人命也得停個一天半天的再說。碰巧一點油水也沒有的官司，打來打去的，就自消自散了。唉！說什麼呢？自古來人情就是那麼回子事……喲！你看二奶奶一個人回來了。」果然二奶奶蹣跚地走回來了，衣服也沒換，水已經凍成冰，連頭髮上都是冰，臉上叫水缸裡冰碴扎得許多塊青紫，唇凍得青青的，雖然沒淹死，但是一

身水淋淋的，生生凍得成了冰人，也和死了差不多的痛苦。大奶奶又心疼又氣地說：

「你也真要命。大老遠回了家，連衣服也不換換又回來了，多麼冷啊！」二奶奶到屋裡，沙沙地帶著一身冰，就給大奶奶跪下哭著說：「嫂子救我！」大奶奶把她拉住，叫何大燒熱水給大家喝。何大想著：看來這官府是沒人來了，掏缸，挑水吧。林大奶奶拿出一身自己的衣服催她換上，落著淚問：「親家爹知道這事了沒有？他怎麼也不管？」

「他……也夠不上做爹的人。我一進門就先遇見他，我哭著把這些事一說，他大罵喪氣，說我活是林家人，死是林家鬼，兩口子打架就往娘家跑，也不怕人家笑話。有骨頭的丫頭就死在他家，爹給你報仇，你給我回去。……大嫂，我還有什麼指望？」

「可糊塗死了，等死了不就晚了嗎？親家娘就沒出來叫你換換衣服？」

「唉！別說是後媽，就是親媽也不敢哪。你沒見我爹那個凶相哪！像我做了什麼丟臉的事似的。要不，我就尋了死吧？」

「也沒見你這麼糊塗的人，既回了器具麼也辦不了，還和我商量尋死來啦！該著我操心，你藏在我屋裡吧，等老二回來我和他算帳！」

何大已經把缸裡的水挑滿，燒了一鍋熱水，就回家去了。一路上兀自掛唸著林家的事。

第二天一清早就聽見有人來叩何家大門。原來是大奶奶打發人找何大來啦，林二奶奶在昨天晚上吃官粉死了。林二給她家去報喪，叫人家打得遍體鱗傷，並且現在綁在本村小廟上。同著本村全村人、村長、村副問他「官了」還是「私了」。何大到林家見大奶奶頭髮蓬鬆地坐在靈床前哭著，四五個鄰婦在旁邊解勸。大家見何大進來就齊聲說：

「何大哥來了，叫他辛苦一趟，到廟上看看二爺去吧！」話還沒說完，只見一群人擁著一個鼻青臉腫的林二從大門外衝進來。兩三個生臉的漢子進門拿起瓷器、家具就摔，然後就往林大奶奶屋裡衝去。林大奶奶不知是急是怒，一陣風跳到自己的屋門前攔住他們破口罵起來：

「我把你們這一群瞎了眼的強盜，你們走路也不認清門口？你把外間屋的東西都摔光了我不管，那是他們林家的東西，他們自作自受。我的屋裡是我娘家陪嫁的，誰敢動一下？你們沒有王法嗎？欺負到寡婦門上來啦？我們村裡的人都聽不見嗎？我做錯什麼事了？也沒人來幫忙？」說著號哭起來。村長本來在外院，聽見林大奶奶說的話條條是理，而且保護村民是自己的責任，就匆匆過來，後邊有村副，何大……還有三五個本家人。林大奶奶哭進自己的屋子去，村長拉住林大奶奶門口的幾個人說：

「諸位有話好說，他們各人的事各人當。這位是林二居孀的嫂子，諸位不可一律看待。」其中一個比較年輕的胖小夥子，大約是死者的弟弟，憤憤地說：

「他媽的居什麼孀，我姐姐死了，他們林家裡自己配了吧！」

「啪啪」，兩巴掌打在小夥子的胖臉上，何大氣昂昂地說：「我豁出去了，打官司有我一份，今天不打死你，你也不認識我們村裡的義氣。你姐姐活受氣時候你們沒有一個人為她出氣！現在她死了，你們倒來報仇。你們開心來了，拿著人家清白的女人胡說……」說著何大還往前去要打，一個本村人把他拉住，何大忍不住地說：「你們打官司只管寫上我，我是何大，在林家當了兩年長工。你姐姐生前受林二的收拾我都見真，林大奶奶的苦楚我也見真，何大不能含糊就是了。」屋裡、外面已經擠滿許多人了，從人群裡擠進一個四十多歲的女人，進門就號啕大哭：「我的苦命的孩子……」說著就把屍身上的單子揭開，見身上穿著還

是家常的布衣服，就哭著鬧著不答應。由村長評議的這場事私人了結，給死人來個好喪儀、好裝殮。

　　大家商議條件的時候，院裡、屋裡嗡嗡地亂得不可開交，幸虧是冬天，不然早就臭不可聞了。村長約下幾個本族本村有頭有臉的人辦事，別的閒人連請帶喊地打發出去，把林二也帶進堂屋裡，他垂著頭，像一個臨刑的囚犯。他並不是真正的厲害人，只是軟欺硬怕罷了。他的岳母大口唾他罵他，大舅子、小舅子要求著苛刻的條件，他一言不發。林大奶奶一隻手在後邊背著出來了說：「諸位叔叔大爺、嬸子、大媽，在我十九歲那年到他們林家，二十一歲守寡到今天，十年了。我們老二還是經我手給他成的親。我除了沒兒沒女——那也是林家祖上的陰德差，我有什麼不是沒有？」大家乾乾脆脆地說：「沒有，百裡挑一的規矩人。」林大奶奶感動地流下淚來說：「那麼大家幫幫我這苦命人，先了了我們的家務，再辦二奶奶的喪事。」林家一個族裡老頭十分同情地說：「那麼你打算怎樣，我給你做主。」

　　「先謝謝你老！我們二奶奶死了，像我們老二這樣的，我還能跟他一鍋吃飯嗎？先把家給我們分了，我過繼一個兒子安分過我的關門日子，他再娶媳婦好壞由他去，不和他打這份糊塗官司。老二，你答應也這麼辦，不答應呢也這麼辦。要是叔叔大爺們不肯給我們了結這件事，那麼我也活了半輩子啦，死了也不算命短。」說著背後那手拿出一把鋒利的剪刀，對著自己的胸口等著大家回話，大顆的淚珠掛在腮上，滾滾地下墜，像象牙上滾著的明珠。一個好心的老太太在她身後一把從她手裡把剪子搶過去，大家嚇呆了的神情才鬆緩了。那老族長說：

　　「依你，你說的都是明白話。老二！你怎樣？」老二的神志似乎清醒了很多，嘆息著說：「嫂子！我對不起你，叫你跟著我生氣擔心……可是嫂子，我也不是沒有委屈，就說我和死鬼吧，雖說是爸爸媽媽活著替

我訂下的；但是她那份長相，那份蠢，就沒人替我想想。唉！好在我城裡還有那個米糧店，事完了我也不回來了。把她埋了以後家產剩多少，多少是你的。嫂子，人生能活多大歲數呢，只要你願意，我絕不小器。」林大奶奶已經跑著進屋裡去了，大家紛紛商議著析產問題。

林家已經把家產分成兩股，林大奶奶過繼本族一個小男孩。林二奶奶的喪事辦得十分熱鬧，嚴冬的荒村裡終日經聲佛號地叫囂著，紙糊的車船轎馬人物燈傘從林家門口直擺到小廟臺上，全村人們如逢大典，整天在外面看熱鬧聽唸經聽喇叭。死人的裝殮都是絲綢的，棺材是貴重的木料，林二的家產如果不是林大奶奶哭鬧著分出一半去，簡直完全用完了。出殯的那天，二奶奶娘家人每人要的全份白市布孝衣，村裡幫忙的婦人們又明拿暗偷的，就只孝衣一項用的錢就可觀了。林二穿著重孝，拿著「靈旛兒」，完全是孝子的儀式，這自然是二奶奶娘家人出的報仇手段；但是死者又感到什麼呢？假如在她活著的時候救救她，豈不是雙方面都好？現在人死了，錢財消耗了，結果呢？只是一場空，白白地給外人解解悶，開開心罷了。死人仍是九泉含怨，活人卻多結了一份仇恨。

自從林家這件不幸事件過去以後，村中一向平靜無事，只是正月初一那天大風雪，小鳳家的破茅屋吹倒了。林大奶奶把小牛母子二人收容到她家來，小鳳曾回家一次，可是何大沒能見著，她就又回城裡去了。他說不出來的惆悵著。

新年過去了，眼看春耕的日期又到了。何大替林大奶奶薦了一個新長工，何大就開始耕種自己的田地，何大伯在「開耕」的前一天吃完晚飯，在一盞油燈火上吸著了旱煙，何大媽坐在炕裡邊，她的女兒 —— 雲子在燈下納鞋底，何大伯對女兒說：「你大哥哪？」雲子說：「和二哥在後院牲口棚裡收拾哪。」

「把他們叫來。」

雲子下炕把哥哥們叫來，何二比何大略低些，也是膀大腰圓的好莊稼人，他們坐在何大伯旁邊的長凳上。何大媽眨著眼看看女兒、看看兒子、看看侄子，又看看老頭子，高興得一言不發，滿足地打起盹來。雲子納鞋底子的聲音彳彳地響著，她的影子映在紙窗上。老人用力吸了一口煙，一股子蘭花煙的香氣繚繞在這靜靜的小屋裡。炕沿上一盆無焰的火，斜插著一把小烙鐵。老人說：「老大地裡的界石都看好了嗎？」

「看好了，大伯。」

「明天老二幫著你大哥耕他的地，耕完了就幫他撒種。靠河沿的低地種稻子，去年冬天雪大，今年種稻子準錯不了……等你大哥的地忙完了，他再幫你種你的地。哥倆幹事商量著來，別生氣惹人家笑話。當初我和你叔叔，才差一歲年紀，從來沒鬥過嘴。現在你叔叔嬸子都沒了，只留下你大哥一人，你要錯待了他可不行。老大，大伯從你小時候手摸著長了這麼大，叫你做幾年長工見見人情世故，你的工錢我一個子兒沒用，都留著給你娶媳婦。我老了不想種地，可是我也不能空待著，園子由我種。收了什麼賣錢兩股分。就是家產也不用再分了。我們哥倆早分配好了，後院的正房三間兩間廂房、豬圈、牲口棚……都是你的。等你娶了親把文書交給你。前院的房子是你弟弟的。」

何大聽著傷起心來，用手抹著眼角的淚說：「大伯您不用說了。多跟您在一塊過幾年不行嗎？」

「不是那麼說，我想今年秋天給你們哥兒兩個娶上媳婦，分家另過，年輕爭強好勝，兩股比賽著，誰也不肯懶惰了。不用幾年就可以看出來，勤儉的富足了，懶惰的窮困了。」老人停了一下把煙袋鍋在鞋底上用力地敲著，然後把煙袋放在板櫃上，看了打盹的老婆一眼。

「莊稼人最要緊的是勤儉，男的女的是一理，當初你媽是出名的巧婦人，你們原來姐妹四個連你五個孩子，你媽給你們穿得整整齊齊的，後來孩子死得只剩你一個人了，沒什麼活計還攬外面的活計賺錢貼補著過日子。你大媽針線活不行，地裡卻能做，足賽得過一個男莊稼人。雲子的活還是你媽教她的。要不然咱們爺兒三個的活計誰給做呢？多虧她起早睡晚地忙。」

雲子用唇潤了潤麻繩說：「娶了嫂子們就好了，我可要大大地逍遙一下。」

何二說：「你也別想著逍遙，也該叫人抬走了。」

何大說：「今天早上我還看見妹夫上地裡去。大概也是要耕地了。好小夥子，準不能叫你罵媒人就是了。」雲子笑了唾著嘴裡的碎麻說：「不用覺得該娶老婆了樂得說別人。」

老太婆打了一個響呼嚕自己倒驚醒了，坐直身子看著昏昏的油燈火花，又看了看正在說笑的一家人，打一個哈欠說：「還不睡哪？明兒不是早起嗎？」

一家快樂地安息去了，因為明天要開始他們一年幸福的工作呢。

四月初的天氣在鄉間是最美麗的時候，田間的秧苗都長得綠油油的，田邊的野花開得燦爛得像許多花邊鑲在綠毯的邊緣上。何家弟兄提著小鋤往田裡去拔草，經過林家的田邊，見一個長工低著身子除草，小鳳的媽和小牛也在幫工。何二打招呼，何大也跟著打招呼。他很想打聽小鳳的消息，但是怎麼好意思呢？他只說：「林大奶奶好？」小鳳媽站起來笑著推著小牛說：「你往前拔，別拔錯了。」又對何家兄弟說：「你爸爸媽媽好？你們哥倆也下地？林大奶奶好著哪！又給小鳳做衣服呢。那人可太好心了。過兩天小鳳該回來啦。她們東家奶奶也上鄉裡看『青』

來，城裡人悶得慌了，拿咱們鄉下的青枝綠葉當寶貝。」

何大聽說小鳳過兩日回來，他心裡再也平靜不下去。他想她回來一定住在林大奶奶家，見她的機會一定不少，只是像去冬那天撿乾枝的聚會恐怕不易有了。天哪！為什麼快樂的時光那麼難得，得了又那麼迅速地消逝了呢？

他每天到黃昏，晚飯後就在大門外的菜園邊或小樹林裡蹓躂，何二知道他的心事，跟他約好了說：「大哥你放心遛你的彎兒。每天我管挑水，我管餵牲口，等你見了我那沒過門的嫂子安安靜靜多說會子話。等多會兒我也遛彎等媳婦，你再替我，哈，哈！」何大雖然笑著罵：「別胡說了，等大伯聽見罵你。」但是他真是什麼都不顧由何二替他，他失魂喪魄地等小鳳。

一天太陽已經完全落在西山裡，天上的雲由淺金變成桃紅，照在池裡、小溪裡，完全是透明的桃紅色。嫩綠的蒲草和蘆葦柔軟地輕輕搖擺在微風裡，這正是一切人類最愛的時候，不冷、不熱、不忙也不閒的時候。沒有狂風、沒有暴雨、沒有寒雪、沒有凋零也沒有過度的豐滿，一切都那麼喜滋滋的，那麼柔嫩地向生的途徑走。何大從園子後邊走到一片幽靜的小林裡，許多叢生的小槐樹葉子圓圓地對生著，被晚霞照得紅紅的，因為原來的綠色太嫩了，經外來的紅色一照反倒把綠色掩住，眼光為這紅綠交輝的顏色弄昏花了，他無聊地往前走著。

「你上哪兒去？」這突然的聲音倒使他一驚。原來小鳳迎頭走來，她把頭髮梳成兩條辮子，瓜子型的臉映著中分的黑髮十分可人，皮色也紅潤白皙了，眉顯得特別彎，眼睛的長睫毛閃閃地似乎向人訴說著什麼。何大反不知說什麼好了，停了半晌他才說：「你什麼時候來的？」

「今天早晨。」

「聽說你的東家奶奶也來了。」

「什麼東家奶奶？我不在她家啦。」

「為什麼？你媽願意嗎？」

「願意！你呢？」說著她閃著眼睛側著頭看著他。

「願意。你捨得離開城裡？」

「你彆氣我行嗎？我離開城裡都是為了你。」

「怎麼？有人……」

「林二那小子不懷好意，他總藉機會上那家子找我，我最初還不好意思見他；後來他直給我送東西，那種神氣也不對勁。他又說：他和林大奶奶分家了，他永遠住在城裡，又說他老婆死了，想在城裡找一個人。後來他託人向東家奶奶去提說我。我就把我的事兒都說給東家奶奶了。可巧東家奶奶的小孩子死了。她要親自看我在她那兒看的孩子，叫我做針線，我說不會做針線就辭了。」何大已經嘗試過少女的溫馨，聽了這些清脆又剛毅的話更覺得小鳳可愛，只是不敢再抱她。他怕快樂的時間過得太快，他只是看著小鳳笑。但一轉念覺得小鳳搬在林家住，萬一林二回來豈不可怕？焦急的說：「林大奶奶知道嗎？」

「知道，我到家都跟她說了。她說不要緊，她有法子抵擋他。林二自從老婆死了辦完了喪事以後，總也沒回來，有人說他怕老婆的魂不饒他。林大奶奶把他該得的房子折合了錢給他拿走了。你總是有點不放心我吧？」何大被她說著了心病。羞愧的青年男子的情緒有如一頭飢餓的牛，他猛烈地低著頭抱住了小鳳，說：「你知道秋收完了的事嗎？」小鳳點點頭。他不放鬆地亂親著她的臉孔、頸、胸。

暮色漸深，他送小鳳走出小樹林，聽著林大奶奶呼喚小鳳。何大站

在一棵槐樹後面，見林大奶奶一隻手領著小牛，一隻手領著她的過繼兒子 —— 石頭，笑嘻嘻地看著低著頭從樹叢裡跑出去的小鳳。林大奶奶問：「一個人上樹林裡做什麼去了？」

何大很擔心小鳳說不出話來，但是，小鳳卻笑著說：「多少日子沒回家，哪兒不許我看看？什麼一個人兩個人的？您就是好說個人兒。」

兩個人說笑著走遠了。何大從樹林裡出來，繞著園子邊走回來，見何二挑著水往家走。何大過去一句話不說把扁擔從他肩上一托就搶著挑走了，把何二嚇一跳。一看是他哥哥便追上前去，哈哈大笑著說：「小夥子真棒！搶一擔水，一點沒灑，本事不小。哪兒來這麼一股子沒用完的勁兒？」何大已經擔著水走到院裡去。何二只拿著提水繩子追著走進來。關好了後門，一天就這麼幸福地過完了。

陰曆九月中旬的一天確是良辰吉日，何大門上貼著雙喜字，掛著紅綵綢。賀喜的客人忽出忽進地張望著。幫忙的人跑著、喊叫著，原來何氏兄弟同日娶親。倒也經濟熱鬧！許多孩子們穿著新衣在秋日的日光下跳躍著、等著花轎。何大的岳家在本村，何二的岳家在五里以外。何大先拜了天地，蒙著紅綢子「蓋頭」的小鳳被人攙到後正房的炕上。何二家的花轎也接著來了，何二的岳家很富足，送親太太是新人的嫂子，穿得一身麻絲衣服，拿著姿勢走路，眼睛看人時總是冷冷地一瞥。天地拜完了，何二的新娘端坐在前正房的炕上，紅綢蓋頭由何二用秤桿挑下去，何二笑著跑出去，外邊少年一陣大笑。新娘子長得很好：白白的圓臉，頭髮不十分黑，眼睛很大，不時地看著站在地下的客人。客人們今天是破天荒的快樂，匆匆地往兩個新房裡跑。夜裡鬧新房用棉花撒上辣椒油從門底下貓洞裡點著了火送進去，弄得洞房裡的兩雙新人打噴嚏、流眼淚。何二的新娘一面開窗子一面小聲咒罵著。後正房的小鳳本來一天水米沒有下嚥，臨上轎見小牛和媽媽那種孤單的樣子又痛苦地哭了一

場，下轎又不動地坐福——端坐在炕上，又由許多婦人七手八腳地上頭、開臉——用線絞去臉上的汗毛……一天就感到頭昏眼花，吃子孫餃子時候她已經嘔吐了，裝完鴛鴦枕已經冷汗遍體了。哪還經得起這麼一嗆呢？所以她暈了過去。何大急得叫何大媽來，雲子把鬧洞房的人斥責得走開。前院倍加熱鬧起來。小鳳終於醒過來，何大媽才放心了。囑咐何大小心照應她。何大媽和雲子走開，客人也不敢鬧了。不過大家很不滿意小鳳的嬌嫩。何大從廚房灌了一壺開水放上紅糖端來給小鳳喝，小鳳因為自己是新人不好意思躺下，還掙扎著坐在炕沿上，何大端著糖水走向她前面，低身說：「好點嗎？喝糖水吧。」

「好啦。」小鳳又渴、又餓、又暈，見了又甜又熱的水就毫不推辭地一口喝下去，喝完了心裡略覺鎮靜一些了。何大說：「你吃飯了沒有？」

「上哪兒吃去？人家要笑話的……」

「真沒道理，新娘子就不是人就不許吃飯？」說著從立櫃裡拿出一個點心盒來。

「你吃吧！這會兒是沒人看見的。」小鳳見自己的丈夫這麼體恤自己，心裡有說不出的快樂。小聲說：「你送點給前邊那新娘子，她也是一樣吃不著東西的。」

何大奉命地用紙包了一半轉身就走。小鳳又囑咐說：「你把新姑爺叫出來，交給他。告訴他就行了。你不要自己進弟弟的新房……」

「知道了。」何大說著走出去。

等何大回來看小鳳在地下站著，已經換了一身粉紅的小褲褂。真快哪！大紅的衣服和粉紅的衣服看來大有不同的情調。何大知道小鳳身體不舒服，而且天也不早了，催促小鳳先睡，她卻羞澀地站著不動，何大焦急地說：「你要怕我到幾時呢？你安心在炕上躺著，我在板櫃上睡是一

173

樣，你再不睡我就搬到車棚裡去睡，怎麼樣？」

小鳳的臉上突地籠罩了一重紅霞，眼波流動地看著何大的胸，她從來沒敢看過何大的臉，遲疑的說：「你不許走，那是不吉利的……」

「那怎麼著吉利呢？」

「窗子還沒關好哪！」

前邊新房還在熱鬧著，何大吱的一聲把窗子關好了。

三朝啊、回門哪……一切新人應做的禮俗都做完了，她們兩個新娘開始著嫁後的實際生活。究竟小鳳容易過些，因為何大和何大伯分居了，何二家的還要服侍公婆，她的心裡總感到不平；但是新來乍到的又能怎樣呢？只是暗暗對小鳳生氣。小鳳十分愛著這個小嬸，她每次回到娘家和她媽媽或林大奶奶談起話來總說她的小嬸多麼可愛。同時林大奶奶又盡力把自己對人的那種好的善良的性格灌輸給小鳳，所以小鳳在自己工作完了的時候總要幫助何二家的和雲子做事去。何二家的在娘家是嬌養慣了的，時常住在娘家。何二性格比何大還要隨和一些，對於媳婦更是無可無不可的。他每天在田裡工作，回來見到妻子的時候少，見她回娘家的時候多，見自己的哥哥和嫂子那種自然恩愛的樣子，時常暗自嘆息。

在春三月的時候，田地裡已經耕種完了，只是每天做些零星事，何二家的又回娘家去了，何大夫婦卻一起開拓後院一塊荒地，何二無聊地走過去故作高興地問：「哥哥嫂子也不是整天忙什麼？又掘這塊地幹什麼？」

「種菜，邊上栽玫瑰棵子，開了玫瑰給你搗了包玫瑰包子，吃了省得想媳婦。」小鳳一邊笑一邊打趣地說。

「這準是嫂子的主意，哥哥人笨沒這麼多的花招兒。」何二也打趣地回答著。何二想起自己前院那片地方也不小啊，他走到自己的院裡，只見長了許多掃帚草和刺兒萊，就動手去拔，拔了幾棵，就沒興趣再拔下去了，呆呆地想著方才見到兄嫂的神氣該多麼快樂呀！自己不是和哥哥一天娶的妻嗎？為什麼自己這麼孤孤單單的？雖然結婚前自己也一樣的工作過，從來很少做空想的，只是娶親後似乎明白了共同生活的意義，假如妻子也像嫂子對哥哥那樣愛，那麼體恤，該多麼幸福呢？也許哥哥比自己奇特點可以征服嫂子的心吧？一定的。可是又想不出自己有什麼缺欠來，唉！一個土裡尋食的農夫，除了水旱天災值得憂慮以外，他們是不知道什麼是煩惱的，何二在娶親前想，娶了親該多麼有趣啊，慢慢的還會有人跟自己叫爸爸……萬沒想到多了這麼一個妻子反倒添了許多煩惱。

三月的天是青青的，漂浮著白雲。廂房前的桃花都落了，媽在屋裡紡麻繩，妹妹又預備午飯了；但是妻子卻在娘家躲避著自己，越想越煩，要不然等爸爸媽媽去世了自己把房子、地給哥哥和妹妹一分，出家當和尚去，只是目前的煩悶怎麼消除呢？還不如地裡忙些好，省得閒得生氣。他走到媽的窗前隔著窗子叫：「媽，媽！」老太太紡麻線，紡車鳴鳴地響著一點也沒聽見。要是媽聽見又怎麼樣呢？向媽說什麼呢？說想媳婦？不像話！說什麼呢？沒得可說。幸虧媽沒聽見。

雲子早定親了，秋天就要叫人家娶走了，小鳳幫她做了不少活計。春天已經是漫長的白天了，可以做很多的活計還有閒暇，這天下午小鳳鎖好了房門和何大一起回娘家去。自從小鳳嫁了，她娘又搬到林大奶奶的院裡，小牛家已經不十分窮困了，人口很少，小牛也長大了，幫人拔草，給人餵牛、拾柴，都會做。小牛的媽又勤儉總攬活計做，所以米缸裡也有米，屋裡也有板櫃啦。

　　何大夫婦被林大奶奶請去吃晚飯，飯後在燈下閒談著，林大奶奶的過繼兒子──小石頭坐在炕沿上聽著大人們說話。他今年已經八歲了，從小就沒有父母。自從到林家來，他才認識到人生的幸福，他才了解母愛是什麼。所以他沒有一天肯離開林大奶奶的。何大坐在炕對面的長凳上，小鳳和林大奶奶坐在炕裡。林大奶奶看了小石頭一下說：

　　「天氣一天比一天暖，我想叫石頭到學房裡唸書去。認認地文書也是好的。省了長大成人受別人的氣，他還有那麼一個叔叔……可是這傻東西不肯去，你們好好給我哄哄他，他要肯了，我明天就送他去。」

　　小鳳拉住石頭的手溫和地問：「為什麼不肯上學呢？」

　　「媽就不能整天跟我在一塊。」那孩子擔心地說。

　　「學房離你們家多麼近哪，去吧，你媽會在門外等你的。」小鳳說。孩子看了看他媽說：「老師要打我，媽就進去拉住他嗎？」

　　「還沒上學就怕老師打？你要聽話老師是不會打你的。」

　　「老師生氣就打人，不管聽話不聽話。」

　　「你聽誰說的？」

　　「對門王大仁說的，有一天師娘和老師吵完嘴，老師進書房嫌他們吵，就打了幾個大學生，每人打了十板子，手心都腫得老高。從那天王大仁就不上了……」林大奶奶聽孩子說出這麼些個道理來就躊躇道：「可怎麼好呢？當老師的還這麼糊塗。」

　　何大知道林大奶奶這麼一遲疑就不肯叫石頭上學了。石頭如果不識幾個字是很危險的。因為他不是林大奶奶的親生孩子。將來就是為這點產業在林大奶奶的晚年都恐怕會出風波。所以他趕緊說：「還是上學吧！小石頭，你只要不淘氣、不打架，老師一定好好待你。等你的書念

完了好好在村裡做個人⋯⋯明天就上學吧！去了叫你媽送你的時候，多託付託付先生就好了。我和弟弟小時候也念了三年書，按時按節的我大伯淨給先生送好吃的，什麼新老玉米、嫩黃瓜，都送。我兩個很少挨打⋯⋯」

沒容他說完，林大奶奶笑了說：「這麼看起來老師也是不開眼哪，真是官不打送禮的呀。」

「什麼事都是一個道理，就那麼辦吧。」何大這樣說著，看了看小鳳。只見她低著頭好像有什麼心事似的。何大想了一下明白了：小牛已經十歲，也到念書的年歲。雖然鄉下人不一定念得中狀元，但是一個字不識是一生要吃虧的。何大想完了就不能存在心裡，決定了就得說出來：

「你上學，我還給你找了一個伴兒，明天我也送小牛上學。」何大說著又看了小鳳一眼，果然見她的臉上顯出欣慰的樣子。石頭聽說小牛也上學，就樂得跑下炕來，到何大身邊拉著何大的袖子說：「小牛也上學？」林大奶奶問他道：「你願意嗎？石頭？」

「願意！我們倆一定不上樹，也不嗆蛤蟆了。」

春三月的夜裡，到處暖烘烘的，初生的禾苗有種神祕的清香氣息，連著池塘的小溪潺潺地流著。柳樹的柔條顯著特別裊娜多姿，在多星的夜裡現出墨色的線條。遠山嚴肅地列在近城的地方，星光下有縷縷的微雲，一對夜行人在蜿蜒的小道上緩緩地走著 —— 何大同著妻子回家呢。經過小槐樹林的時候，何大停住腳看著不十分豐盛的枝葉說：

「槐樹發葉太晚了，記得去年這兒綠油油的很茂盛了，要不怎麼遮住咱們呢？」

「還說哪，林大奶奶想起來就問我：那次槐林裡有誰？⋯⋯好好的

人都跟你學壞了。」

「那麼你不會別理我，你憑心說：你願意跟我學不？」

「不，以後總也不跟你學了。」

「那麼現在呢？」何大熱情地、率真地抱起小鳳來，擁著，聞著她特有的誘人的香氣，然後雙手托著她，像托一個嬰孩似的往前走。他們必須橫過一條小溪，才能到家。他托著小鳳已經走在水中央了。他顧不得脫去鞋襪，站在水裡說：「你跟我學不？你還裝作不喜歡嗎？你說！你說：『我就是喜歡何大，什麼我都聽何大的話，他教我怎樣，我就怎樣，你說！』小鳳在何大的手臂裡笑成一團，一句話也說不出來，何大故意把手鬆了鬆說：「你說不說？不說我把你扔在水裡。」

「我說，我說。」小鳳把臉藏在他胸前，小聲，不十分清楚地說了一些話，何大愉快地托著她走過溪水，她卻一掙扎跳下地來。一顆流星低低地從天邊飛掠過去，消逝了。他們緩緩地走著春日軟軟的田間小路，小鳳忽然鄭重其事地說：

「明天老二要去接他媳婦呢。他們倆是不是不對付？」

「老二人太隨和了，她大約很嬌，兩個人必得倒一個個兒才好。總要男的剛，女的柔才行，不能一味地順著女的，到時候也應當對她剛強點……」

小鳳打趣地說：「對了，比如要過河就把她往水裡扔一扔什麼的。」

何大笑了笑接著又說：「老二說把她接來托你勸勸她呢。」

「不過我覺得你也應當問問老二，他對她到底喜歡不喜歡呢？」

「自然喜歡，他恨不得把命都給她，只要她說『要』。」

「她說『要』？還等她說？什麼事不一定要等，把你的性格給他就

好了。」這些隱隱約約的話何大似乎不十分了解，想了想說：「像你說的是叫老二對她厲害嗎？那她不是更不肯接近他了嗎？」小鳳有些急了，又不好意思說得十分露骨，停了一會兒。兩人默默地走著，眼看已經到家了，何大催促著說：「你快說吧，到家了，也許今晚我就去告訴他。」小鳳小聲說：「你可不許說是我說的啊！」何大點點頭。

小鳳說：「她今年才十九歲呢，對她丈夫的意思也許不十分明白吧？可是……可是……你就告訴他：對她要多喜歡……不用等她要……務必叫她知道自己丈夫的可愛點。叫她不肯離開他就好了……反正我也不會說了，你明白就好了。不明白我可也沒有法子再說啦。」

何二的妻子已經三個月沒回娘家了，何二興高采烈地工作著。他的前院已經搭起小小的一個絲瓜架，不再荒蕪了，何二家的對何二已經如魚得水似的，也幫雲子做活。何大伯夫婦也納悶，他們想從先何二娶親的時候一定犯了剋星，現在剋星過去了兩人也和好了。眼看著一家人欣欣地往興盛的命運上前進著，「老天不負苦心人」這句話更成了兩個老人的天經地義。

何二的衣服特別整齊，而且臉色也滋潤了。這正是應當努力的青年黃金時代，他那將來做和尚的夢早忘得乾乾淨淨。原來他是好說笑的，現在更是一味地嘻嘻哈哈。

雲子嫁了，何大媽感到十分的寂寞和空洞，幸虧何二工作之餘在她面前說東道西地安慰著她老年寂寞的心。凡是雲子在家裡當做的工作，何二家的都做了。小鳳不時地做雙鞋呀、煙口袋啊送過來，何二家的對小鳳也比從先親切了。

新年大家是沒有工作的，雲子夫婦也來歸寧，大家都說雲子更漂亮了。她的丈夫很安靜很誠實的。何大媽寸步不離地守在女兒旁邊，三個

青年卻陪著何大伯「鬥十胡」。

小鳳從外面慌慌張張地走到何大媽的屋裡，哆哆嗦嗦地說：「大媽，您……跟我看看老二家的怎麼啦，她說肚子痛，臉都白了，那可憐相……」何大媽才聽了嚇得不知怎麼回事，但一靜又笑了：「她該養孩子了，看你這樣兒倒把我弄糊塗了。去！叫老二來。把你媽也找來幫我給她收拾。」雲子笑著說：「我怎麼沒有瞧出來呢？」小鳳喜歡地掉下眼淚來說：「我也是小傻瓜呀，沒想到這一層。」說著轉身上後院把何二從賭興中叫出來。何二正在贏得高興，見嫂子叫他就說：「你是叫我還是叫我哥哥？可別叫錯了人。」小鳳笑嘻嘻地說：「還裝糊塗哪！你要當爸爸啦還鬧呢。你去到我家把我媽找來，幫助大媽，快去吧！戴上帽子，看你樂得忘形了不是？」何二也顧不得戴帽子，嘻嘻地跑出大門去。小鳳追著他說：「別叫小牛來，大年下的，他已經拜過年了。」

一直到黃昏，何二家的痛苦已經把她弄得沒有人形了。她聲嘶力竭地喘息著對何大媽說：

「媽，我真難受，一定是活不成了，我要是真死了，您勸您兒子別難過……我死了比這樣好……好受得多……」何大媽也覺得心痛說：「好孩子忍著點，這難受是短時候的……」

何二在窗外已經酸淚滂沱了，恨不得自己替她受罪。又想：萬一她死了，自己就終身不娶。他偷揮著眼淚，又聽屋裡一陣淒厲的慘呼，他用力把兩耳掩住再也不敢聽下去了。他想：「完了，完了，可惜自己唯一親愛的人就這麼慘痛地完了。天哪！如果你要她死，就快些吧，不要叫她再痛苦下去……」他正在傷痛地想，只見小鳳笑著出來對他還拜了拜，說：

「大喜，你當爸爸了，還是個兒子……」何二半信半疑的時候，聽

見孩子洪亮的哭聲，可惜這不是出世的第一聲，因為那時候他正掩住耳朵。他好像被赦的囚徒，狂喜得幾乎拉住小鳳，喜歡得流著淚說：

「嫂子，嫂子！謝謝你！」

「謝我做什麼？我剛才也是直害怕呢。」

孩子長得很像何二，一家人都有說不出來的快樂，他的名字就叫「歡喜兒」。

在歡喜兒兩週歲的那年春天氣候太乾燥，一滴雨都沒有，到了四月天仍是紅日當空，而且不時地吼著風。長得二三寸高的苗兒多半都乾枯了，有的被風吹壞，農人們一個個愁眉苦臉，就是荒蕪地方的野草都不肯茂盛地長，所以田裡沒有工作。他們想：為什麼又有荒年呢？人們的罪孽太深了吧，怎麼辦呢？

米價突然漲起來，城裡稻米棧裡大量地收買米，村裡有存米的人家都不肯賣給本村人，都是大車小擔地往城裡運米。鄉裡沒有米的人，又沒有工作可做，只得大包小卷地把衣服被縟拿到城裡去賣、當，得點錢買幾升米回來，有的捉住自己的小雞子到城裡去賣，也有的把養的半大的豬——預備五月節餵肥了賣的，趕到城裡去……村裡一片飢餓的呼喊，求雨的、私自燒香的、偷竊的……形形色色的事在這小村裡層出不窮。林大奶奶家還存了兩石多稻子，她想把這稻子賣給村裡人吧，吃什麼不是一樣呢，後來聽人家說：城裡稻子比高粱貴三倍，因為大戶人家都喜歡稻米，大鋪戶也是拿稻米當珍品。於是，她想把稻米賣給城裡，再買些高粱穀子回來，賣給村裡不就可以多一些了嗎？她和長工商議完了，又把何大找來問他進城不？

原來何家兄弟每人也都是存的稻米，因為這幾年他們收了不少稻子，平常日子又捨不得吃，所以和林家的湊在一起有七八石稻米。

　　天已經亮了，林、何二家的兩輛米車同時出發進城去。林家的長工和何家兩兄弟，趕著車子前進。四月的清晨原是可愛的，但是今年卻不同了。田野裡稀疏的小苗伴著一種紅褐色的野草在田邊生長著，是每年見不到的。他們趕著車進到城裡，最熱鬧、商家最多的是「南街」。南街有兩個糧棧─專收買大宗村裡米的，其中一家便是林二的「三慶記糧棧」。這家糧棧是林家三代的產業，城裡人因為知道「三慶記」也都知道「三多堂」。有的起得早在街上閒遊的人們見來了兩輛米車，第一輛車上的口袋都印著「三多堂林」四個大字，以為三多堂從村裡給三慶記運米來了。米！「米珠薪桂」的年月，只要有米往誰家運，誰家就是財神廟。於是有人就往三慶記送信去說：你們家給你運糧食來了。林二夜裡睡晚了些，最近又結識了一個相知的花姑娘，早晨不免晏起，雖然近來米糧行因為荒年反倒忙起來，但是林二手下還有個帳房先生、兩個夥計，他是東家兼掌櫃的，身分高架子大是當然的。他在後院才起床，拖著鞋坐在一個木製的圈椅裡在想什麼，摸著左臂上被那新相知咬青的一塊，想著昨晚的情緒，心裡還熱乎乎地覺得挺是味兒。小夥計冒冒失失地進來說：「掌櫃的！有人給櫃上送米來了。」林二這些日子確實收了幾份便宜米，所以他顧不得再欣賞那塊愛的傷痕，也沒洗臉就走出店門。

　　何家弟兄一向進城賣米都是挑著擔子在街上賣給趕集的，可這次並不是大集又是大宗的米，似乎應該找一個糧棧全部出清；但是因為習慣的關係並未打算好了賣給誰家，他們把車停在南街一個小辟巷的口上，就閒眺城裡的街景，自然他們是在找糧棧。果然一眼見一個舊的鋪面，大敞著鋪門，裡面在大木架上擺著許多簸籮，門楣上有一個黑匾，匾上有四個灰突突的金字：「三慶糧棧。」林家的長工不識字，何大對何二說：「這就是林二的家傳米舖。」

　　何二點著頭仔細地端詳著，林家的長工知道女主人家城裡是有糧

棧的，不過兩股早已分清了財產，臨行時女主人又沒囑咐他一定賣給誰家，他倒為起難來，他看了看何大說：

「我們二東家的米舖？二位打算怎麼樣？」

「無論怎麼樣是本鄉本土的人，已經走到他們門口還能把車趕開賣給別人去嗎？」何二永是這麼權變地說。何大並沒說什麼，不過也算同意了，他們正要進行發賣的事項，忽見三慶糧棧裡走出一個人來：他是瘦瘦的身材、白衣褲、倒背著手，顯然有些拱肩，臉長得很是樣，只是青絲絲的，滿現著那麼虛弱。他見這三個人似乎一驚，但馬上又鎮靜了。把臉上橫七豎八地那麼一擠，擠出一個青筋暴露的公事笑容來說：

「何大哥，辛苦了。嫂子好？她打發你來賣給我……賣給我米的嗎？」何大一見林二總是覺得氣憤。還是何二，笑著說：

「林二爺好？我哥哥已經不在你們林家傭工了，這位是你家的新長工。」林二聽了把他嫂子的新長工瞥了一眼，覺得這人比何大平安些，不像何大那麼刺兒頭、不好惹，就笑了一下說：「那麼你們送來兩家的米？」

「自然！」何大開口說。

「不過年頭不好，市面上也很冷清，你們是什麼米？」

「稻米。」長工說。

林二聽說是稻米，心一動，他知道是好買賣，必得大賺一筆，所以故意把眉頭皺皺說：

「是稻米啊？真是的，要是別的米還好辦，稻米？這年頭誰還買得起稻米？唉……真是的。本鄉本土的，我收倒是對付著可以收，等著賣出，可就難了……」

何大見他是故意搗亂非常不愉快，忍著氣說：

「那麼我們上別的鋪子商量去吧。」

「一樣，全一樣，你沒想想這是什麼年頭……進來喝水，大家慢慢商量。請進，走著不是買賣，哈，嘻嘻。」

三個農人把鞭子纏俐落了走在三慶米棧門口，何大又遲疑地說：「我不進去了，我看著車。」林二立刻吩咐一個小夥計替他看車，到底把何大讓進去。林二走到帳桌邊向著那一臉黃蠟似的帳房先生小聲說了些什麼，又大聲說：

「你先去吃早點，順便叫夥計沏一壺茶來。」帳房先生拱著肩搖擺地出去。林二走在櫃檯裡，坐在帳桌邊，把三個農人讓在櫃檯外的一條長板凳上，問清楚了多少石，他又在算盤上噼裡啪啦地核算了一個時辰。說：

「一百五一石，怎樣？太貴了，太貴了，全城沒這個價。」

「高粱還要一百八一石哪！二爺，我回去怎麼交代？」長工焦急地說，林二注視了那長工一下，接著說：

「我自家的糧食賠點也認了，只是，只是太多了，我沒這麼大力量，何大哥，你是明白人，賠錢的買賣怎麼做呢？」何二唯恐哥哥把事鬧僵了，在城裡又沒有熟人，他急忙說：「自然不能叫二爺賠錢。不過，這會兒城裡住家買稻米早就要兩元三四角一大升了，少了二百一十元一石是辦不了啦。我們也是一年血汗換的米粒，那麼我們還是到別的鋪子走走吧！不早了，有買賣也叫別人搶著做了。」何家兄弟站起來就走，長工很為難，林二也站起來說：「你們二位我不強留了，只是我嫂子的米，貴賤我是要買的。」

何家兄弟知道林二的為人，同時也知道這長工是老實人，不敢做林大奶奶的主。不過，林大奶奶既然叫他同自己兄弟一同出來，自有一番無形的囑託，假如他上了林二的當，那怎麼對得起林大奶奶？於是何大回過臉來說：「憑買誰的也要公平交易，不能滅良心做事。」

　　林二聽了並不生氣，還笑嘻嘻地說：「林二再沒良心也不能虧負我嫂子。二百一十元！錢貨兩交！何大哥給看著秤！你好放心！」何二把何大拉了一把說：「大哥咱們先走吧，人家是一家人。」何大看了長工一眼，長工倒很鄭重而鎮靜地佇立著，對何氏弟兄說：「南門上見！」

　　何大在前面匆匆走出去，還好，那輛車還平安地被一個十幾歲的孩子守著。他們出來徬徨四顧，隱隱見三慶記的帳房先生走進一家米棧的旁門。

　　他們已經把這小城裡僅有的五個米店都問過了，但是沒有一家肯給的比一百八再多的。好像受了林二的賄賂似的，每個掌櫃的都那麼神聖不可侵犯的樣子。何大雖然不是什麼有地位的人，但是有生以來就拿勞力換飯吃，既不會低三下四也不會大勢凌人。今天見這麼些個勢力之徒的種種神氣，不僅氣憤而且感到淒愴。他們弟兄的原意只是把稻米賣掉，買回較多的糧食去分散地賣給村裡人。他們心裡毫無圖利的念頭，他們永不會忘記那些為飢餓而愁苦的臉和到處搜尋野菜或嫩樹芽的匆忙，還有鄰人小孩子為飢餓而哭泣的聲音，還有本村有米不肯賣的富戶，還有，還有……還有許許多多淒厲的呼聲，不幸的狀況，都在何大心裡瀑布似的沖滾著。如果這些稻米順利地賣出，至少可以把村裡人的胃填飽些，至少可以延長一些人的壽命，至少可以減少一些偷盜的犯罪行為。但是城裡卻找不到這麼一個機會。那麼自己的原意完全成了泡影。何大伯夫婦也要失望的。林大奶奶不知要怎樣地失望呢！一定是林二散布了什麼破壞的話！他為什麼有這麼大的能量說服這些糧行的老闆

呢？難道這麼多人都在企圖打他們的算盤嗎？這些人們！這些人們同樣的有一顆心和一個胃呀！他們為什麼有這個權利握緊別人的喉嚨呢？而且有許多人已經知道他們進城來要運回更多的糙糧的，有許多人像巢裡的小鳥似的張著口等著這兩輛糧車。等著這兩輛車回去餵滿他們空得出奇作痛的胃，天哪！稻米賣不出去，該給這許多人多麼大的失望啊！何大想得出了一身冷汗。

他對弟弟說：「老二，咱們把稻米趕回去，他們和咱們一樣還空著肚子哪！他媽的見鬼！城裡的鋪子裡就沒有一顆人心。走，老二。」

何二也是在思索什麼，不過和何大略有不同罷了。他想：林二搞了鬼是無疑的，但是為什麼只和哥哥作對呢？且不要管他，應當趕快把這些米賣出去呀！趕快吧。慢了，林二的毒會散布得更遠呢。

他急切地說：「哥哥，城裡賣不出去還有四關哪！走，不早了，快！」他們在南門裡遇見林家的長工，他的車已經空了，何二驚說：「他給了現錢沒有？」長工安靜地說：「給了。完全給了！」

何氏弟兄在西關的富盛米棧賣了米，得的價比向林二索的價還大，他們和林家的長工一齊用所有的稻米錢買了糙糧。何大放心了，喘了一口氣，心想：「上天不負苦心人！」

當他們把車趕在回家的道上時，已經快晌午了，四月的正午本來很熱，又加上這苦旱的時候，他們更熱了。而且早上出來得太倉促，吃的東西很少，這會兒都餓了。離城很遠已經沒有賣吃食的地方，可離家還有一段路，何二跳下車來到路邊，見有許多圓心菜，據村裡人說，圓心菜是野菜裡最好吃的，他隨走隨摘，摘一大把圓心菜，扔給林家長工幾棵，就跳在自己的車上對哥哥說：「咱也嘗嘗野菜。」說著放在嘴裡一把。隨著呀的一聲都吐了，連說：「好苦呀，也不是正經苦，說不出那麼

一股子鹹澀的邪味兒。」何大沒嘗，只是一手拿著鞭子趕著車，另一隻手緊緊握著那一把圓心菜，眼睛那麼溼溼的，他見沿路還有許多別的野菜，夾雜在那種不知名的紅褐色的植物裡。他想：「圓心菜是野菜裡最好吃的！」

糧車還沒有卸完，已經擠滿了一院子人，老人、小孩、婦女，各拿著稀汙的小布袋或小條筐，他們等著買一些價錢公道的米。何氏弟兄逐漸打發完了這些可憐的買主；但是車上還剩了幾斗米。他們為什麼不多買些呢？何大想關好大門後回房裡喝水休息休息，因為他今天十分疲乏，這是從來沒有過的。他匆匆把門推攏，但是有一些什麼東西在作梗，他不能把門關好。往外一看，見門外石頭上坐了一個滿頭白髮的老人，用他枯瘦的手推著要關上的門，有氣無力地說：「別關門，你……院裡有……黃瓜嗎？給我幾根……我又渴又餓……」何大見他年紀這麼老，怎能咬得動黃瓜呢？說：「你等等。」說著匆匆地走開。老人手裡還握著一個小布袋，他拿出來又把手背在身後。那麼需要，又那麼惶愧，大約他也是想買米。

何大端來一碗溫暖的稀飯給老人，老人站了半天沒站起來，只得坐著接過去喝了，喝得還剩半碗就捨不得再吃，但又沒地方盛。何大已經看出他的心思，知道他家一定還有人，只是這麼老的人還有什麼人指望他養活嗎？

何大說：「你老不是本村的吧？想不起是誰來。」

「我是外村的，在我們那兒買不到米……進城去又走不動。」

「你要多少米？什麼米？我這兒有。」

「我早就坐在這塊石頭……上啦。見許多人買米……我知道你……有米……可是我的錢，我的錢……」

「你的錢丟了嗎？」

「沒丟，我出來的時候太忙。心裡只想著買米，忘了帶錢，只帶了一個小口袋。老啦！一點記性也沒有了……我白來了一趟，修好，你給我找個小鐵筒，我把這半碗飯帶回去給我孫子吃……」

「你吃了吧，我給你量點米吧，把口袋給我。」

「我沒帶錢哪！要不，把我這破褂子給你，等我給你送錢來再穿……」

「不用，我只算賒給你的，別忙，沒錢就算了。」說著何大轉身進去。老人擦擦眼角的歡喜淚，居然能站起來，信手從石邊摘了一棵車旁草咬著，兩腮的皺紋移動著，他並不吐，那麼安然地嚼。何大把一個漲滿了的口袋交給老人，又給他三五條用馬蘭草捆好了的黃瓜，又匆匆從院裡拿了一根粗樹枝，對老人說：「拿得了嗎？不送你啦！這個木棒你拄著走得力些。」

「可了不得，你……姓什麼？我忘不了……你……」

「走吧！太累了，你記住這大門就行，不用問姓了。記住大門！沒米了再來吧。」

老人站起來定了定神，開始試著顫巍巍地走下高坡，走到小路上就站住了，費力地轉過身來看著何大，點著頭又用力轉轉身去，擦拉擦拉地走了。

已經是四月底，還沒有雨的消息，村裡舉行大規模的「求雨」。枯瘦的孩子們拿著柳條，頭上戴著用柳條做的圈子，在成人面前排成一個不十分整齊的行列，而成年人又分成兩組，一組敲鑼打鼓，另一組持著點著的香把，他們的臉上都是那麼淒愴嚴肅，走幾步就由一個五十幾歲

的老人領頭喊著：「求雨嘍！」於是所有的人都隨著喊：「求 —— 雨 ——嘍！」聲音是那麼單純，那麼淒涼，接著幾聲鑼鼓聲響應著。沿途並沒有看熱鬧的人，因為這是飢餓的呼喊，無論如何是沒有娛樂性的。他們一行人，迤邐走向北山去。

在山前有一塊高與雲齊、方圓數里的渾圓石，石中間，向著東方有一個大洞，洞外已經被人修了許多禪房，他們把鑼鼓放在寺院裡，拿柳條的童子分兩排站在洞口，持香把的成年人走進洞去：洞是很大的，也是圓的。正中有刻在石壁上的佛像，因了年代的久遠已經凋蝕了，除了那龐大的佛臉以外別處的雕刻一點也不清楚，佛前有石供案、石香爐，他們把香插在香爐裡，就跪下叩頭，對佛像叩完頭又對龍女、紅孩兒的石像及兩旁十八羅漢石像祝禱一番。只見從右邊數第三個羅漢前單有一個供桌，也是石刻的。這裡香灰非常的多，顯然這個羅漢是十分靈的。不，不是對這羅漢特殊的膜拜，卻是在他後邊的石壁上有一個奇異的東西 —— 是一個龐大得嚇人的龜，雖是石龜，但是顏色卻不是石壁的灰色，乃是蒼黑色，隱約還見得到一個伸著的頸項，只是不十分清楚了，這大石龜究竟是人工的還是幾萬年前的化石，誰也不得而知。這洞卻是天然的，村裡人又都信仰這石龜，只要他的殼上有些溼潤，就快下雨了。他們膜拜完，由何大走到羅漢的後面，登著羅漢的石臺去摸龜背。何大有些踟躕，還沒伸手摸，只見這巨大的蒼石上有許多水珠，像夏天暴雨前的水缸似的含著小水珠。

何大狂喜地喊：「水，水！」他大膽地向石背上摸去，把他嚇得又縮回手來，那麼涼！像冰。他對大家說：「許願吧！要下雨了。」由村長許了三天野臺子戲，如果下雨，在他們村裡小廟前唱三天戲。一群人歡歡喜喜地出了洞口，何大覺得洞裡很涼，洞外又覺得熱，好在有古老的松柏樹遮蔽著。他回頭見石洞外有縣裡新修的石匾額，四個白色大字刻在

青石上，是：「古洞千秋」，右邊是「松柏壯千秋」，左邊是「洞佛昭萬古」的一副對聯。「古洞千秋」的上面還有一個小匾額，也是橫著四個字：「佛恩無量」。再往對面一看只見朝日已高，山裡倒還保持著原有的蒼翠，山竹花燦爛地開著深淺不同的紅花，一股清泉從石佛洞的山門前繞過流到山下去，泉邊生著不可多見的豐草。在更高的山峰上出乎意外地有兩三縷白雲繞著。啊！這山間哪，已經叫農人們忘記旱年的恐慌，而憧憬著雨後的快樂了。

祈雨後，沒有一個人不時時望著天，或開開後門看看北山的山峰上是不是被雲繞著。果然，在第三天的早晨，何大伯抱著歡喜兒站在後門外往北看，呀！上半的所有山峰都看不見 —— 被濃雲遮住了。山的下部也隱隱不十分清楚。只見那石佛洞所占有的渾淪大石卻昂然露於雲霧的外面，遠遠望去像一個巨大的獅子頭，微仰地對著東方的天，所以這兒又叫獅子坡，石佛洞又叫獅子嘴。可巧，洞外那些人工的寺院、禪房高高的，遠遠看來正好是獅子的鼻子頭兒，北山連綿的山峰漸漸都隱在雲霧裡，只有獅子坡顯露著。天氣來得很猛，一陣涼風吹得歡喜兒藏在爺爺的懷裡說：「爺爺，家家。」

何大正在地裡拔那紅褐色的怪草，忽見那草根下有一個東西在蠕動，用小鋤一劃土，出來了，是條蛇，顏色和那草差不多。何大雖力大體壯，但只是怕蛇，他急忙跑開，別的農夫在附近的田裡看見了說：「是咋了？」

「長蟲！」於是由那個農夫用鋤鉤起來拋在水裡，因為他知道這是條旱地的物兒，何大日來心情從未愉快過，今天又見了這個蠢東西，心裡總覺得不好過，懶懶地荷起鋤來，往回家的路上走。走不多遠，一陣風雨來了，很急，他未及防備，只得迅速地往家跑，到家時身上已經全溼了，有汗也有雨。小鳳在地下的小凳上坐著，嗚嗚地紡線，見他回來，停住紡車問：「怎麼？身上都溼了，下雨了嗎？求雨下來了。」

「下雨了，只是我心裡很難過。」說著他就躺在炕上，小鳳從來很少見他大白天躺著，近來他卻時常這麼躺著。她說：

「把鞋脫了吧，還有那小褂，都溼了。」說著她就全替他脫去，找一件乾小褂叫他穿好，外面雨聲已經很響了。她自慰地說：「無論如何是下雨了，地裡的苗有指望了。」她又問：「煮點薑糖水你喝，去去寒氣吧。」

「不，怪辣的。」

「不辣，我少放薑多放糖，還不行嗎？」她輕輕走到堂屋切薑，雨下得更大了，有雷電呢。房外怪響一聲，霍地，何大光著腳跳出來，小鳳驚訝地看著他，他看了小鳳一眼安心地又回到屋裡，小鳳煮好薑糖水，勸他喝下去，給他蓋好被單叫他好好休息，自己要下地去紡線。他卻拉住她說：「你別走，我不放心。」她莫名其妙地笑著問他：「怎麼？」

「外邊下雨哪，你不能走開。」說著他拉緊她的手，小鳳想起剛才他光著腳往外走去看自己的神氣，更加莫名其妙了，怕什麼呢？下雨該是很喜歡的事，他怕什麼呢？於是她問了：「你怕什麼？下雨於咱們是有利的呀。」他突然坐起來抱住小鳳，一言不發地望著窗外的大雨。雨多下些吧，小苗會復活起來的，下透雨以後，米價馬上會下落的，而且沒田地的人也可以找到工作了，下吧！只是何大有一些怕，一種原始的恐懼。他覺得自己是病了，他想也許會死了吧？死了以後小鳳呢？還有林二那小子，還有……還有最可怕的是自己不該在石佛洞裡許願心：在大家叩完頭的時候，在村長許唱戲的願心以後，許多農夫默默之中各個許了各自的願心，何大在那時候也曾暗自默默地對神靈說：

「下雨吧！田地已經旱乾了，池塘的水都枯了，假如有靈有聖不出三天下了雨，我寧願不要我最心愛的東西，我願捨棄個人的福，只要大夥有飯吃……」那麼果然有靈有聖嗎？那石龜真靈嗎？果然不出三天

就下雨了呢，他最心愛的東西是什麼呢？除了小鳳以外還有什麼是最愛的？好在小鳳是人，並不是什麼東西……只是什麼東西可愛呢？他心裡起伏不定地抱住小鳳，小鳳看著他瞬息萬變的神氣，很擔心，只得安慰他，叫他躺下，自己在旁邊守著。

已經快到黃昏時候，雨也漸停，小鳳到柴棚去拿草，見院裡的青枝綠葉都那麼清潔可愛，抬頭見牆外的樹上也洗得綠綠的，天還沒十分晴，也許還有雨，她來往搬了足夠明天燒三頓飯的柴，在堂屋堆好，預備刷鍋做飯，聽何大從夢裡喊出來：「小鳳！」小鳳走到屋裡見他已經坐起來，臉上還有夢裡的余驚，小鳳又把他安慰了一番，只是他不再躺著了，坐在堂屋小橱子邊看著小鳳做飯。

夜裡，很涼爽，何大把窗子關得嚴嚴的，臨睡還滿屋裡看好像防備什麼似的，小鳳叫他這樣子弄得怕起來，顫抖地說：「你怎麼了？什麼事，都不肯對我說。」何大點亮了煤油燈，才把這事對妻子說了。

她起始也不免震驚。但是她沒鬧病，神經相當健全，說：「怕什麼？買個紙糊的人燒了，替我就得了，你也別那麼犯心病，有靈有聖更不怕啦。咱又沒做虧心事，怕什麼？」

何大究竟年輕，又是健康身子，病了兩天，怕了兩天，等著不發燒了，病好了他也忘記了怕。還是小鳳花錢買了個紙糊的人，託人在大道上向北燒了，完事。

端午節在小廟上唱起野臺子戲來，在廟前一棵古槐樹下搭了一個臺子，一班秦腔，還有一團隊蓮花落。老遠地就聽見胡琴的尖叫聲、拍板聲，響遏雲霄。

廟門大開著，許多男男女女燒香的還願的絡繹不絕，別的村裡還有趕著車來看戲的人，車上還有擦著粉的婦女，許多買零食的，只是比

每年廟會裡都貴了好幾倍，賣項很少。窮人家還是不好買米，以野菜充飢，只是雨後的野菜更肥嫩些罷了，他們仍沒有工夫聽戲，雖然在端午節他們還要滿地裡去找食物充飢；究竟看戲是不會解餓的，戲臺前除了有些窮孩子以外，都是些穿得整整齊齊有房子、有地的人，更有些流氓子弟，嘻嘻哈哈，評頭論足地不離婦女坐著的地方。林大奶奶自從出嫁，做寡婦以後從來沒出過前面的大門，悶急了在後門外走走，看看遠山、看看菜園子，不然就是在屋裡做活。但是自從和林二分了家，又過繼了石頭，她改了辦法，自以為老了，可以不再躲藏了。所以常常送石頭上學，不再那麼隱居著。她多年沒看戲了，她記得沒出嫁時常常坐了車跟嫂子們去看戲，她很聰明，戲情一看就懂，戲詞也記得不少，只是年月多，忘記了大半呢。她今天帶了石頭和小牛去看戲，小牛的媽看家。她在廟臺上坐著一個蒲團，靜靜地看著臺上，當時唱的是「小姑賢」。那個「狠婆」是一個高大身材的男伶扮的，十足的怪相，又醜、聲音又粗啞，十分可笑。那個「賢小姑」卻是個坤伶扮的，倒還靈巧，只是一發表就那麼用眼光掃臺下的人，哪兒有這樣「賢惠的」女郎呢？她不大愛看，好在是個勸善的戲，戲詞她還都聽得懂，她覺得還可解悶。再看小牛和石頭，早跑到戲臺下爬杉桿玩去了。接著《小姑賢》的是《杜十娘》，這戲在她的記憶裡占著相當的地位，初見李生和杜十娘那種恩愛的神氣不免刺目驚心，及至見到男子負心，女子那樣落水死去，心反倒安寧了。在不知覺中她流了不少同情淚。散戲是一窩蜂似的亂成一團，當她等小石頭的時候向四圍看看有沒有熟人，竟誰也沒見到。只有何大媽夫婦和歡喜兒在廟臺上還沒走，她才要過去說話，只見一個青年屢次看她，看得她臉上直發燒，她覺得這人很像何大，不過比何大活潑些。她領了小牛和石頭匆匆回家去。燒著晚飯，沉默地思念白日的事。

晚上，小鳳和何大來送了許多他們自己包的粽子，給了小牛家一半，給了林大奶奶一半。他們見林大奶奶神情和平日不同，不知為了什麼？小鳳給何大暗示，他出去了。屋裡只剩兩個女人，小鳳再三問她有什麼不痛快沒有。她強笑著說：「好好的吃飽了，有戲看，還不痛快？可真是不知足。」不過那聲音十分勉強。小鳳想：莫不是林二又來氣她了嗎？不覺順口說出來：「你們二爺來了嗎？」

她搖搖頭，停了很久很久才嘆了一口氣，握住小鳳的手說：「我問你，你為什麼不去看戲？」

「家裡過節，上午我忙著包粽子，下午小姑的婆家來人說：小姑要生孩子，初六要來接何大媽去……我一天忙死了，他又在家，不出去，我哪兒有工夫看戲去？」

「唉！那就是你的福氣。像我，雖然一天有吃有喝，無拘無束的，看著很安閒，可是，不管什麼時候永遠這麼冷清，就可憐了。不論年、節，沒人！不論病、痛，沒人！一天價孤雁似的，一個人在屋裡，可做什麼呢？石頭唸書也不大長進，整天野馬似的在外邊跑。唉！你只知道忙得沒工夫，煩！又哪裡知道工夫太多的更煩呢？早晚有那麼一天，我不是煩死就是去做尼姑！」

小鳳呆呆的說：「上我們家住幾天去，叫他給何大伯做伴兒去，大媽明天就上她閨女家去了。」

「那只是暫時的，終究……」兩個人都呆呆的，默無一言。

夜戲開臺了，遠遠聽著鑼鼓聲，何大在窗外揚聲說：「我帶石頭和小牛聽夜戲去，你多陪林大奶奶坐會兒吧！散了戲我來接你。」

「不要等散戲了，太晚！他們會睏。家裡也沒人等門。」

「不要緊，老二也去了，借他的光，有人等門！」說著，聽他和兩個孩子走了。林大奶奶突然落下淚來，還故意掩飾，下地去拿了些乾瓜子，往櫃櫥裡找小盤盛瓜子，乘勢把淚抹下去。

雨後的米價的確落了不少，而且那次大雨後又落了幾次小雨，大莊稼可有六七成希望，只是蔬菜沒了希望。更苦的是種西瓜或甜瓜的人家，雨水非少既多，從根裡生了一種黑蟲子，外面的秧子，枯的枯死，爛的爛死。種瓜的人家有說不出的苦，所以唱完戲，許多人在埋怨。因為家家按地歈派了錢份子，有希望的人家自然沒關係。像他們這些無望的人自然心疼。何、林兩家都沒有瓜地，只是菜園子收成沒希望了，許多黃瓜頂著嬌黃的花就落了，藝豆也掛得很少，也都落了……他們只得盼望著伏天種蘿蔔、白菜吧。他們吃飯也捨不得吃菜，只是吃鹹蘿蔔，或者炒點落了的青南瓜，或者吃些斷了根的萵筍。嫩掃帚菜煮了也還可以吃。不過他們不吃很多，他們想：沒米的人還不夠吃呢，有米的人是不該向他們搶食的，他們安心地吃著沒菜的飯。

因為秋收只有六成，冬天的夜裡時有偷盜的事，有幾百畝地的人家都雇打更的，所以他們雖很富足倒沒有人去偷，何家本不算富，只是足吃足燒的人家，但因為有兩個小夥子在院裡鎮壓著，也沒人去偷。只有林大奶奶，有說不出的怕，眼看過年了，到臘月二十就該叫長工回家休息，等過年；那麼院裡只有兩個孩子和兩個婦人，該多麼孤單哪。每到夜裡，林大奶奶和小牛的媽，把前後門關了、頂好，再把窗子也關好，熄了燈，林大奶奶聽著石頭睡熟了，打著勻勻的酣，她坐一會兒，躺一會兒，聽見鄰家的更聲，遠近的犬吠聲，心跳著，覺得一顆心從心窩跳到喉頭，又從喉頭跳到心窩下，但是誰來安慰她？只有身邊的孩子。他究竟是孩子，能做什麼事呢？希望他來保護人真是渺不可期的。在沒分家時，平常有何大在後院，年底有林二在對屋，自己可以安心睡覺，而

且又沒遇上像今年這麼苦的年月，今年完了，一切完了。像一座房子太老朽了似的，要倒，要倒，用泥漿、用石灰、用繩索、用釘子⋯⋯都不能使它不倒；還不如房子呢，房子倒可以花錢再蓋新的，她的命運卻是要無望到底了。嫁了吧！有一個丈夫無論如何不用在夜裡害怕！只是丈夫又各不一樣：像自己初嫁來滿希望著丈夫也和一般人的丈夫似的，對自己溫存體貼，或者對自己發發男人的威風，替自己經營日子。誰知道嫁後和他還沒熟，還沒好意思正眼看他的時候，他就病倒了，那麼弱，那麼蒼白。他背上的瘡口破了以後又那麼髒。忍苦耐勞地服侍了他二年多，就做了寡婦。這樣的命運還有希望嗎？「丈夫」這個名詞在她心裡只是一個病樣的影子、沒好印象，只有引她心裡痛苦的力量。所以她覺得自己所希望的不是「丈夫」一類的人。她是需要一個青年，忠實、熱烈，保護她、安慰她、為她打算，像⋯⋯那樣的青年。啊！青年，自己呢，已經三十多了，雖然自知容貌還保持嫁前的豐姿，但是那不能移改的年輪的的確確轉了三十多次了。天哪！哪一個青年願意永久伴著一個半老的女人呢？完了⋯⋯又是兩三聲木梆子聲，犬吠了幾聲。

　　就在她反覆思索後的沉睡中，她失盜了。在冬天的黎明，她的屋裡進去賊。幸虧小牛的媽，前半夜睡多了，到黎明的時候睡不著，屋裡很冷就咳嗽兩聲，把賊嚇跑。她只丟了一些丈夫的棉衣和炕上還沒用的兩條綢被，她並不以為意。因為在她不知覺中失去的比她受驚好多了。衣服到底是身外之物。只要不使精神受傷，在她是不以為意的。不過許多鄰家婦女來安慰她，她倒覺得人類究竟是有感情的。尤其小鳳夫婦、小牛母子的慰問更使她感動。於是她想：我要愛他們，加倍地愛這一群。從此鄰人們對她不那麼猜測了，因為她也和別的女人似的有著豐富的情感，從前不和人來往只是年輕孀婦應守的本分罷了。於是村裡吉慶人情來往，她沒有不隨喜的，村裡婦人都說她「隨和」。還有些姑娘趕著叫

她乾媽，無非想得點小好處，只是都被她婉言謝絕了，她說自己命硬，會剋人的。

過年的前一天，何家殺了兩隻肥豬，賣去了多一半，兩股分了一半，又給林大奶奶送去不少。才下完雪，何大心裡又感到疲乏了，她叫小鳳煮些肉骨頭，又求小鳳從罐裡給他倒一壺酒溫著。他就上後門外去看雪。

世界是這麼廣大潔白呀，山上重重的被雪掩出不少的情致。樹上開著豐多的白花，還有池塘裡的乾蘆葦葉上，尖生生地托著竹葉型的雪，美、雅，是別的季候所沒有的。到處是白的、乾淨的。不過在道旁有一團黑，正在動。他跑過去看，原來是個人，大約滑倒在雪地上了。他低身去扶，原來是個白髮老人，用力扶了起來，看這衰老的臉似曾見過。他把老人扶在門洞裡的柴堆上坐下，看這老人並不十分痛苦，只得說：「老頭，我好像認得你。只是記不起來是誰了，還是到屋裡暖暖吧。」他又扶老人到堂屋的圈椅上坐下。告訴小鳳說這是路上一個凍倒的人。小鳳端來一盆新掏出來的木柴火炭，老人欣喜地烤著手。伏著身子烤了半天才坐直了。只是背駝得很，終究沒坐直。他又費力地從袍襟裡掏進手去，半天掏出一個紙包來，一層一層地打開，裡邊卻是一張五元錢的鈔票。他拿著這五元錢笑著說：「你忘了？年輕的人記性可不好，今年頭五月節我賒你的米，總也還不上你，這回……」他說著更笑得滿意了。又接著說：「這回我兒子回來了，給我掙了不少錢，我……我先記住還帳，我還記住報恩……我人老了，可是記性好。那次要不遇見你，嘿，我和小孫子準得餓死，人……天無絕人之路，遇見你……收起來，太少嗎？」何大和小鳳反倒不知所措起來，老人把錢放在一個小桌上，喘了一口氣，又從懷裡掏半天，掏出一個大紙包。

他沒打開，也放在小桌上說：「我兒子到外省去做生意，四五年沒

回來，連信也沒有。兒媳婦去年冬天死了，剩下我這土埋半截的人，和一個小孫子，過著有今天沒明天的日子……要不是遇上你……準都餓死了，誰想到昨天他……我兒子回來了，一臉鬍子……」老人說著，眼裡發著空幻的光。

停了一下又說：「我差點認不出來，這個人，中年人是我兒子……他掙了幾個錢。他在外頭賣雜貨……哈，自己有個小鋪兒，沒想到媳婦死了還哭了一鼻子。我心裡想：你再不回來還得哭兩鼻子，我也是該死的人啦！我……我……跟他說了家常以後就把你的大恩說了，他要來叩頭，我說還是我來。我是知恩報恩、欠帳還錢，哈，這一包是他帶來的口蘑留著過年吃吧！」

那對年輕的夫婦聽了老人的敘述，就為這遊子歸來的一幕而神往了，所以老人說的口蘑他們並沒聽見，老人把自己的話說完了就要走。何大才清醒地說：「你住哪兒？我送你去。」

「不用，我這會兒吃得飽不會餓倒了。」

「不是那麼說，天晚了路滑，我還是送你去吧！」老人見外邊果然已經黑沉沉的就不再推辭。何大又叫小鳳給老人用菜葉包了許多煮好的肉骨頭，因為他們想老人家並沒有主婦，也許不會有這麼好吃的骨頭肉在燈下吃吧？老頭高興得並不推辭，只是何大把那五元錢交還他的時候，老人卻急急地說：「交情是交情，欠帳的應當還錢。」

何大送老人到他家門口就回來了。他走得很急，因為他知道小鳳在燈下等他吃晚飯哪。假如不是有雪光映照，他幾乎走錯路呢，到家時果見小鳳一人在燈下，撫弄著擺好的盤碗出神。他進來她倒嚇了一跳。燈下農家的晚景是這般溫馨啊，農家的歲暮是這般的豐富啊，有酒的香氣和愛的影子，他們的享受是奢侈的嗎？不，他們付了更多的勞力和

血汗，他們所享受的只是應得的一小部分罷了。一年數百日的辛苦、勞累、掛慮……只有這十幾天的享受不是太少了嗎？但他們仍很知足，他們覺得老天是公平的。

何二因為歡喜兒已經三生日了，那麼就是四歲了，可以玩耍啦。所以在前院架了一個鞦韆，何大伯整天在鞦韆旁看著歡喜兒，同時引了許多村裡的孩子來打鞦韆，在正月裡何家的前院非常熱鬧，村西頭有一個姑娘最好打鞦韆，今年因為年月不好，誰家也沒搭鞦韆，後來聽說何二的院裡搭了一架，就每日必到了。一個十七八歲的閨女這麼滿街跑，不用問，是家教不好；對了，她的媽媽還有綽號，叫「小紅鞋」，她叫「一枝花」。自從一枝花來打鞦韆，引了不少浮蕩子弟在門外守著。何大伯已經看出來，心裡雖不高興，但是村裡過年時只要搭鞦韆，總要招引許許多多的人，倒也熱鬧。而且歡喜兒真個非常歡喜，老人也就沒話可說了。

說來一枝花也真能，把一個簡單的鞦韆打得上下翻飛，穿的又是一身花衣服，更弄得人眼花繚亂了，好似一個大的穿花蝴蝶。她媽媽也是以打鞦韆出過名，原來那時還時興小腳，她總是穿了一雙窄小的紅鞋踏鞦韆，所以人家叫她「小紅鞋」，一枝花就是另一個時代的產物了。這時村裡已經不給姑娘們纏足。因為：一則太費布，二則不能做地裡的活，所以一般人對女人的評論不只限於腳的大小，而擴充到全身。一枝花的臉子相當的俏，身子又很細，常穿花衣服，大家就叫她一枝花。一枝花的家並不十分的窮呢，有房子有地，卻沒有父親，可憐小紅鞋也是寡婦，只是風流些罷了。一枝花仍是小姑居處尚無郎，過著少女的幸福生活，無拘無束的倒也快活。不過有幾次要成的婚姻被人家破壞了，大約是因為她們母女的綽號吧？也許是因為她的無拘無束，漸漸地有人要娶她做二房了，她媽媽倒是無可無不可的。她呢，卻有個特別想頭：不

嫁倒可以，絕不給人做二房！不為別的，為的怕多一重約束，而且她也怕和人家打架。她把心思對母親很坦白地說了，就這麼過了許多日子，她心裡充滿許多花園贈金、綵樓配的故事，一枝花是要自己找男人的。

大年初三的下午，何二從妻子手裡把歡喜兒接過去說：

「走，跟爸爸打鞦韆去！」孩子拉著他的手連跳帶蹦地走到院裡，只見鞦韆在金色的陽光下嗖嗖地飄著，一枝花穿了一件紅棉襖，上面印著黑花，一條青綢褲很薄、很肥，她的半長頭髮也像城裡人似的用一個牛角卡子卡在頸後，前面的短髮在額前飄動著。她見何二領著孩子出來，就不用力打鞦韆了，任那索子輕輕地蕩著，她說：

「歡喜兒等我帶你打，打得高高的。」說著就看了何二一眼，孩子果然要往前跑，被何二拉住了，不然幾乎撞在鞦韆的踏板上。一枝花卻一下跳下來，把踏板揚得遠遠的那麼瀟灑、那麼輕快，何二不免一震。

她把孩子抱住坐在踏板上，對孩子說：「一隻手抓緊繩子，一隻手抓緊我的棉襖。」她一隻手摟住孩子的小身體，一隻握住繩子，輕輕地蕩著。天天下午她都要來一次的。

初六何二夫婦到岳家去拜年，何二家的和孩子住下，何二一人回來。雲子和丈夫也來了，還有她的小孩子，她的丈夫當天就回去了，所以院裡只是何氏的親骨肉在一起過。何大和小鳳也常過來陪大媽摸紙牌。這天何大媽只留下小鳳和雲子說話，何大伯到鄰家去耍錢，院裡只剩何二依著鞦韆架子待著，何大想孩子才走就值得在這兒想？走過去想勸他幾句，便去輕輕地拍著弟弟的肩膀說：「老二，怎麼了？在這兒想誰？」

何二一驚，見是哥哥就笑著說：「別胡說！誰像你和嫂子那麼蜜裡調油呢？！」雖然這麼若無其事地說著話，但是臉上有一種羞愧的顏色。何大和他自幼一起長大的，對於他的性情十分了解，知道他沒有隱祕是

不會羞愧的。但是再三問,也沒問出話來。眼看許多孩子來打鞦韆,後來有名的一枝花也來了。只見她對何二那麼一笑。何大明白了:「毛病就在這兒。」他不由得對弟弟看了一眼就走開了。

晚飯後,何大又到前院來,聽說何二吃完飯就出去了,他很擔心。他是忠於愛情的,也是固定的。既不像弟弟那麼熱烈,也不像弟弟那麼流動。一枝花是什麼人?好好的弟弟千萬不要被她引誘壞了!他立即到街上去查訪。正月的晚上,家家在屋裡燈下閒談或者玩牌,街上是冷清清的。遠看村外荒野處,有點點的磷火閃著。他毫不思索地往西去,走過小廟,到了一枝花的家。她家的街門還沒關哪!一進門只見屋裡點著雪亮的大罩的油燈,五六個男女在炕上賭錢。

大家見何大來得奇怪,一個青年歪著頭對何大說:「這不是何大爺嗎?什麼風吹到我們這群裡來了?」何大見何二並沒在這兒,一枝花也沒在場,只有小紅鞋在炕裡說:「喲,何大,怪冷的,既來了就別忙,過來烤烤火盆。」何大不好意思回話。

剛才那個說話的青年又笑著揚聲說:「不用烤火,就你這麼一句話就夠誰熱乎半年的了。」小紅鞋笑著在他肩上打了一拳。

何大十分看不慣這情形,心想幸虧弟弟沒在這兒,他搭訕著說:「不烤火了,我找個朋友,他沒在這兒。」說著轉身出來,還聽得有人哄笑著說:「沒有梧桐樹引不了鳳凰來,這是一枝花的勁兒。」何大聽了很刺耳,後悔不該到這種地方來。還好,這兒倒出入自由,進來沒人攔,走了也沒人送。只是小鳳如果知道了怎麼辦呢?他匆匆地走到大門外,又想弟弟到哪兒去了?一枝花一定和他在一起……他在回家的路上徘徊著、尋思著。正月的夜風吹著他的腮,他加快了腳步走。才進大門就有人拉住他,一看是何二。

到了何二的屋，很暖，凍了的臉覺得發癢。何大正色地說：「老二，你剛才在哪兒？」

「哥哥別問了，看爸爸知道說我。我往一枝花的屋裡去了，我聽見你的聲音就從後門溜回來了。」

「撒謊吧，那麼快？我一點影子也沒見。」

「真的，她的屋子在後邊廂房裡。一定求你替我瞞住，是她約的我，我敢賭咒，再也不去了。」

何大注視弟弟慌愧的樣子，才冷冷地說：「不是我管你，因為你是娶妻抱子的人了，要是走邪路，一家子人就都完了。記住！咱們是靠力氣吃飯的，一荒唐，吃都吃不飽了。」說著嘆了一口氣。何二點著頭，紅漲著臉，他是在追悔哪！何大站起來要走，想想又停住說：「不要對你嫂子提這件事兒！」

元宵節，何二家的帶著歡喜兒回來，從娘家帶了不少珍食，什麼蜜麻花啊、芙蓉糕啊……給婆婆送去一盒，給小鳳送去一盒，還留了幾盒在櫥裡，預備給歡喜兒吃。這天是十四，非常晴朗。到月升時候，何家把兩個鐵絲編的大圓燈籠掛在大門外，白紙外麵糊著紅紙剪的大「何」字。忽忽的火光把門外照了兩個大的光環。黃色的光一直映在大道上。院裡有一個數丈高的杉桿，在空中的那一端紮了一把松枝，在松枝裡掛著一盞小燈，是用繩子上下拉的。這燈叫「天燈」，是何大伯點的，為的給幽冥的鬼魂照亮，這燈自從歡喜兒落生的那年燈節點起的，一直點到他娶妻，每個燈節都不可廢，為的是叫他長壽。

在鞦韆架上還有兩盞燈。漸漸地月光掩過了燈光，宇宙間正是幽輝萬頃的時候，來了一群打鞦韆的人。孩子很少，差不多都是一二十歲的小夥子。今年沒有秧歌，人們只得找鞦韆打打，他們自然是醉翁之意不

在酒，心裡都有一枝花；但是今天她沒來，大家不免掃興，不到一會兒就都散去。何二經哥哥的勸告，而且妻子初回唯恐她看出毛病來，所以晚上掛完燈再也不出屋門，一天總算平靜無事地過去。第二天元宵節，有錢的人家門口掛著花燈，聚了許多人看燈，年來又不許放爆竹，倒也幽靜宜人，不過人們總不能免俗，都愛熱鬧，所以何二的院裡雖然沒有花燈，只一個鞦韆，就比別處熱鬧許多。

一枝花今天改了裝束，她的頭髮剪短了，齊齊地下垂著，偶一回頭，那齊起的短髮就像流蘇穗子似的一致擺動著，別緻而可愛。她並沒如大家所期望的盪鞦韆，只是依著鞦韆柱子望著廂房窗上的人影，那大影子是何二，他懷裡還有一個小頭的影子，那一定是歡喜兒，何二家的呢？哪兒去了？她正凝神想著，忽然有人拉了她的袖子一下：「來一次，好好打一次，我們也眼皮上掛鑰匙，開開眼！」這人還沒說完，大家一陣哄笑。

她垂著眼簾，轉過頭去，究竟是誰打趣她？她不管。只是像一頭怒了的小山羊，搖搖頭，短髮那麼一撲拉，另一個又撩逗道：「我送你吧，要快要慢？」「別找罵！少耍貧嘴！」她怒沖沖地說著，見何二抱著孩子低著頭到北面屋裡去，好像沒見她似的，她想拉住問他為什麼不理她？只是在人家的院裡，又這麼多的討厭鬼圍繞著，一吵嚷叫何二家的聽見，反倒顯得無私有弊。她心裡很不痛快，不管它，且樂會兒再說。她旋風似的轉過身來，拉住兩個索子往踏板上一跳就往高裡打起來，不一會兒，高得和鞦韆大梁一樣平了，那群少年拍著手笑著，她像醉了、狂了似的還是不停地悠蕩。她見月光照在房頂上、她見月光照在遠遠的田野間，從上半是玻璃的窗子她見何二在窗裡，她見何二坐在何二家的背後，鞦韆那麼飄、飄的，她在許多人的頭上，她見何二抱著孩子，她見何二家的盛元宵給大家吃。她覺得杉桿上的天燈也到她下邊了，她見

月亮也在她下面。她覺得身上軟軟的，她覺得一片黑、一陣疼……一枝花把鞦韆繩子弄斷了，掉下來。

大家一陣亂，怕事的跑開了，膽大的叫二嫂出來：「二嫂，扶扶她，她跌暈了。」何二家的並不認識她，也不知道她和何二的一段故事，覺得一個姑娘夜裡出來打鞦韆——有點輕視她；不過年輕的人誰不好玩呢？又是元宵節——她心裡寬恕著，而且看躺在地上的姑娘很美、很可愛，可憐摔在凍了的地上！臉色蒼白，口裡有一絲血，在月光下顯得很悽慘。

她大膽地扶起她的上半身，又喊著：「嫂子，來！幫我把她搭到屋裡去。」小鳳膽子小，哆哆嗦嗦地出來，歪著頭，不敢看她的臉，抱著她的腿把她搭在何大媽的炕上。炕中間已經擺好一張小炕桌，上面有幾碗熱騰騰的元宵，還沒人吃。何二家的還扶著她的頭，吩咐何二：「把你兒子放下行不行？打一個熱手巾來！」何二正呆呆地不知想什麼，聽見吩咐忙把孩子交給何大媽，打了手巾遞過去。何二家的先替她擦了嘴上的血跡，又換了一個手巾擦著，揉著她的太陽穴，又給她往嘴裡灌了一匙子溫水……漸漸的，一枝花睜開眼睛看了看眼前的人，只是不知誰扶住自己。回頭見是何二家的，她心裡很感動，好像自己有對不起她的事，她反倒寬大為懷地救了自己。她小聲說：「何二奶奶，叫您受累！」何二家的低著頭問：「好些了嗎？歡喜兒他爸爸，給她盛碗熱元宵湯來。」

一枝花聽了，心裡十分難受的說：「不，我要回去了。」說著想要起來走。可是她的媽「小紅鞋」已經來了。她半老的臉顯著焦急的樣子。沒容得向大家打招呼，一眼見自己女兒坐在一個媳婦的懷裡，並沒怎麼樣，心就放下去了。

笑罵著：「那群小兔羔子說你摔壞了，你倒坐在人家懷裡享福……多虧媳婦子大媽的操心，過後我得好好謝謝大傢伙兒。」說著對炕裡抱孩子的何大媽說：「喲，大媽您好？我還沒給您拜年哪！您不認識我了？我

可是，我是小廟後頭、後頭馬三家的呢。」

何大媽一向是那麼馬馬虎虎的，而且馬三家的又不像「小紅鞋」那麼刺耳，她只當是本村的一個媳婦，輕易到不了自己家。倒覺得稀罕，直往炕裡讓，又讓吃元宵。「小紅鞋」在男人群裡倒覺得自然，女人們也很少這麼捧她，向她客氣。所以她樂而感激，果真要吃，不是她饞，只是她覺得光彩罷了。一枝花不知為什麼總覺得酸酸的，急急催著「小紅鞋」走了。何二好像心裡有隱祕似的總躲著何二家的視線。

何大媽才仔細問何二家的：「剛才那娘倆到底是誰家的？怪招人愛的，都那麼好看。」

「我也不認識，嫂子是本村的人準知道吧？」小鳳從小就知道「小紅鞋」的事，只是不好意思多說。

她說：「她們是小廟後馬家的，因為在村西邊，不常到村東來，所以不熟。」這件事就這麼隔過去了。

二月中旬耕地的時候，何二家的又生了一個兒子，大家叫他二喜兒，二喜兒三朝的時候，許多人來吃片兒湯、送禮。「小紅鞋」一下送了五十個雞蛋來，當時大家待她仍有面子。不巧，遇見本村一個貨郎（賣針線雜貨的）的老婆，這老婆恨她和貨郎有那麼一手兒，就在吃湯的時候風言風語地說：「豬肉不上刀，騷貨不上桌，也跑這兒充人來了。」

「小紅鞋」又不好往頭上攬，只得說家裡忙，到何二家的屋裡看看孩子，還給了孩子一塊「看錢」說：「留著買帽子吧，省了我把孩子看醜了。」

何二家的倒過意不去，覺得她是回報燈節的人情哪。其實五十個雞蛋已經不少了，還給錢做什麼？她給的又那麼懇切，不好推辭。就約她女兒來玩，好像多麼熟的朋友似的。「小紅鞋」前腳走了，貨郎老婆後腳就進

來，也裝作看了看孩子，然後說：「你們這人家，怎麼和小紅鞋來往呢？」

「誰？」

「小紅鞋，就是才走的那個老婆，你不知道她叫小紅鞋？她是這村裡明出大賣的，她閨女叫一枝花，也不是好貨了。好人家沒人娶，滿街上跑……」沒容說完，何二家的心裡不高興。不論如何既已經來往了，有人這麼謾罵和自己來往的人，她是不滿意的。

於是支吾地說：「您吃湯了嗎？」那貨郎老婆點點頭，還是不離原題地說下去：「小紅鞋當初賣得很貴，房子地都有了，不用女兒賺錢。可是狗改不了吃屎，這丫頭不用賺錢倒願意白送。這村裡的年輕人誰不想占她點便宜？像你們二爺他們弟兄倆就不至於……」說著怪頭怪腦地從窗戶的一小塊玻璃往外看，又往何二家的跟前湊湊小聲說：「可是我聽人說：有一天你們大爺從她家前門出來……又有人說……二爺從她家後門走的。唉！反正人嘴是臭的，好說不好聽的，你可別介意。」何二家的不免心裡一動，但是她揚揚眉又忍住了，鎮靜地說：「人們可真是少見多怪，住在一個村裡還不許上誰家坐坐嗎？誰家沒個三親六眷的。」貨郎老婆滿想挑撥得何二家的起了怒火，跟著她痛痛快快罵一頓也出出氣；沒想到她卻這麼賢惠，自覺沒趣地走開了。

何二家的並沒把這些話問何二，只是心裡不免覺得厭惡。她想出了滿月再說，究竟怎麼樣也好做打算。不過她想何二不會負了她的。

一個月匆匆地過去，孩子用小被蓋得暖暖的躺著，歡喜兒也知道愛小弟弟，他摸摸孩子的小臉，又摸摸孩子的小軟頭髮，對媽媽說；

「小弟弟叫我什麼？叫我哥哥是吧？」何二家的正在梳頭，對他說：「對啦！叫你哥哥，你會看著他嗎？等會兒我出去一會兒，你看著他好嗎？」

「好，我會。貓來我打牠！」

她從後院經過，託付了小鳳一些話就從後門出去。農人們有的在田裡下種，有的在園子裡分畦，幸虧沒有人看見她。人人都那麼忙著，因為這是上午的寶貴時光。她從一個小林子裡穿行，冷露水把她的夾褲打溼了。她已經到了小廟後，乘人不備到了小紅鞋的院裡，見她們母女也和普通人家一樣地工作著：在日光裡晒豆種。一枝花低著頭搓豆種的乾皮。

小紅鞋見何二家的來了，如獲珍寶似的欣喜，連說：「這可沒想到，孩子有奶吃嗎？才過滿月就記掛著我們娘兒倆。」

「那天叫您費心，我來看看您。」

三個女人坐在屋裡，何二家的細看一枝花，的確很美。只是活潑潑的眼睛，看人的時候叫人不安，好像心裡的事叫她看透了似的，何二家的加倍忍住不提那件祕密，大家寒喧了一陣子，何二家的說：「姑娘忙不？有工夫跟我坐一會兒去。都不在家怪悶得慌。您要是不放心，我可不敢強請。」

「哪兒的話，二奶奶說遠啦，去吧！丫頭，頭吃晌午飯回來吧。」

何二家的和一枝花走到池塘邊的青石板上，何二家的坐下了說：「姑娘咱們坐在這兒吧，又可以看山水樹木，又安靜，真的，你叫什麼名字呀？」一枝花聽問的話和說話的神氣都是極不自然的，把自己從家裡約出來，已經夠冒失的了，現在卻不肯往她家裡領，只坐在這池塘邊上算怎麼回事？她心裡很不愉快，現在又問起名字來了……她忍著滿腹的不快說：「叫我丫頭、姑娘都不要緊，從小就沒有一定的名字。二奶奶有事還是直說吧！我的豆種還沒晒完哪。」

何二家的並不比她笨，見她還沒受審就生起氣來，不免一笑說：「那麼姑娘，有人說你的閒話。他們說你和何二……」

「怎麼？」

「他們說何二常到你家來找你，是嗎？」

「是他自己要來的，我並沒有拖他來。不過閒話是閒話，人不能不憑良心。他只來過一次，以後不但不來，連面也沒見過。其實我蠻可以不承認，推一個不知道你又能怎樣呢？可是我想沒有什麼可瞞你的。他來了我們還沒容得說話，他哥哥就來找他，我叫他見他哥哥，告訴他：我們沒有什麼不能對人講的事，但是他卻膽小地從後門走了。我要早知道他那麼怕他哥哥……我一定不會管他的。」

「我想他不是單怕他哥哥吧？」

「那麼是怕你了！我都對你講了吧，你要明白呢，回去別和他提，大家從此罷手，我媽也不再去高攀了。其實你對人是很好的，只是……唉。你要是不明白就回去審他吧，你知道我們娘兒倆是很苦的，從我爸爸沒有了，多少人欺負我媽，本家逼她改嫁，也不過是圖那二十幾畝地和一處整整齊齊的房子！但是媽有我累著，不願改嫁，怕我受後爸爸的氣，她守著不走。不走就有人欺負她！她只得狠心走了一條旁路。她認識了許多有頭有臉的人，縣裡的、村裡的，誰不知道我媽！嘻，我媽！」她說著從石邊上摘了一小截嫩葦子，玩弄著。又說：

「從此再沒有人敢欺負我媽了。房子、地保住了，我也平平安安長了這麼大。我佩服她！等我長大了，外婆家給提了親事。幾次都叫咱們村裡的流氓給破壞了，媽就著急，也怨她自己把我連累了。她怕……所以有人來提叫我給人做小，媽也要答應，怕我終身沒有著落。我想人一輩子很短的幾十年，為什麼不痛痛快快地過呢？嫁給個老頭做小，殺了我也不幹！以後媽就不管我了。她說：隨你吧！命好了早早嫁個好人。命不好了呢，就跟媽過一輩子也沒什麼！我就不信為什麼我們娘倆的命

就改不好？我不信！我到處留心，唉！事情真糟，偏偏遇上他……你放心，何二奶奶，我命不好吧就算了。只是我不再連累你，以後絕不理他，咱們也少見面吧！因為見了你……」她說著轉過頭去望著春天青青的遠山。何二家的聽了半天，似乎忘了自己對這件事的關係，好像聽了一件悲哀的故事。而且聽這故事的主角自己哀婉地敘述，她的淚在眼裡直轉。半天才想起自己就是這悲劇的促使者，才惆悵地說：

「可是我喜歡你，讓我常見你，姑娘。」

「不必了，你是何二奶奶，我是一枝花，不是一路子人。到將來免不了許多苦……反正你放心了吧？我該回去啦！」一枝花把手裡的嫩葦子搓弄得稀糊，信手一扔，站起身來，拍拍土毫不留戀地走了。啊！三月的惱人天氣！何二家的心裡不知是勝利還是失敗，只覺得空洞洞的，麻木的腿站了兩次才站起來，走到後大門外，見歡喜兒正在找媽媽：「媽媽！小弟弟直哭，大媽哄不好呢。」

何二家的給孩子吃著奶，眼淚一對對地落在孩子的小身子上。小鳳莫名其妙的說：「怎麼好好的，哭什麼？哭多了，孩子沒奶吃。」何二家的急忙拭了淚，把小牛支開，拉住小鳳的手說：「嫂子！假如哥哥有了小媳婦，你怎麼樣？」小鳳臉一紅說：「才哭完就來開玩笑，他有小媳婦更好！省了我一人忙。」

「說實在的，嫂子，假如我也給歡喜兒的爸爸娶一個，我們相處得好嗎？」

「你怎麼啦？出去一趟『撞客』了？什麼邪門歪道的，說的話我都摸不清是怎麼回事。」

何二家的把她的奇遇一五一十地完全告訴小鳳，小鳳才明白她悲哀的原因。小鳳也覺得一枝花太可憐！只是這怎麼辦呢？一個男人如果有

兩個女人，這家庭就完了，再沒有幸福可說。假如何大也……她真不敢「假如」了。

於是，正色地說：「別胡想了，這件事總算沒鬧起來，以後別提了。要是叫大伯知道準得罵他，這樣吧！咱們留心給她找個好主兒吧！遠遠的，在本村怕不容易了。」一陣無邊的沉默。

春雨連綿的天是農家的快樂日子，一則春雨是小苗的甘霖，二則他們可以在家裡做點換樣子的事。林大奶奶正在屋裡跟石頭說話哪，因為石頭不愛唸書，已經輟學。林大奶奶教導他種田的事、做人的事，他也不十分留心聽。只是不再上學了，他十分得意，東張西望的，神不守舍。林大奶奶對他早已沒多大希望，今天見他因為輟學倒樂起來，更覺失望。外面滴滴的春雨下在花樹的葉子上，顯得十分的淒涼。

她嘆息著說：「去，到外面去，在堂屋裡編編條筐，要不戴上大草帽去拾掇柴棚裡的柴。」石頭果然走了，不過他沒去堂屋。林大奶奶一個人淒淒地躺在炕上，外面雨還沒停。她覺得一個高身材的人進到屋裡。臉面沒看清卻覺得是她丈夫，是嫁後不久的光景，只聽他說：「我又回來了，你也該歡喜歡喜了！」又覺得他拍著她的肩說：「起來，起來，別裝睡。何大娶你來啦！」

她要起來和他分辯，覺得他沒死，只是在外鄉久不回來。可回來就試探自己，真委屈！就嗚嗚地哭起來。有人推她說：「大奶奶別哭啦！」她張眼看原來是小牛的媽。她想起夢裡的境況還不勝悲嘆。小牛的媽說；

「大奶奶，你說多喜歡哪，小鳳生了一個孩子。」

「是嗎？男的女的？」

「女的，女的也好。她出嫁這些年沒個孩子怪冷清的，何大打發人接咱們來啦！叫你們長工看家，咱們去吧。」

「還下雨嗎？」

「下哪，只是小多了，咱們換上油鞋。」

小鳳也做媽媽了，她的小家裡有這個小人兒降生以後立刻熱鬧起來。何大媽也喜歡，因為何二家的都是男孩，有一個女孩來了倒覺得如意呢。所以這小姑娘的名字叫「如意兒」。如意兒降生的年月好，趕上豐年，有這麼一場春雨，誰還敢說秋天沒有豐收呢？何大幾年來辛苦的結果，又多了幾畝田，他已經有三十畝田了，還不是如意的事嗎？

在如意兒彌月的時候，何大伯卻得緊病死了，是肺炎。彌月的所有禮俗只得罷免。這老人的喪事就哀痛莊嚴地舉行了，他的墳就在他自己園北的何家老墳裡。他安靜地永睡在一棵松樹下，這松樹正對著何家的後門，老人的靈魂看著這些如意的孩兒該含笑九泉了吧？只是何大媽十分悲哀，只得把歡喜兒哄過去給她做伴、解悶。雲子也時常帶了孩子來看她。雲子也有兩個孩子了，多麼快的時光啊！小的大了，大的老了，老的死了……不論是人、是動物或是植物，都脫不了這個循環呢。

只是有些卻例外，他們很小或者很年輕就夭亡了，那麼可哀痛的夭亡！但是那些健壯的則還是按著少長老衰的公例活下去的，又怎樣呢？只是平凡些罷了。

六月的夜，人們在戶外納涼，講著毫不連貫的趣話。何大把如意兒送給小鳳去，因為她早就睡在他的手臂間了。他又出來找那一群納涼的人。但是已經散了，空留著深沉的夜色，遠遠聽見有女人咒罵的聲音。只是一陣又隱約了、小了。他想進來關上大門。但是他記得何二是在外面的，怎麼沒見他的影子？於是不關大門到院裡叫道：「老二，進來了嗎？」

只聽何二家的代答：「沒進來，他出去不小時候啦，您沒看見？」

「那麼我再上外面看看去。」

天上的星是那麼繁多，村裡村外都那麼深沉，織罩著神祕的氣氛。村邊的樹黑黝黝的好像童話裡的巨人似的站著。何二喘著氣，抓住哥哥的膀子，斷斷續續地說：「哥哥！一枝花，打死人了。」

「什麼？」

「一枝花，把村副的兒子用大烙鐵打死了，哥哥。」

「進來。」何大把受了驚的弟弟拉進來，關上大門，坐在院裡瓜架下，何大聽著他還在微喘。

「你怎麼那麼傻，在街上那麼大聲說，到底是怎麼回事？」

「你進去送如意兒睡覺，我們本來打算等你，後來隔壁的三發跑來說：『小紅鞋家裡出事了，走！看看去。』大家都一窩蜂似的去了，我不是已經對你說過：不再登她家的門嗎？所以轉身要走，他們拉了不放，我也想看看到底是怎麼回事，就去了。哥哥！她卻被人綁在樹上，她媽哭嚎著要求人解下來，不但沒人答應，反倒拳頭、腳地把她媽打了一頓。她穿著小花褂子，衣襟上有許多血，頭髮亂得像一團草。聽說：村副的兒子早就動她的心思。只是，她不理他。可巧，今天她媽媽到別人家串門子去，叫那小子看見了，他就到她家去。起初，她還和和氣氣地應酬他，後來他⋯⋯他不規矩起來，她就拿起手邊做衣服用的烙鐵狠狠地打下去，他的額角破了，濺出許多血，但是並沒有死，他馬上跑回家，到家就躺下了。她在盛怒的時候還不明白自己做的事，並沒有跑。地方的保甲長們就把她抓住了，綁在廟前的旗杆上！」何二已經接不上氣了，「他們說：村副不想打官司怕丟人。只想私了這案子，他兒子好了沒話說，要死了，也一烙鐵敲死她！怎麼辦？她太冤枉了。她，她似乎看見了我，還對我一笑。好像她做的是一件快心的事叫我對她賀喜似

的。哥哥！她沒有錯！就活活打死她嗎？她要死了，我忘不了剛才她那樣子：小花褂上有血、頭髮像亂草，還對我笑一笑，那一笑……」

何大憐愛地撫著弟弟的肩說：「你放心，她死不了。她不會就死，還有村長哪。你睡去吧！你受驚了。」

「不，我睡不著。」

何大只得揚聲說：「把老二叫進去，他在瓜架底下睡著了。」何二家的真出來叫他，他無可奈何地進去。

何大向小鳳把這事說了，他要到廟上去看個究竟，小鳳說：「你小心，千萬不要看不平的時候又招禍。」他點點頭走了，後門走的。路遠的地方那麼靜悄悄的，可還不到小廟，已經是人聲嘈雜，燈籠火把閃著。一枝花還綁在旗杆上，她的頭垂著，頭髮擋著臉，大家興高采烈地談著，異常興奮，因為在他們平淡的生活裡沒見過這麼刺激的事呀。他們都不肯去睡，他們等著看一烙鐵完結這俏人兒是個什麼樣兒，他們等著聽小紅鞋號哭親生女兒是個什麼聲兒。還有女人們，她們有的已經心痛地用衣襟拭著淚，甩著鼻涕，有的卻咬牙切齒地想早點看她出彩。比如貨郎老婆吧，她也在場，她自然想一烙鐵打死一枝花，捎帶著再一烙鐵打死小紅鞋，大快人心。村長來了，搖著手裡的翎扇說：「給她……咳咳……」他不住地咳嗽起來。這時人們鴉雀無聲，一枝花抬起頭來看了村長一眼，又垂下頭去。啊！這是什麼景象啊！這是未開化時代對付謀害親夫的女犯人的景象。沒想到在這文明時代—真是文明時代！看村長手裡雖然拿著翎扇不是也戴著手錶呢嗎？在這文明時代對付一個拒抗強姦的少女卻有這番景象。文明！這會兒小紅鞋不知哪兒去了。「一定是不忍見女兒的慘死才躲起來了吧。」大家這麼想。村長咳嗽了一段時間又接著說：「給她鬆了綁！官事官辦，這像個什麼樣，等著叫……」「等著叫縣裡知道還不撤我村長的職嗎？」可是他並沒說出來，什麼地方保甲七手八腳地給她鬆了綁，她還站著不

動。村長說：「一枝……」他想太不像話，可又不知她小名叫什麼，只得說：「馬三的女兒，你為什麼把村副的少爺打傷？為什麼？」何大在人群裡聽見村長只說打傷，那麼不論官辦、私辦，一枝花是死不了啦，他倒替弟弟放了一半心。一枝花抬著頭說：「他趁我媽不在家就跑到我……」

她還沒說完一句話，卻見村副斜刺裡跳到廟臺上，大聲說：「你先住嘴。」又對村長拱拱手說：「村長辛苦了。」

「你的少爺怎麼樣了？」

「眼時不要緊，我看，我看村長回去安歇吧。我來問她。」

「這也是我分內的事不用客氣，既然出事了，還是把它弄清楚也好放心。等我再問她……」

「我看就算了吧，總怪小兒犯這份災星。」

「真不要緊了？咱們公事公辦，別等著將來後悔，不是嗎？」

「真不要緊了，只是一點疼痛之災，不過這丫頭還得給點懲罰。」村長已經暗中幫了一枝花不少忙啦，也不能不給村副一些面子，俗語說「官官相護」嘛！他就笑了笑說：「好，你吩咐吧。」

「還是村長定奪吧！這樣公平。」

「那麼……罰她站一夜廟臺吧，要不打她幾十鞭子……」村長今夜興頭很好，轉過頭來對大家說：「來個公斷吧，是打，還是罰站？」村長的確文明，因為學校現在不是很時興罰站嗎？大家胡亂地喊了一陣：「打！」「罰站！」什麼都有。村副很氣憤地說：

「罰站？打了人家一個大洞，不定死活，罰站？」

村長又追問了一句：「到底要緊不要緊？」村副又恐怕說屬害了，一審，把兒子的醜行問出來丟人，對村長小聲說：「不要緊。」

「那麼罰跪吧！」村長說完了。村副也點點頭。可是一枝花卻回過頭來果斷地說：「打吧！我沒給人下過跪。」

天已經不早了，由地保們狠狠地抽了她二十皮鞭子。她咬住下唇忍著，打一下，痙攣一下，結果暈在廟臺上。大家總算看了一幕「夜審一枝花」的活戲，滿意地走開。何大忘了顧忌地跑到小紅鞋的家裡，只見她到處燒著香，祝禱著、祈求著，求神保佑她的女兒，求祖先，求她死了的丈夫……一聽何大說她女兒的拷打已經完了，正暈在廟臺上，她拋下沒點著的香就跑出去。

人都走了只剩下村長、村副、地方保甲還在商量什麼，見她來，都不出聲了。她抱起披頭散髮的女兒，哭得氣噎聲塞時，村長說：「馬三家的聽著，你女兒持鐵行凶，村副的少爺受了重傷，村副為人慈善，不加深究，只打了她幾鞭子，你把她扶回去吧。從此各人善罷甘休。」小紅鞋見他們把女兒打得半死還送人情，恨不得撕破他們那兩副老臉；但她是有經驗的，她在人海的凶險波濤中衝撞了一生，什麼不明白？只要女兒保住性命就沒什麼再說的了。即或女兒真死了又上哪兒說理去？她抱住女兒的身子，覺得溫暖過來，她只得破涕強笑地說：「謝謝村長、村副，高抬貴手饒了她，我不會忘了二位的好處，以後凡事多照應，我也就有福了。」兩個老朽聽了她的話，都覺得從心裡到肚裡那麼熱絲絲的好受。村副晃著腦袋說：「倒是知理的婦人。」

都走了，家家都關好大門，廟臺上這對孤單的母女無援地摟抱著，老槐樹沙沙地響著夜風，廟檐犄角的銅鈴叮叮地響著。寂靜、森嚴、可怕的夜；一枝花的身子雖還溫暖，但是仍沒有知覺，母親想抱走她，但她已經是大人了，不像小時候那麼容易抱。何大還沒有忍心離去，他覺得這黑暗裡也許還會有什麼來欺凌她們。這時，何大走過來，小心地把這受傷的女孩子拖回家去。

　　此後，村長早早晚晚常出沒在小紅鞋家。

　　一個風暴的夜裡，小石頭在地下的板床上睡著，林大奶奶開著窗子看閃電，一條條金光用各種姿勢自空中射下來，大小不同的雷聲喧鬧著。她很喜歡看，也喜歡聽，比一個平靜的夜有趣多了。她見金光交錯，她見金光追逐，還有被照出的烏雲哪，像龍、像怪，是烏黑的、龐大的，沒有雷閃那樣痛痛快快的可愛，而是可怕、可怕。像龍、像怪，越來越低，她嚇得把窗子關上。蓋好被單躺下想睡，只是睡不著，想起許多不願意想的事。想起……想起春天小鳳生如意兒的時候，想起何大待小鳳那麼好，想起一枝花拿烙鐵打傷人……她又想等著我也預備一把烙鐵，又可以做活用，又可防身……

　　林大奶奶覺得窗子沒關好，又起來關窗子，可是無論如何關不上，有人推著，有人、有人，她想喊，喊不出聲來。一個人從窗外跳進來，是林二，林二嬉笑著，林二往她身上撲來，林二用嘴堵住她的嘴，不能說、不能喊，林二解她的衣服，她記起炕頭上有一把大烙鐵，她摸到烙鐵用力往林二頭上打去，呀！他死了，躺在炕上，流了許多血，林二的臉好難看，像鬼、像鬼，那麼白，白得沒血色，是白骨頭……她嚇醒了，一身冷汗，她點亮了燈，雨已經停了，石頭還在板床上睡哪，燈影搖搖的，十分恐怖。她更不敢滅燈了，天哪，快些亮了吧！她需要光明！！

　　漸漸地她病了，她約小牛母子來給她做伴，她晚上怕，不是怕賊倒是怕起夢來。有一次她自己照照鏡子，也不覺詫異起來，這麼一個瘦骨支離的人是她嗎？是那個俊俏的林大奶奶嗎？除了一對黑痣以外，自己也不認識自己了呢。時不時還下午發燒、夜裡說胡話。小牛的媽很害怕，有時要喊起石頭來做伴，石頭卻嘴裡嗚拉嗚拉地咒罵著，裝睡、裝說夢話，不肯起來，有時候即使起來也是摔東摔西的不高興，後來還是

小牛看不過了起來幫著媽媽。他雖然才十幾歲,但是已經長得很高了。林大奶奶見有他們母子給做伴也就安心些,多睡會兒覺,如果人一離開她,她就怕,怕得縮在炕角,等離開她的人回來,她就拉住不放,或者倒在人家懷裡哭起來,哭得哀哀欲絕。

　　秋收才罷,小鳳來看她,只因為有如意兒不能陪她太久,只是安慰她一番,把如意兒交給媽媽,小鳳為她做些可口的飯食。見她日來瘦得已經不成人形,實在可憐,想起她往日對他們夫婦的許多恩惠來,總要偷著在堂屋哭。經小鳳仔細地做飯食,她居然有些起色:也不說胡話了,也不哭叫了,先生大夫的藥也肯好好喝了。小鳳想如果她病好了該多麼好啊,也許會恢復她原有的健康呢,想起自己給她家種蘿蔔的時候,自己餓得那麼瘦,她卻粉嫩白俏的。才幾年吶,她反倒瘦了,自己卻胖起來,就是媽也胖了,如果沒有她,自己不會做何大的妻子的,沒有她,小牛和媽連一間草房都沒有,不知要流落到什麼地步呢。她是自己的救星,她是菩薩,她是活神仙……但是她為什麼有這些不幸的遭遇呢?真希望她一天比一天好下去!

　　一天晚上,小鳳已經回去了,小牛的媽才關後門的時候,忽然想起石頭沒在屋裡,林大奶奶已經睡著,她不好離開,只得叫小牛往後院長工屋裡去找找,叫他快來睡下好關門。一會兒小牛回來說哪兒都沒有,小牛母子都焦急起來,又不敢叫林大奶奶知道,娘兒倆一夜都沒睡好等石頭回來,可是直到天亮也沒消息。早起後叫小牛把何大找來,偷偷把事告訴他,他皺著眉嘆口氣說:

　　「為什麼叫她遇見這麼多倒楣事呢?我先看看她,再去找石頭。」

　　何大硬著心腸走到病人屋裡,只見她已經醒了,在枕頭上張大了眼睛好像等著什麼,她見何大進來,大顆的淚珠滾落在枕上,可是還微笑著,聲音啞得沙沙地說:

「何大哥，如意兒的媽沒來？……石頭走啦？」

「沒有，只是出去了，有事嗎？我去找他。」

「不用騙我了，我都知道。他從櫃裡拿錢……我還覺得……只是，我沒有精神喊他，他走了好。你……不用找他。」說著她閉了一下眼睛，旋即睜開了說：「大哥，你……我快死的人了，你說句公道話！我……有什麼不好的行為沒有？我……」

「大奶奶好好養病，不要再說話費神了，我把石頭給你找來。你是善心的人，一生沒有辦過錯事，好好養著……」何大的淚已經在眼角轉著，他長嘆了一聲，就急忙出來了。何大不停地走出大門去，去找石頭。

石頭跑啦，還偷了林大奶奶的錢。只是林大奶奶不許追究，石頭又沒親父母，別人就更沒人過問了。也許有人唆使石頭這麼做的，林大奶奶因此暗暗生氣，病又加重了。白天總睜著眼睛往外看，看一會兒，長嘆一聲閉上眼睛。

匪！匪！匪！

大家滿望今年豐收後，可以平安過一冬。因為去年旱，明年怎樣又不可知。今年幸虧有十成秋收，村裡人都慶幸著、感激著，誰知又鬧起土匪來！誰也不知這些匪從什麼地方來的，聽口音不像本地人，看樣子卻也和村裡人一樣長著黑頭髮和黃皮膚，為什麼當土匪呢？據說，據男人們說：大隊的匪，數也數不清，一個小村他們要幾千塊錢，還要米糧、要衣服、要鞋……凡是實用的東西都要。村長、村副嚇得奴顏婢膝地侍候著，沒人敢往縣裡去報，因為到處是他們，路已經不通，整齊的房子都被他們占了，住、毀、燒東西、殺雞鴨、牽牛馬、調戲奸汙婦女，甚至殺人……天哪！人禍比天災更可怕得多。

何家本想逃到山裡去，但是已經晚了。那麼等著嗎？西村已經被匪打死幾個富戶了，像何家還沒有引起匪的注意。但是一二等的富戶完了，不就……而且匪勢比水火還猛，不見得會按次序來吧？

在夜色蒼茫中，何家用兩頭牛拉著一輛車，從後門趕出去：車上有兩個年輕的女人、三個孩子、幾個包袱捆在車尾上。何大媽不肯離開她的老屋，她寧願死；這輛雙牛拉的車由何大趕著、何二跟著，到了林大奶奶的後門，小鳳下來通知她媽一聲。她媽不肯走，她說：人老了家又窮，不怕，只把小牛打發去。小鳳來見林大奶奶，見她正昏迷地睡著，小鳳不得已輕輕推她一下，她立刻醒了，見是小鳳，喜歡地拉住小鳳的手，欣欣地說：

「你夜上也有工夫……出來？我正等你有……有……有事！」

「你起來，我扶你走，村上來匪了，和我們一塊走吧，到山裡去逃難，我媽看家！有什麼要緊的東西一塊拿著走！」

「什麼？匪？我不怕，你媽媽為什麼不怕呢？」

「她老了。」

「我還年輕嗎？哈，你快走吧，我……不怕，一輩子什麼罪都受了，就沒有見過匪！這回湊全了。還不好嗎？！」她的聲音雖啞，但很清楚。又想她說得也是，病成這個樣怎麼走呢？只是她這麼病著拋下她十分不忍，於是，呆立著不動。

林大奶奶從身後的被堆裡拿出一個舊綢子包說：「這點東西你替我帶去保存著，回來我要活著就再給我，我要死了就送給你，反正一樣的……」

何大拿著鞭子來催促：「你快扶她走啊！槍又響了。」

「她不肯走，你勸勸她。」何大聽了急得說不出話來。

「你倆走吧，快！我不怕。你們再不走我可急死！」

何大只得拉著小鳳走了，小鳳掉著淚回著頭，林大奶奶卻轉過臉去不看她們，小牛跟在後面。

牛車走得那麼慢，槍聲響著不像交戰，像示威。不知又在逼著什麼人做什麼哪。走進北山時，路上石子很多，大車顛得山響，牛在喘，孩子從媽媽懷裡震醒了，哭。女人只得喔喔地拍著哄著。山裡畢竟荒涼，沒有匪的痕跡，還算平安。到了山坡下，車已不能再走。大家只得下來，把車拴在一棵大椿樹上，把車輪卸下來推在蓬亂的灌木叢裡，這樣車就丟不了啦，然後把東西駝在牛背上牽著，女人抱著孩子，歡喜兒哭著說「紮腳」，何二只得抱起他來。才走到山腰裡，聽見對面有人，大家以為是匪，嚇得蹲在草叢裡，女的趕緊把奶頭塞在孩子嘴裡怕他們哭，及至聽見對面也有孩子哭的時候才知道也是逃難的，大家又站起來往上走、爬。等到了石佛洞的山門外邊，都累了，坐在石階上。對面的人也趕到了，一個男子說：

「哥兒們，借光了，我們也是逃難的，這是石佛洞嗎？」

「是，你們多少人？」何大問。

「兩個大人、一個孩子。」

他們叩了半天門，廟裡已經沒有和尚。不知是雲遊去了，還是怎麼樣，只有一個看廟的俗家老頭，暫時借給他們兩間偏房。每一間裡有兩三口寄存的棺材，並沒裝死人，只是有錢人的存項罷了。棺材究竟是棺材，人看了無論如何對它不能起美感，可是他們又累又乏的身體，不一會兒在土地上橫七豎八地睡了。

天才亮，山鳥的鳴聲已經很嘈雜了，小鳳坐起來看如意兒，不知什麼時候滾到何大的腳邊去，小身子上沾滿了土還有尿，可憐一個不滿週歲的孩子就遇見這些苦，真不如不生她。因為沒有孩子，何大還和她生過氣，自己也為這件事傷過心；但是現在孩子是有了，卻叫她受罪。小鳳把孩子抱起來，小身子已經凍得冰涼。

白天來了，消去夜裡的恐怖，殿外幾棵小樹的葉子已經丹紅了。他們吃什麼？何家倒是帶了米來，但是一切用具都沒有；真是在家千日好出門一時難啊！早知道這樣，還不如從家帶個小鍋來，有個鐵筒也好啊。

看廟老人倒是好心人，借給他們鍋用。歡喜兒高興得滿山跑，何二捉了蟲翻過山頭到後山下的池塘去釣魚。同來的那一家三口人也相當快樂，看他們那樣子很窮，身上穿得非常襤褸，也沒有什麼東西帶著。但他們很怕土匪，因為那女人很年輕、很美，要是讓土匪見到……真不敢想像。

男人們總不肯悶在廟裡，到處去，三個女人只得在偏房裡待著，彼此慢慢熟了，談著家常、談著匪……即使對房裡的棺材也看慣了，有時候還把孩子放在上面玩。石佛洞裡也常去，小鳳每次離開屋子的時候，總是把那舊綢子包放在棺材後面，然後用稻草蓋好。有一次，何二家的和那女人在佛洞前哄孩子，如意兒睡著了，小鳳抱孩子到房裡，把孩子放在地下的乾草上睡著，從棺材後面把那舊綢包拿出來打開看：有一卷破舊的鈔票、有兩對笨重的金鐲子，樣子很老。大約是林大奶奶祖母時代打造的，一對是二龍戲珠的浮雕，另一對是擰繩的樣子，還有一對黑黝黝的東西，好像年畫上的元寶，只是沒有那麼好看，又沉、又笨、又黑，小鳳沒見過這些東西，不知道有什麼用。記得聽人家講：金子銀子會發亮，晚上不用點燈，可是這些東西沒有這麼大的光。鐲子還好，就

是那一對元寶形的東西太不亮了，上面還刻著字，在正中間的底下還有四方圖章似的花紋。除了這些東西以外還有一個小紙盒，打開是用白生絲穿著的十幾顆珠子，不十分白，也不十分黃，只是淺白肉色。她對這些東西沒什麼稀罕，平淡地包好。因為林大奶奶那麼珍貴地交她保存，那麼這些東西一定對林大奶奶是有用的，要小心替她保存。假如那些東西真是元寶和珍珠，是從哪兒來的呢？一定是她娘家祖傳下來的，那就難怪她珍重地要小鳳保存了。娘家！一個嫁了的女人對娘家是有海樣深的感情的呀。

在一棵大楓樹下，三個女人候著男人們回來吃飯，她們望著山裡的樹木多半換了服裝：紅的、黃的、褐色的⋯⋯除了松柏以外沒有綠色，倒也好看，山崗重重的，一處是一番景色，每次在村裡只是看看遠山，現在竟然住在山裡，真是沒想到的事。

「東南邊那一道白茫茫的是什麼？」何二家的問。

「不知道呢，也許是海吧。」小鳳說。

「不是，那是白沙灘，再往遠看，天和地相連的地方有一道亮得照眼的亮條，那才是海哪。」另外的女人說。

「你們村子離我們不是很近嗎？你怎麼知道這麼許多？」何二家的不十分相信地說。

「我娘家就在沙河，那兒離這裡二十六七里，離海邊還有八里。我們那兒，我是說我娘家，地都是沙子：白沙子，種甜瓜、西瓜和條林，一叢叢的柳條棵子長在白沙子上很好看。我們看瓜的時候，在沙子裡打滾玩⋯⋯」她說著不禁惆悵了，望著遠方的一片白茫茫的地方出神，接著又說：

「聽說匪是從那一帶來的，也許我娘家已經全完了呢⋯⋯我們那兒

的魚才便宜吶！很早，很早的街上賣魚的就喊得那麼熱鬧；嫁了以後倒拿魚當寶貝了，過年還不準吃著一條魚，等我從山裡回去，無論如何也要回去看看……」

　　男人們回來說剿匪軍已經開出來了，一半天該回家了，女人們喜歡得吃不下飯去，出來雖然還不到十天，可是念家的心卻迫切得沒法形容，恨不得剿匪軍拿出孫悟空的本事來，一會兒就把匪兵驅除得沒有蹤影。因為人人都在熱望著一件事的實現，反倒覺得度日如年了。天又陰起來，山裡像下霧似的那麼昏迷陰暗，小孩子們不住吮吸母親的奶，歡喜兒也不歡喜了，想起奶奶來，哭著要回家找奶奶去。大約是黃昏了，呼呼地起了風，孩子的哭聲被隱住了，滿山滿谷響起了震耳的聲音，雨也追蹤而至。他們只得依牆而坐，免得雨從沒遮攔的窗裡打在身上，他們帶的衣服很少，冷得瑟縮著。他們三對夫婦和各人的孩子擠著，為的得些溫暖。他們不知為什麼老天發怒了，把天氣變得這麼冷。他們又冷又怕，山水的聲音吼叫著，一種自然的威嚴震懾著每一個心靈。好在還沒有雷、閃，不然還不知要恐怖到怎樣呢！那黑棺材像怪獸似的蹲在黑暗裡，讓他們想到石佛洞裡那個管理下雨的石龜，他們閉上眼希望睡著倒好些。結果是孩子都睡了，大人們忍著恐怖醒著。他們覺得聲音太大了，山會不會倒下去？房子要吹毀了吧？洞裡的精靈生氣了吧？因為凡人住得太近了。怎麼辦哪？聽說洞後面的隱蔽處還住著一條禿尾大蛇呢，據說這蛇是個姑娘生的，它每次去吃奶，那姑娘就嚇暈了，那姑娘的父親一怒拿菜刀砍它，它跑得快只砍去一截尾巴，從此它就住在山裡再也不出來了，漸漸地也興風作雨起來……哎呀！假如這禿蛇出來該多麼可怕呀！聽說它的眼睛像兩個大燈籠，在村裡常見山上有火球滾來滾去，那就是它的眼睛吧？不！那是狐狸煉丹哪。喲，山裡還有老狐狸精，還能變成人哪，說不定那看廟的老人就是什麼變的……在風雨交加的黑暗裡，在這荒山破廟的深秋的夜

裡，他們的心就這麼胡想著。好在風比雨大，天漸漸被吹晴，冷月的光射在這幾個畏縮得像蟄居的冬蟲似的人們身上，他們才清醒地恢復了神思。可憐的人們，就只需要這麼一線光明。光明來到了，宇宙間才顯出「人為萬物之靈」來。在黑暗裡呀，世界是魔鬼的。月冷冷地隱在古松的枝葉間，安慰著這一群受了驚的靈魂，像慈母，光是那麼溫柔、憐憫和慈愛，人們就安心地入睡了。山裡斑駁地承受著這一瀉萬頃的銀光。

匪終於是匪，剿匪軍到了，胡亂招架了一番就逃往別處去，何家人總算結束了這段厄運似的山居，又回到家鄉來。

劫後的老屋，已經零落不堪了，幸虧何大媽還健在，坐在門檻上，見他們來先把歡喜兒摟在懷裡，落著淚說：

「孩子瘦了，想奶奶了沒有？」

「想。」孩子自然地回答著。

衣服米糧沒什麼損失，因為不便攜帶，只是小雞子一隻也沒有了，何二家的陪嫁衣物不少，但是僥倖匪徒沒有進她的屋子，何大媽和小鳳的屋裡都進去了，看看，沒什麼值錢的東西，又沒有年輕女人就走了，再也沒有來，何大媽敘述著，又落下淚來說：「我就是想孩子們，一個人又悶又怕……」她又說：「雲子家也沒丟什麼，只叫人家拉走了一條騾子，有牛的人家倒好，沒人要牛，嫌牛走得慢……」

小鳳從山裡回來的下午就到林家去了。

院子裡已經不那麼乾淨了，有幾堆磚頭，上面已經被煙燻得很黑，顯然有人在這兒架鍋煮過飯，她的母親一個人無聊地伏在炕桌上睡著，林大奶奶並沒改地方地躺在原來的炕上，不知是睡著，還是醒著，眼睛雖閉著，卻有一條縫，鼻子顯得特別高，嘴微張著，兩隻手在被外，不時地動著，摸著被的邊緣，臉白得像象牙，又像將要吐絲的蠶。

小鳳小聲叫：「媽媽，我回來了。」

「啊！啊！如意兒呢？」媽媽抬起頭來，驚喜地問。

「跟著她奶奶哪！她怎麼樣了？院裡進土匪了嗎？」

「她！唉！」放小了聲音說，「沒有指望了！娘家人才走，後事都預備好了。丟的銀首飾很不少，她倒不在乎，說反正也沒有用了。她只說等著你哪！你沒見過那些土匪呀，頂不是東西！在這院裡住了五六天，好米好麵地吃著，還打了長工一頓，可把人嚇死，幸虧她病著……聽說好些年輕的媳婦都……咳，都吃了苦……天打五雷劈的土匪！還和官兵打起來了。要不是官兵，說不定什麼時候走呢！廟門上還有槍眼呢……」

「她病得這麼重也沒給林二送信嗎？」

「她不肯呢，她說她死了就不管啦。」

「她還說胡話嗎？」

「少了，出氣的時候還費力哪……」

病人睜開眼睛四處看看，但是眸子已經不靈活了，頸項也硬生生地不能轉動，聽她在喉嚨裡沙沙地說：

「他們倆……怎麼還沒回來？我……我等不了……」

「大奶奶，我回來了。」

病人的臉動了動，不知是哭還是笑，眼睛直直地看著前面，也不知她看見小鳳沒有？小鳳過去握住她枯乾燥熱的手。她才覺得是小鳳回來了，她的嘴唇上下抽搐著，似乎在哭，但是又沒有淚。臉皮緊緊的，連眉頭也不會皺。她沙沙地說：「何大……哥……沒來？」

「來了，一會兒就來看您。」

病人把眼閉上，半天沒動靜。小鳳用另一隻手抹著眼淚，屋裡那麼沉默，一點聲音都沒有。忽然病人睜開眼睛說：

「你聽！他來了！！」

果然，何大拿著那舊綢子包進來了。他對小鳳說：

「你忘了把這個給她帶回來了。」

「因為不知道這兒有外人沒有，沒敢帶來。你就那麼在手裡明擺著拿來的？」

「怕什麼？他們誰知道我拿的是什麼呢！她好點了嗎？」

「好了。你……回來了，我好了。」病人用力地說。

「他把您的首飾包帶回來了。您收起來吧。」

病人已經不會回頭，也不能仰頭。嘆了一口氣說：

「我看不見……」

何大把身子側過去，傾斜著舉著那個綢子包。

「這不是嗎！大奶奶，看見了嗎？」

「看見了，可是……我要它有什麼用呢？送給你吧……晚上，一塊兒……一塊兒吃飯……有熱水嗎？我渴……」

小鳳要去燒水，她的媽媽卻搶著說：「我去燒，我看你還是把如意兒帶來吧，住在我屋裡，大家做伴兒……」又小聲說：「今天恐怕不……不行了，你叫如意兒爸爸先看她一會兒？」說著示意何大看一會兒林大奶奶，何大點點頭，小鳳母女都走出去。

屋內更沉寂了，何大不知為什麼怕起來。人在臨死前是可憐又可怕的呢！他輕輕地把那小包放在病人的枕邊，退後，坐在炕沿上。

　　病人的眼睛忽張忽閉地好幾次，突然睜眼見何大一個人在旁邊，她想說話，又好像找什麼。何大想也許是找那個小包吧？立刻拿了遞給她。她只是用手推開，說：「我拿不動……送給你吧！那是我祖傳的……求你收下，我……覺得只有你配……要我的……」這些話讓她說來似乎太多了，再也說不下去，張著嘴呼氣，吼似的喘著。象牙似的臉上有兩朵玫瑰色。

　　何大想：她的病要好了呢！多麼紅潤的臉色呀！她笑了，她笑著，她的呼吸聲微細得再也聽不出來了。他想：她要沉睡了。她要痊癒了該多好呢！

　　「你好一點嗎？」他欣欣地問。

　　她張開眼睛，臉上的兩朵玫瑰加深了顏色，眸子微動著，她在看什麼。他又欠起身子，叫病人能看見自己的臉。她果然看著他，目不轉睛地看著他，臉上卻沒有絲毫的表情。這時臉上的紅色突然退去，眼角落下兩滴淚水，手臂左右擺動著，張著口，像一條初離水池的魚。漸漸地閉上眼睛，手也不再擺動了。他以為她真個靜靜睡去，動也不動地守著她。

　　小牛的媽端著水壺進來，何大對她擺手說：「不要做聲，她好容易才睡著。」她把水放下，俯身一看，又摸一摸說：「哎呀！完了。她死啦！」

　　何大不相信，也不由自主地去摸她的額，嚇得縮回手去，他覺得冰涼得比那次求雨時摸的石龜的背還涼！她真的死了，這善良的人！這對他一向有恩惠的人就這樣無言地死去了！何大把臉埋在一雙大手裡，哭了。

　　此後林家院裡再也見不到她那和藹的、生著一對黑痣的臉孔，再也見不到她那輕俏整潔的身影。代替她的卻是林二繼娶的女人 —— 一個城裡的土妓。

　　何大因為林家門風已改，就把岳母和小牛接到他自己家裡去。沒人挽留她們，因為林家唯一的好心人已經靜靜地躺在白楊下，毫無牽掛地安息了。哦，容她安息吧！那疲乏的靈魂。

　　夕陽下，田間工作完了的時候，常有一個扶著鋤頭，凝然佇立的青年，默無一言地在她墓邊憑弔。

　　漸漸地他不常來了，任秋風吹著墓邊的荒草，因為何大是小鳳的。

在可愛的四月完稿

第十四章　白馬的騎者

不用看日曆，只要看小白鹿鬢畔斜插著的那朵白木槿花，就可以知道又到了三伏天，酷熱的或者連雨的季節，農人們也都歇了鋤，除了清晨灌溉菜園以外，沒有出力的工作。廟臺上、樹底下、小河邊、草場上……到處有嘹亮的笑語聲，孩子們上樹捉「知了」、下水捉青蛙；婦女們三五成群地看著孩子話家常或者納鞋底 —— 六月納出的鞋底最結實。男子們卻多數集中在一個地方，守候著小白鹿出來乘涼。他們有如古希臘的競技者，在那遼闊的草場上任意地翻跟斗、打把勢、摔跤、奔馳，又像那一般廊下講學派的古學者，爭著說話，說好聽的俏皮話，也有的默默不語地望著那虛掩的神祕的柵欄門出神。門裡是小白鹿的家。這些人彼此洞悉彼此心中的祕密，他們有一個共同的目的 —— 守候小白鹿，但誰也不說出口來。

小白鹿雖然已經脫了重孝 —— 她的丈夫死去整整三年了，但仍然穿得那麼素，只是把白鞋換成藍鞋而已。此外仍是一身白衫褲，髮鬢上又喜歡插一朵白色的花。春天的梨花、丁香花、白海棠，初夏的梔子、白山竹都有機會聞她的髮香。到暑天她只喜歡戴白木槿 —— 那大而淡雅的花朵、那朝開暮落的花朵，似墜不墜地斜插在黑而豐多的髮上，只這一點，已經夠美的，不是嗎？

她在白天很少出來，偶爾在日落時到後門外站一會兒，又往往被這些守候者所煩擾，所以一會兒又退隱在柵欄裡，是那麼輕盈、那麼飄忽、那麼素。像什麼呢？像打柴的人在月下見到的小白鹿。

她的丈夫叫王文祥，在三年前的暮春帶著她 —— 小白鹿，這異地的麗人回到故鄉來。他在外經商多年，很想守著她過半世的快活日子，誰又知道在他們返裡三月後，王文祥得時令病死去。村裡人對著這歸來不久的鄰居之死倒沒有什麼感覺，但對這異地麗人總不免有惡意的猜忌和窺探的意思：有人說她是外方女伶，有人說她是從良妓，也有人說她是

什麼人的下堂妾……無論怎麼樣，完全是由猜測得來的結論；不過沒有人說她是良家女子。雖然她並沒有不良的現象，大家既然說她不良，更說她不祥，甚至有人拿她當作妖、當作巫。老人、婦女、孩子，幾乎沒人答理她，就是她家後門外的石磨也沒人借用了 —— 那多年供半村人家磨穀用的。現在人們都寧可跑向村邊村長家去推磨，沒人敢借用小白鹿家的。好像有誰被她吞進去過似的那麼可怕。只有一些大膽的青年，還好奇地租了她的地去種。和她同住的是一個聾老太太 —— 王文祥的遠方嬸母。和小白鹿來往的，除了青年男子以外再沒別人，「小白鹿不是良家婦女」無形中又多了一個證據。

又是一個黃昏，微雨初晴的夏之黃昏哪！小白鹿不能再枯坐在這死寂的老屋子裡了，她悄悄地走出去，推開柵欄門，門外寂靜無聲，她歡喜得倒吸一口氣，那群守候者居然沒來！遙望遠山近樹、遙望天際多變的雲都被落日照得瑰麗無比。她想著雲山之外有她懷念的地方，那地方有她愛著的人，但相隔如此之遠也只得想想而已。她想自己原是有父母的，但十六歲時被賣到馬家做丫鬟以後就再也沒有重逢。父母的樣子在她心裡漸漸淡薄了，她心中憤恨著父母的無情，所以她只懷念一個人，就是馬家的園丁 —— 他是那麼健壯、直耿，那麼冷，冷得不體會人與人間的感情！她曾似火的戀著他，但又不好表示，一直等太太把她嫁給王文祥的時候，他依然冷冷地毫不關心地修剪庭院中的花木，她記得向宅裡所有的人告別的時候，大家總有幾句溫慰的話語，只有他平淡地說：「回頭見。」以後仍然修剪著花木不再說什麼。她含著滿眶的酸淚離開他，跟著王文祥 —— 一個常到馬家送貨的商人，過了些日子。王文祥突然起了還鄉之念，帶她到這冷僻的地方。啊！已經三年了，三年的孤獨生活倒對她很相宜呢，於是他那健壯直耿的影子仍然清晰地映在她的腦海裡，每當她聽到後門外守候者的笑語聲，使她更想念他。她想：這些

231

年輕人之中可有他？

　　天色由瑰麗變成黯淡了，樹間籠上一層煙霧，她坐在石磨盤上聽著小溪潺潺的響，一兩聲青蛙咯咯地喚起她無限的惆悵。遠遠有人在呼喝牲口，在兩行煙樹間走來一個騎著白馬的青年，她的心為之一動，是他嗎？他怎麼會來到這裡？走近了，那人看她一眼，從她身邊掠過去，得得地走遠，走向村邊的大高門裡──村長的家。這人是誰呢？太像他了，但不是他呵，他一向不肯看人。可方才那騎馬的人不是看我一下嗎？而且目光是那麼溫暖……

　　夜色已經很深了，她不能再留在外邊，遠望東山上，一顆亮星在閃，有如那青年掠過的目光。小白鹿不知為什麼落下淚來，晶瑩地閃爍在睫毛邊，白色木槿花也疲倦地從她的鬢上溜下來，輕輕地、無聲地墜在草地裡，她回視看那顆和淚珠爭輝的大星，無言地拴上柵欄門。

　　整整一個月沒人再見小白鹿在後門外眺望了，據那聾老太太說她病了，在病中她時時囈語，老太太本來耳聾偏偏說聽得很清，老太太說：

　　「她那天回來得可真太晚了，我明明白白地聽見她和人說話，就悄悄過去，一看，沒人！就她一個！這不是撞客了嗎？」老太太眨著眼睛坐在草地上，活靈活現地說著，四周坐滿了鄰近的婦女。

　　「也許有老仙附體啦？吳三奶奶死了，沒人接續給人看香。也許吳三奶奶的仙找了她去。」一個村婦將自己的猜測當真話說。

　　「對了，她是有老仙。那天又說又笑的，準是老仙教她看病呢，一定！」聾老太太說。

　　「我看還不如出馬跳神看香呢！越是她這樣邪門歪道的人，看香越靈，您說呢？」另一個村婦說。

風聲傳開，大家都知道王文祥的媳婦——小白鹿會看香。一向對這關在老屋裡的異地麗人生著窺探心理的人們，喧嚷著，居然有人造謠，說她在外省看香有名，怕累才躲到鄉下來，好在王文祥早已死了，誰來替她證明誣罔呢？漸漸地有人派來大車接她去看香治病，最初都被她拒絕了，因此更增加了索求者的迫切。

　　一天村長家派車來接她，說無論如何叫她開恩，去診治村長母親的病，她驚慌地哭起來。

　　「都是你這老太婆造謠說我會看香，村長家來接了，你看怎麼辦？」她大聲喝斥聾老太太。

　　「什麼？」

　　「你去吧！我不會看香！」她聲音更大了。

　　「呦！你怎麼還想不開？誰會看？就是吳三奶奶活著，也是那麼回子事，還不是點上香瞎說一氣，多要錢要米，臨完了，叫病人吃一點吃不死的隨便什麼東西。運氣好的，病人真好了，你就紅起來。東家請，西家接，什麼好吃什麼，什麼地方熱鬧上什麼地方去，不比死悶在家裡強？」

　　「紅起來又怎麼呢？我看你去倒很合適呢。」

　　「什麼？」

　　「你去吧！」

　　「嘿，嘿，我的好侄媳婦！我倒想去呢，我去了不用給人家治病，先把人家嚇死，就憑我這醜八怪？」聾子笑得很開心。

　　「原來看香是賣臉子？家裡也不缺我吃喝我犯不上，賣臉子我更不去了。」末一句聲音特別大。

「不是那麼說，你一到，人家見你像觀世音似的，心先痛快一半，病也就容易好了。事情既弄到這一步，你就去試試吧！」聾子的眼睛很銳利，她覺得對方心已經活了。

「我可不會唱，也不會打嗝，多難為情呀。」她笑了。

小白鹿飄飄地下了布篷車，一身素白衣褲，一朵白木槿花，一把白翎扇……被等在門口的婦女擁進去。到院裡，她忽然覺得眼前一亮，抬頭看見那天黃昏遇見的騎馬青年，恭敬地站在石榴樹旁，她又趕緊低下頭去，想著不知今天的病人和他是什麼關係。

屋子很敞朗，一個連三間的大炕上鋪著涼蓆，在左頭的褥子上躺著一個六十幾歲的人，看來病並不沉重。

「王大奶奶，您多辛苦了。家母的病很奇怪，昨天還好好的，今天就病了，不吃飯，也不說話。唉！」村長在八仙桌邊危坐著說。

「是！可是……我這看香的和別人不一樣……您能叫我一人先……屋裡只留我和老太太……燒上香……大仙把病人仔細看好了……別人再進來，行嗎？」她吃吃地說，額角露著汗珠，臉色漲得緋紅，好像這話不是她說的，像另一種無形的什麼精靈叫她說的，因為那麼不自然。

「一位神仙一個治法，走，咱先出去。那誰，東柱，給大仙上香。」村長吩咐著，閒人陸續走開。那個叫東柱的進來點香，是他！那白馬的騎者。這時村長也出去了。

「您，很面熟，在哪兒見過吧？」東柱說。

「也許，有一天晚上，你從北大道上騎馬回家，我正在外面涼快……這位老太太是你的什麼人？」

「是我奶奶，村長是我爹。」說著，香已點好了，他準備退出去。

「……你等一等……」她閉上眼，似乎是在作法，其實誰又知道她內心的忐忑呢？她初次做這毫無把握的事，正如同一個初次出行的探險家一樣，用強大的毅力抑制自己的驚恐。在這生疏的地方自己要做神做鬼，多麼可怕呀！他是唯一比較熟識的人，所以想叫他守著自己壯壯膽子。但是已經和村長說好了，只留老太太和自己在屋，怎能不放他去呢？她閉緊眼睛良久無言。

「有什麼事嗎？」他恭敬地站直了身子問。

「哦！沒什麼，我對老仙說話呢，你去告訴他們，都不要在窗外聽……你是她的長孫嗎？」

「嗯！」

「那麼你在窗外聽信吧，有事了叫你。」小白鹿畢竟是聰明的，終究被她想出辦法。那青年退出去，高大的房屋只有依著北牆的紅漆立櫃發著光。老太太正在此時張開眼睛，看著她。

「老太太我是北山的白鹿大仙，不隨便給人治病，看您慈眉善目的該有這一段機緣，您的病是由氣得的，還是飲食不調？」她記起在外省的時候，馬太太背著老爺請看的情形，試著說。

「唉！不……瞞……大仙爺您說……呀！我……全……由氣上得的病，我的兒子，頂天……立地的……可沒氣著我……可是他耳朵軟，聽老婆的話……」說著老太太咬牙切齒的。

「您覺得什麼地方不舒服嗎？」

「就是心口脹，不瞞大仙說，全是氣的……那老婆死了就好了……」老太太沒敢大聲說。

「氣是禍根，您的媳婦沒您福氣大，您福壽雙全。自己先壓住氣，

我慢慢給您治……」以下又是良久不語，閉上眼睛，大約她再想主意，老太太臉上果見喜歡的顏色。

「窗外的人進來！」

東柱進來，依然站在桌邊聽候她吩咐。

「大家進來吧。不，你等一等……方才大仙的話你聽見了嗎？不要對你母親說，一家要大事化小……你叫他們進來吧！」她說著見那青年似乎在微笑。呵，他一定把自己的把戲看穿了。本來就沒有什麼仙，看穿也不怕，這樣想她才心安了。

「我的母親是後媽，奶奶是親的，您放心了嗎？進來吧！」他仍在笑著，他完全看穿了。本來嗎，年輕的人誰信看香的話。「進來吧」才說出口，婦人孩子進來一大群，屋內馬上熱鬧起來，她見許多雙眼光都向她臉上射來，她臉紅紅的，又閉上眼睛。

「閉上眼更像菩薩了。」一個婦人小聲說。

「也不說也不唱，也不打嗝，也不打呵欠……是什麼仙呢？」另一個說。

「白鹿大仙！」老太太在炕上忍不住了說。

「大仙真靈，老太太語聲都精神了。」大家奉承著。

結果白鹿大仙隨便吩咐了一些偏方子，然後在村長家吃了豐盛的晚飯，入夜以後才乘車歸去。

村裡誰不喜歡模仿村長？於是小白鹿忙起來，在家的日子很少，偶爾遇見風雨天才停在那老屋裡。不過她的臉色並不見佳，時時有一縷愁思籠罩著她的雙瞳，為什麼呢？她從未對人說過。她待那聾老太太很好，兩人永是吃一樣的飯食，所以聾子滿足地吃完飯總是很早就睡去。

中秋後一日，月亮仍那麼圓，銀光一碧萬頃地照在人間每一個角落，小白鹿穿了一件淡藍色的裌衣，坐在天井裡看著一叢花影斑駁的牆垣發呆，好像在那花影裡可以出現異像似的。突然從牆外輕輕地投進一點東西來。

「什麼人？」她似乎並不驚訝。

「我！」這聲音卻不是她所希冀的，沙啞而衰老。

「誰？」她已經聽出來者的聲音，故意這麼問。

「我，你一人在這兒嗎？給我開開後門吧，我繞進來。」

「有事明天說好嗎？」

「不，是要緊的事。快開門，等鄰居的狗一叫就不好辦了。」

「狗咬了才好，下次你就不敢來了。」

「好王大奶奶，不要開玩笑，快開門……」外邊的聲音急得發抖了，她才慢慢地走到後院去開柵欄門。

月光下的村長那麼驚恐，白日固有的尊嚴一點也沒有了，呆呆地看她拴上柵欄門，才匆匆地往裡走，好像是個找避難所的難民。

「往哪兒走？站住！前面是我睡覺的屋子，村長有什麼事隨便進寡婦的屋子？」她目光灼灼凜若寒霜地說。

「你何苦著急？不進去在外面說話一樣，真是何苦著急？」村長拭起汗來，隨即坐在院裡的凳子上。

「有話說吧！我要早睡，明天一早要到十五里以外去治病。」她仍然站著說。

「也……沒什麼事……順便帶點東西給你。這是城裡新到的麻紡，

淺灰的，你留著做夾袍吧……昨天，我那潑婦老婆來，沒氣著你？」他十分不安地說。

「我倒有心收你的禮物，可是你這回是來為她說情的，我倒不稀罕你這城裡的新貨了。」她坐在一個小蒲團上不再說話了。

「是不是？氣還沒消？是不是？」他急得身子團團轉。

「……」她不語。

「我回去非找碴揍她不可，她太胡鬧了，咱們並沒有什麼呀，我呢，總是忘不了你給我媽治病的一點恩情，常來看你，她就胡鬧起來。唉！這是從哪兒說起！！」他急得坐下又站起來，煩躁地徘徊著。好像水旱災禍降臨到人間時，一個為村民焦慮的長者似的那麼心焦。

「哈！急什麼？我早忘了，那算什麼，隨她找來胡鬧吧！只要對你村長的面子沒妨礙，我怕什麼？你如果肯為我想，請先回去，我明天一早有事。如果有意為難我，我只好馬上到別處借宿去。」

「我走，我走。你不許生氣。」他臨走把那衣料交給她，她絕情地拴好後門。夜仍歸於沉靜，早秋的蟋蟀叫了一聲。隨了蟲聲倏忽一個人影從那印著花影的牆垣上掠下來。

「唉！」她痛苦地握住他的手。

「你還不睡？」那人影是東柱。

「月亮照得我睡不著，聾老太太睡了，院裡空得可怕。我還以為你不來了呢……你遇見他了沒有？」

「誰？」

「你爹！」她憤恨地忍不住說了。

「唉！我知道他一直纏磨你！咱們的事也是會紙裡包不住火的。咱們走開吧？！」

「到哪兒去呢？你捨得離開你的家和你的房產地業嗎？」

「比起你來房產地業算什麼？就怕你不走。」

「我為什麼不走！世上再沒有我可掛心的，除了你……」她不能再說下去了，昔日馬宅園丁的影子在她記憶中一閃。她藉著月光看東柱，的確和他一樣；但那一個遠不可及彷彿更珍貴了似的，而東柱卻溫暖地在她面前。她不知為什麼流下兩顆大而亮的淚珠，閉上眼睛。又好似白鹿大仙來臨時一樣。這閉目的女神！

「那麼你放心，咱們走！什麼房產地業在我心裡一個子兒也不值……」他擁著她，覺得她在抖，不知是喜是悲。

菊花已經開遍了庭院，這是重陽的下午，小白鹿和東柱定好了在今夜起程，奔向他們幸福的前程。為了遮掩村人的耳目起見，她在白天仍到前村一家去給人家看香。聾老太太把門虛掩上，又吃了一點零食就躺在自己炕上午睡。

大門吱的一聲開了，一個二十幾歲的婦人毫不客氣地推門走到庭院了，忠厚的臉上擺足了怒氣，全身充滿了雄糾糾之感，大有見人就打、見東西就摔的氣概；但是她並沒敢那麼做，因為她是老實人，他是東柱的髮妻、村長的兒媳婦，一向老老實實在家裡牛馬似的工作著。反正她只知道東柱是她的男人，至於男人有了外遇時，自己該怎樣應付做夢也沒有想過；但是婆婆叫她來，公公也叫她來，教她怎樣到小白鹿的家撒潑、摔東西、攪散了小白鹿和東柱的這一段「良緣」。最初她不肯來，她覺得怪不好意思的，為了爭男人大呼小叫的，還不如一條狗；但是經不住婆婆的逼迫和公公大仁大義的一講、一激、結果她終於鼓足了勇氣

出發了。在中途不住地回頭，好像一個懦戰士臨上戰場似的，對故居不勝其留戀。

　　院裡靜悄悄的，一個人影也沒有，各色的菊花在秋陽下照耀著，一隻畫眉在屋簷下的籠子裡洗刷自己的羽毛，花貓睡在窗臺上。一切都那麼溫和、安靜、有次序、可愛。她想：難怪東柱天天來呢，自己對此處也不忍走開，在這兒絕對聽不見婆婆的詬罵和公公的喝斥啊。在這兒先摔什麼呢？院裡一個破瓦盆都沒有，把菊花都折下來撕下花瓣來，怪可惜的。還是把正睡著的小花貓弄死吧？可是小花貓也是一條命啊！進院就罵，但是罵誰呢？一個人也沒有……她茫然地向上房走去，默默的，好像自己犯了罪。忽然她感到太靜寂了，也許自己的男人和小白鹿在一起睡午覺哪？一定的，這麼一想，她不免怒火中燒了，狂了似的衝進屋去，她滿想：這回我和她拚命了！但是一想，東柱在這兒非揍我不可。想著，想著，兩腿發軟，抖在一起，頹喪地坐在堂屋椅子上，想起公公的話來：

　　「你呀，也太賢惠得過當，整天隨他便，叫他老和這個娘們在一塊，弄得傾家敗產，說不定鬧上病還絕後哪？！」公公說得對，公公是明理的人，對！此時不打還等什麼？於是她重拾起勇氣來，又進一步向裡間衝去。

　　「我把你這死不要臉的活娼婦，把我男人放出來沒錯，敢說一個『不』字？敢說？我就……我就……」她實在說不下去了，一則從來沒打過架，二則公公教的話都忘了，三則屋裡依然沒人。咦？沒人為什麼不拴上大門？也許他們藏起來了，到底是邪不侵正，她也知道怕我，本來她理虧嗎！越想越膽子大，勇氣加倍地來得猛，又沒有對手來施展這份勇氣，真是英雄無用武之地了。感到十分掃興，而且一點成績不留，回去怎麼交代呢？她倒為難了，屋裡的東西又都完美整潔，如此叫她親

手摔，打死她也不行。正在沒主意時，她一眼見小櫃子上的煤油燈，把煤油倒在枕上、被上、窗格扇上⋯⋯又用洋火把窗紙點著，看見有小火焰突突地跳躍著，她才放心地走開。她自慰道：還是這個法子好，省了自己親手摔東西怪罪過的，可是公公為什麼不教她呢？

一會兒，廟上的鐘鐺鐺地響起來，是村中報火警聲響，小白鹿也被鄰人叫回來，只見自己住了三年的家已經被火燒遍，不過尚未倒塌。她想到屋內預備好夜奔時帶走的東西此時一定化為灰燼了，張大了黑湛湛的眼睛向火裡凝視，像一個見了異象的女巫。

「我的聾大嬸？大嬸！」她突然淒切地呼叫著，因她素日治病除災的人緣好，大家都忙著汲水為她家救火，但沒人見到聾老太太。她想起聾老太太每天都在廂房睡午覺，便狂了似的奔向火勢正猛的廂房裡去，不住地狂叫「大嬸」！

東柱趕來了，到火堆裡去拖她。良久，東柱才喘著氣把她拖出來，她緊抱著聾老太太，三個人同時倒在外面，都不成人形了。老太太在火中最久，似乎已經沒希望，小白鹿全身都是焦糊的傷痕，衣服也不再整齊了。誰見過小白鹿這麼狼狽呢？有的人為她掉下淚來。

在沒被火燒著的鄰家後院裡，大家把小白鹿和東柱抬過來灌醒，她醒後仍不停地喊著「大嬸」！可惜那老太太已經完全聽不見了，完結了她那耳聾聽不見的生涯，在沉睡中死在火焰裡。

入夜，火熄了。但小白鹿的家只剩了一片焦爛的瓦礫，幾小時以前那精緻完美、溫馨的小家宅，再也沒有了。小白鹿躺在鄰人的炕上，東柱已回到家去，也受了一點傷。晚飯後，村長上這家來，一則托他們關照受難的小白鹿，二則來探望她的傷勢。他臉上很有慚愧之色，因為東柱媳婦回家報告成績的時候，使他不勝驚訝和失望，自恨媳婦無用，自

己所選非人，怎麼對得起小白鹿？但目前又不能不打著官腔問：

「好好的，怎麼著起火來？大白天，還小心不到嗎？」

「那麼村長還要傳我到鄉公所去問話嗎？我能自己點房子嗎？誰幹的誰知道，越是有錢有勢的越欺負無依無靠的人，您有話問吧！我的傷重得很，你問晚了，也許等不到您追問了。村長！假如一村人都遇見我這樣的事，只問話也要忙壞了您呢！別的就難說啦……」

「王大奶奶，誰願意您受驚呀。」村長不知所措地說。

「那麼您把點火的正犯給我查出來。」

「……」村長沒回答。

「村長外邊坐，我看王大奶奶該歇息歇息了，什麼事都好辦，慢慢來……」本家主人莫名其妙中略看出一點他的神色，唯恐小白鹿在神經不健全的時候，說出不小心的話來大家不好，趕緊把村長讓到堂屋裡。

小白鹿一夜發燒、說胡話，大家以為她和白鹿大仙說話呢，誰又知道她完全在昏迷中。早晨，小白鹿略清醒一些，掙扎著起來洗臉梳頭，她照照鏡子嘆了一口氣，這家的姑娘給她拿來一朵白菊，她也沒戴。叫她換上她們的衣服，她只是搖搖頭又躺下了。

聽人說村長打發東柱來看她，她見了他哭起來。屋裡沒有第三個人，她想這也許是唯一的末次聚首了。她痛苦得只有哭泣說不出話來。

「不用哭，晚上咱們還是走。」他小聲堅決地說。

「到哪兒去呢？我……已經……完了！你摸，我身上燒得多麼厲害！」她流著淚說，臉紅得像胭脂點遍了的，聲音沙沙的。

「爹叫我接你，住在我家裡。晚上咱們到北大道小路上見。從我家

242

走，省得人家擔不是，應用的東西我放在馬槽底下了，我和長工說好，晚上我用馬出門，後門不上鎖，只要你別怕……咱們走開吧。」

「可惜我那些東西，都……」

「那算什麼，只要我活著，你不用愁！」

村長真是可人兒，居然把老婆打發到她娘家去，小白鹿到她家時，東柱媳婦自動藏起來，她怕白鹿大仙不依她，在她點火時失神忘了小白鹿不是凡人，如果當時她腦子裡有一點大仙的影子，天借給她膽子也不敢點火呀！她躲在後院的屋內不敢出來。

小白鹿並不說什麼，只是不時地眨著那黑湛湛的眼睛看著村長，好像從他臉上搜尋什麼祕密似的，弄得村長不安地在屋中徘徊。

「你這會兒覺得怎麼樣？」他不知說什麼好，隨便這麼問。

「……」她又看了他一下，並且嘴上似乎有一絲冷笑，這一絲冷笑好像一條小小的尖尾蛇，從村長的領口鑽到脊背裡，馬上全身起了許多雞皮疙瘩。

「怎麼？不理我。」他喃喃地。

「我只問你一句，村長！誰放的火？」她坐直了身子，突如其來地說，目光並不放過他的臉。

「那，那，我哪兒知道，真是，你真會問。」一下子敲在村長的心病上，他急切地分辯，急得在這九月天額上直出汗。

「可是你急什麼？嘿！膽小的……我是有家的人，絕不在別人家久住，我在這兒歇一會兒就回去。在柴棚裡住怕什麼？難道點火燒我不解恨，還派人殺我去嗎？」

　　村長實在沒有話來應付這帶傷的小白鹿，只得任她去留。在夕陽下，她站在一片瓦礫的破院中，望著自己住過三年的房子遺蹟，喟嘆著。在這兒打發走了三年的寂寞時光，就要告別了，心中有說不出的悲愁和留戀。

　　當滿天星斗時，一個窈窕的人影，緩緩地向大道上走去，她似乎走起來很吃力，但並不放棄前進。不停地走，在星光下，在秋天的溪水邊。

　　北大道的歧路到了，她並沒見到那白馬的騎者，她盤桓在路邊，聽著秋風吹蘆葦的聲音蕭條得可怕，而且她覺得冷，抱著肩，依著一棵楊樹。楊樹的葉子響得可怕，好像在墳墓裡一樣，於是她記起聾老太太燒傷的屍身，更記起王文祥臨死時的呻吟，哎呀！沙、沙、沙⋯⋯風吹蘆葦，風吹楊樹葉子⋯⋯溪水也在嗚咽，她頹萎地坐在樹下。耳內嗡嗡的、沙沙的聲音加大，幾乎像大的雷聲，天上的繁星似乎往下掉，群星在她眼前飛舞。漸漸地星和聲響亂成一片。她覺得全身一陣異常的燒，又一陣奇特的涼，她沒有知覺了，躺在葦叢裡。

　　小風仍微微地吹著，沙沙的聲音奏成極和諧、極哀婉的聲調。得得的清脆的馬蹄聲，送入這淒涼的所在，東柱偉壯的身影在馬上，在星光下，他來踐約。他見並無人影，狐疑起來，她為什麼不來呢？在那破屋內不肯出來？還是有什麼意外呢？本來已經不早了。

　　「咦？這⋯⋯是什麼？」他看見她的腿腳，跳下馬來，把她扶起。她是那麼安靜，閉著眼睛，像初次見她看香時一樣。他恐怖地心跳著。

　　「喂！醒醒！」他搖著她。

　　「⋯⋯」她仍無聲，也不動。

「我來了，醒醒！咱們好走！走！」他的聲音急躁而哀痛。

漸漸的，她睜開眼睛，看是東柱扶著她，她悲喜交加地伏在他懷裡。

「抱緊了我，我冷，我害怕，你……怎麼才來呀？」

「他們睡得晚，我等他們都睡了來的，你心裡難受嗎？」

「唉！我走不了啦！！我就死在這兒吧，方才我不是死過去了？你來的時候我在哪兒？」

「你只是暈倒了，現在心裡難受不？」

「好一點了，可是完了，一點力氣也沒有。」

「只要心裡不難受就好辦，走，不早了。」他一下把她抱在馬上，輕捷地前進著，蹄聲得得的，灑遍了寂靜的夜。

「這麼黑，上哪兒去呢？」她在懷裡小聲問。

「不黑，天上有星星，你我有眼睛，怕什麼？走！」他抱緊小白鹿，拉緊韁繩，在繁星下向大道上奔馳，奔馳，把凄涼、孤獨、恐怖、不平留在後面，前面的大道伸展在遼闊的平原上。他們的影子遠了，小了，蹄聲響向遙遠的前方。

（選自文集《白馬的騎者》1944 年出版）

第十五章　無愁天子

夜已深，朗月照徹樓臺。

馮淑妃在寢宮裡預備換舞衣，雪堆雪簇的白紵舞巾已經委曳在雕鏤絕精的椅背上，垂下來像月下的瀑布，妝鏡臺邊的銅鳳嘴銜著宮燈兀自發著懊惱的光，流蘇搖動著，照潤了馮淑妃臉上的胭脂。終日盛裝使她厭惡了，只是對著圓圓的金鏡發呆。宮女拿著梳子等候著，不敢造次，於是主婢都成了美麗的蠟像，一動也不動。

「熄燈。」妃子從繡幕縫隙中見到一絲月光，而下令止息了人工的燈燭光，她要的是清新，她要的是幽靜。她忘記了主公在舞殿裡等候著，她忘記了自己是誰。

「不要動，我自己來拉開它。」她的纖纖玉手抖著，用力拉開多重的繡幕 —— 一下子彷彿拉開漫天的烏雲 —— 月光倏忽而入，天空是這麼爽朗啊！舞殿裡琵琶的聲音錯雜傳來，該是主公等得不耐煩了吧？那享樂不倦的君王似乎又對她貪婪地微笑著 —— 清白而脆弱的笑臉引起她無邊的厭惡。她長聲喟嘆著。月光引領她進入另一個幻境：

去年深秋，各國使臣來通好，御花園裡設備鋪陳得五光十色，她隱在牆隅一個高臺上的盆景後面，窺視著。那麼多的王公大臣都沒能逃開她的視線。

「原來天下大名鼎鼎的人也不過如此啊！說不定有多少女人為他們而抱恨終身呢！沒有半點英俊……」她忘情地喃喃著，侍立在側的只有她的心腹銀蝶兒。

「不盡然哪！娘娘再往左看！」銀蝶兒是個精敏的小鬼頭，她微指著白玉階上佇立著的一個青年，那青年穿著君王服色。

「那是誰？今日通好來的也有君主嗎？」淑妃的聲音微抖著，她的

膝蓋也抖著，無力地坐在繡墊上，盆景裡的菊影映在她的眉宇間，那麼憂鬱，那麼黯淡。看！白玉階上佇立的君王的神采吸引了淑妃的全部心靈，她無由地幻想著這青年君王的后妃，她一定是「人間至美麗的女子」吧！有奇妒的火焰燃燒著她的心。

「等婢子去探聽探聽。」銀蝶兒翩翩地跑下去，喜滋滋的，留給淑妃的是一派無邊的寂靜，秋陽愛撫地照耀著漸漸走遠的王公大人們：他們走向習射場去，消逝了的青年君王的身影更深地印在她的意念裡，再也不能忘掉 —— 銀色的繡袍得體地罩在魁梧的體魄上，那麼軒昂、那麼不凡！當他仰視秋空的時候，在諸大人中正是雞群之鶴！那自號無愁天子的北齊王顯得更其脆弱可厭了 —— 而他卻終日不離己身！她記起北齊王善彈琵琶的蒼白瘦削的手指，她記起那錯雜而轟響的聲音，更記起自己玩具似的按著煩瑣的節拍跳舞。那可厭的白紵巾沉醉瘋狂地翻飛著，像無數隻狂亂飛翔的白鵠，曾舞掉多少珍貴的年華啊。往日也曾自滿過：當同儕們嫉妒地看她時，她總是報以冷冷的微笑，自己是君王的寵愛對象 —— 是超乎千萬個婦女之上的，即使北齊王再可厭些，他終歸是偉大的君王！而且上天給人永不會十全的，既給他以國主之尊權，又怎能更給他軒昂的外貌呢？但是今天，居然見到人間至完美之男子，他也是個君主啊！她不敢再想下去。遠遠的有管弦聲響起時，她毅然地按聲而吟了，她恨自己被冊封為妃子，不然是一個尋常舞妓該多好，那樣就可以在「那人」面前獻藝了，或者有機會給他把盞呢……現在機會是沒有了，永遠做了一個男人的私有物，永遠，永遠的。

「娘娘……」銀蝶兒喘息不定地登上高臺來，小聲回報著，小得只有她們兩人聽得見：「北周王駕呢，聽說主公並不真心和他結交，是他巴結這來的……」

「那麼一個氣宇軒昂的人也會巴結？你不定聽誰胡說的。」

「娘娘不喜歡聽嗎？那麼婢子不說也好。」

「說呀！小鬼頭，你還想要挾我嗎？」淑妃笑了，笑得那麼美，編貝的牙齒閃閃的。

「他們還說……娘娘恕婢子直言，不然實在不敢說下去。」

「哎呀！好討厭的禮法，你怎麼還這樣麻煩？」

「他們說北周王駕這次來通好是為著娘娘。」

「狂奴！你說什麼？」淑妃故作惱怒地說。

「早知道這樣，婢子原不肯多嘴。」

「既說開頭，不說我也不饒你！你自己酌量吧！」

「北周王駕聽說娘娘能歌善舞、秀美文雅，又會田獵，他把娘娘想做天神。這次來……說不定要見娘娘尊駕呢。」

「他也真夠狂妄的了，周、齊本是兄弟國，難道他還要……」她沒說下去，嘴角上一絲神祕的笑意，稍帶渺茫的凝神裡，她望著秋空。

已經黃昏了，主公尚未回宮，淑妃孤寂地在沒有燈光的幽暗裡徘徊，遠遠又有音樂的聲音傳來。

「娘娘！」銀蝶兒從外面飄然而入，看來像個小精靈。

「有事嗎？」淑妃邊說邊指了指燭臺，宮奴立即點亮了燭火。淑妃的影子婉約地照在織錦的壁衣上。

「聽說北周王果然要求見娘娘，被主公推辭了，主公說娘娘病了……」銀蝶兒笑著。

「見鬼！我沒病，我永遠沒病……他咒起我來。」

「現在要傳後宮歌姬侑酒去呢。」

「銀蝶兒！你幫助我！你去拿櫥裡那件群星舞衫來，是主公沒見過的那件，還要那個白雲紗。快！」飛一樣的智慧在淑妃心裡翕動，她不安於拘謹了！雖然她知道自己要冒險，但她忘了怕、忘了顧忌。銀蝶兒明白主人的心，按著淑妃的吩咐，迅速地拿來所有的東西。

美麗如月殿仙子的馮淑妃，穿了雲樣的衣裳，那閃著星星之光的舞衣，在她肢體微動時已經翩翩起舞了。

「這樣不會被主公看穿吧？！」淑妃用珠抹額壓住重重的面紗說。

「婢子終究覺得不妥呢，娘娘想裝歌姬和他們開個玩笑倒沒什麼，可是主公一定會看穿的。」

「你以為我怕主公嗎？看穿了也不過我費費唇舌。而且我會相機行事的。好銀蝶兒放心吧！還要你在宴罷回寢宮時幫我遮掩遮掩呢。」妃子始而微慍，繼而安慰著唯一知道她祕密的銀蝶兒。

「只要娘娘萬安，婢子沒有不盡力的。」

輝煌的舞殿，有燭光照亮王公大人的衣裳，齊王已經微醉，依著矮榻閉目養神，其他的人也都紛紛離席，傳報：「歌舞伎到！」淑妃蒙面隨了八個後宮歌姬姍姍地走到紅氈上。北周王駕神采煥發地坐在一張高背椅上，有慶賀的隨從在他的椅子後面，來客裡他是唯一的君王。

在笙瑟聲中，淑妃領群姬而歌舞了，白色舞巾上下四方地翻飛著，淑妃美麗的面龐在重重白紗裡多了神祕的色彩，她從面紗裡卻見那青年君主被她的舞姿驚呆了，齊王是看慣了自己宮裡的舞蹈，所以依然閉目假寐，說不定他是真入睡了呢，歌舞的一群息止的時候，有眾多的賞賚紛紛賜下。歌姬的歡笑聲輕溢著，淑妃卻只接北周王授予的一對明珠環

子，她柔嫩如月下睡蓮的手抖著伸了過去，接到的那只明珠環子，真如白蓮裡的朝露啊。她半晌抽不回手去。

「謝陛下！」她鳴泉聲地說著，屈身拜下去。

「美人平身……」北周王降座去扶她，她抖顫的衫袖裡有芬芳散發著，在她轉身時拋給他一方白絹帕，然後隨隊離開舞殿。帕上分明寫著：「今宵月下，露臺西畔。」四個字秀媚地篆繪在絹帕角上，像一朵黑花。於是他再也坐不安穩了，無愁的齊王已病酒告退，人眾也紛紛到外賓館休息。

深秋月色爽朗地照遍了北齊王宮，雖只是半圓卻已足增人情致。淑妃匆匆地在舞衣外披了一件繡雲肩衣，吩咐銀蝶今夜的重責，服侍醉了的主公安睡。她如約到御花園去，有一個小的面幕罩著臉。

「美人！不要受夜寒哪！」他已經徘徊地等候著她。

「陛下也該珍重，請到假山坡去，有小軒。」淑妃引領著這迷了路的君王，走到愛的門裡。

小軒沒有燈光，也沒有人，月亮從紗窗射入淡淡的幽輝。

「求你拿下面幕去吧，美人！你要悶人到幾時呢？」他像個飢渴的孩子要求著，她的面幕除去，在淡光裡看著她更加神妙纖麗了。

「還有你的芳名？」

「那卻需要陛下宣誓不對人說才能如命呢。」

「好！明月為證，北周王對美人如有不忠，入神共棄，不得善終。」他向前走了一步。

「馮小憐。」她低低地，清晰地說出這芳香遠布的名字。

「啊！天呀！恕寡人罪，你是齊王的愛妃嗎？」他驚懼地退後幾步，倚著柱子再也說不出話來。

「陛下，請鎮靜，齊王已經安寢了。」她笑著，注視著他，人聲已消沉，小軒裡有愛情的光焰燃燒著兩顆心。無愁天子已沉睡在寢宮，銀蝶兒未負淑妃的囑託。

整整一年了，宮門深如海，再也沒有他的訊息。她已被深深的愁煩包圍著，眉頭往往展不開來。同樣的月夜，同樣的深秋，但是有了去年的秋月夜，今年的秋月夜就是個罪過，就是個大哀愁，沒有燈光的寢宮，有海樣深的恨惱浸透了美麗妃子的心。

「娘娘，到舞殿去吧？主公已經等得不耐煩了。」銀蝶兒跑來，在窗外催促著。宮女們奉命點亮了燈燭，替她上裝。她望著鸞鏡裡自己的影子，太孤寂、太可憐，自己浪費著寶貴的年華該是多麼痛心的事啊，她的淚珠紛紛墜落，靜悄有如天邊的星。

「娘娘！」上裝的宮女還以為自己弄煩了妃子而惶恐地跪下。

「傻東西，你怕什麼？一個女人的眼淚怕什麼！當你的如意郎惹惱了你的時候，你也要落眼淚呢。」妃子彈著淚珠又笑了，自己輕輕地拿粉撲勻臉。

「娘娘！婢子不敢有什麼如意郎，願永遠服侍娘娘。」宮女臉羞得緋紅，好像妃子窺見她什麼隱私似的不安著。

「那麼等我給你做媒吧，好孩子，把我的珠花摘下去，我嫌重。攢一朵小菊花吧，不，什麼也不要……省得襯壞了我的明珠環子。」妃子完裝時脫給那宮女一個小戒指作賞賜。

「謝娘娘洪恩！」宮女說著跪下去。

「起來吧，反正也不是我的……」說著被擁護著走出寢宮，她一路低著頭，而月亮偏偏狠狠地照著她。

「愛妃！上裝太累了吧，才來？」無愁天子臉上充滿了笑意地歡迎他心愛的妃子。

「婢子馮氏見駕，願陛下歡樂。」

「愛妃一來，寡人更沒有憂愁了，哈哈……」他笑著，有青筋暴露在上額及鬢邊。

「陛下恕妃子罪，今夜偶得小病，不能歌舞了。」

「儘管休息，早知如此，倒是回寢宮的好。」

在皇恩浩浩的深夜裡，淑妃的心仍是酸辛的，想哭，也想狂笑，但這兩種衝動在她都不可行；她恨著自己的命運，她恨著主公過度的恩情，她恨劫奪她魂魄的北周王，她恨全人類。當她想到此時的北周王伴著別人享樂的時候，她的心幾乎爆炸，她內心怒焰萬丈，恨不得撕裂了自己恨著的一切，撕裂了，毀滅了，連自己也在內。她在無愁天子的懷裡煎熬著心，殺戮著靈魂，終於推病獨睡在軟榻上，任那無愁天子呼喚她只裝睡，直到黎明。

黎明驅除了宮裡的黑暗，無愁天子一夜擔心妃子的不適，曾數次秉燭到軟榻邊去看她，但她總是靜靜地躺著。

「我到宮外邊去……我出去……」她從夢裡喊著。

「愛妃！醒醒吧！做噩夢了嗎？」他匆匆披衣走到軟榻邊去，淑妃也張開眼睛，方才她大約是真入睡而夢囈著了。

「我夢見要打獵去，有陛下、有將帥，婢子卻領著頭奔馳，正見宮門外有一帶綠茂的森林，陛下就把婢子叫醒。」

「深秋了，如果你喜歡，今天起來就去打獵好嗎？」他哄著她，有如哄著一個要哭的孩子。

「謝陛下！」她居然展開眉頭。

白驄馬上載著戎裝的妃子，紫金色的合體短衣裝，襯出她婀娜的身姿，妃子笑著遙望無邊的森林，清新的氣息解除了內心的積悶。一對飄搖的雉尾分垂在肩後，當白驄馬奔馳而前的時候，無愁天子在馬上擔心地追逐過去，他的青龍駒毫不退讓地跑起滾滾的塵煙。有將帥在後邊尾隨，是一個不小的隊伍呢！已經有黃葉下落著，林深處一片秋色。

「看婢子的箭法，陛下，往上看。」她的腰肢有力而柔美，略一變身，羽箭流星似的馳去，隨即一頭黃鵠跌落在妃子的馬前，眾人叫起來時妃子笑了。當這愉快的田獵終結時，馬蹄聲響遍林野，妃子的笑語聲夾雜在其中。

告急的烽火在城外高臺上點起了，據探子報說北周軍隊已迫近安陽，齊王感到驚懼、意外和疑慮，他以為是個噩夢，淑妃的戎裝還沒換下來的時候，齊王已發令守城。全安陽變顏色了，恐怖籠罩著宮室。淑妃的心驚得慌痛了，她說不出自己此時的心情：不是怕、不是恨、不是歡欣，只是一味的震動、不安。

無愁天子焦急得像一頭失了路途的瘦馬，在宮裡狂了似的徘徊、徘徊、徘徊，報子的訊息一次比一次緊急、險惡。那雙會彈琵琶的瘦削蒼白的手相互搓弄著，卻沒有拿起長槍身先士卒去衝鋒的勇氣。只是不時地撫著前額問自己：「為什麼呢？北周為什麼要攻打我呢？」淑妃的臉漸漸失去紅潤，蒼白得有如承露臺上的漢白玉美人，因為她疑心北周王此舉是未忘情於她而發的。那英武神俊的情郎，她該用什麼態度去歡迎他呢？不該，不該這樣想，齊王的可憐相引起她無盡的哀憐和同情。

「陛下請勿過急，將帥都是忠於陛下的。」她實在找不出更多的話來安慰他。當她說「都是忠於陛下的」時候，她的聲音抖得微小起來。

「愛妃！寡人無能，連累了你。」他落下淚來，淑妃也哀哀地哭倒在無愁天子的足下。

月亮仍照著安陽城，北齊公宮裡人聲仍未停歇，馮淑妃推開厚重的窗簾，見月亮不知為什麼被紅光矇蔽著，而遠處則火光灼灼的有殷紅的顏色，天際也慘紅了！她想到在四面楚歌響起時，霸王帳下的虞美人，是那樣瀟灑地舞劍後效忠自刎！不過楚霸王是英雄啊！她又想到吳王宮裡的西施，她是投江殉了吳王的，不過吳王也是一代勇夫啊！她簡直想不出自己該怎樣做才對，她張大了眼睛望著紅色的火焰、紅色的天際和紅色的月亮，她良久無聲了。

末後報來將帥投降的訊息，無愁天子暈倒了，淑妃才從冥想中清醒過來。

「傳馮淑妃……傳馮淑妃！」從大殿裡傳來的呼喊聲是粗暴的武夫之聲，是淑妃從未聽到過的聲音。無愁天子已經被迫親自去見北周王駕而跪拜稱臣了。這就是他最終的出路嗎？

馮淑妃還未改戎裝，只是那對雉尾隨金壓髮脫下去，烏鸞髻上沒有一絲裝綴，那一對明珠環子在黑髮下放光，她不安的心已經平靜下去，而覺得目前的一切都平淡得不值她念及。北周王攻城是平淡的、無愁天子投降也是平淡的、火焰也熄滅了、月也蒼白了、人間只是平淡。她已經站在北周王駕面前 —— 那一向使她寢寐不忘的人，她該怎樣見他呢？他是得勝的君王，而她卻是敗君之婦。榮辱的懸殊拉長了他和她之間「愛的距離」。她平淡地望著北周王身邊的護衛 —— 一些虎似的士卒，在他們寬大的胸膛裡泊有怎樣一顆心呢？

「馮淑妃！請抬頭！」這明明是小軒裡那人的聲音，今天也是明月夜呢！她平淡地抬起頭來，見那全身甲冑的北周王滿面是勝利的微笑。眼裡對她雖有豐富的愛憐之光，但沒有勝利之感來得強烈！這微笑引起她的反感，她覺得他已經不是那雙手贈珠環的多情又英俊的青年，乃是一個有強烈占有欲的人。她冷冷地笑著，沒有愛，也沒有恐懼。

「任憑陛下處理吧！」說著她昂然地轉過頭去，無愁天子失神地望著她。她見他那階下囚的神氣，又想到他已往對自己無微不至的恩情而心酸了，淚珠在眼裡閃著，但她強忍下去。在勝利者面前示弱是可恥的。她終於沒哭出來，心神復歸於平淡、高傲。

「馮淑妃是無罪的。傳令加意好待她，寡人有重賞，賢淑妃請不要怒目相對啊，你忍心……」

「殺戮聽便吧！陛下，對一個得勝的君王怎敢怒目相對？」她不等他說完搶著說。

「只要投降的，自免殺戮。無愁天子尚且保全了生命，何況你……」

「生來不知如何投降。陛下殺戮聽便吧。」她已經失去平靜，狂了似的喊叫，像一個喪失了嬰兒的母親。

「那麼你忘記了……」北周王不勝驚訝了。

「殺吧！平淡地活，不如痛快地死去！」她又在喊叫。

無愁天子見她這麼剛烈，不勝羞愧地低下頭去，聽了她的喊叫聲，如利刃刺痛他的心，他很想死，但此時他連求死的自由都失去，不住後悔往日對國政的疏神。

「可憐的妃子，受到什麼刺激呀？照拂她回去，不得疏神！」勝利

的君王幾次想親自去扶她，但尊嚴限制了他，連一句安慰的話都不能說。勝利的笑容已經收斂了，他不住地喟嘆著。

寢宮已不再為齊王所有，他已經被押解到北周城裡去，連向妃子說句告別話的機會都沒有，而無限江山已被他人所有。想到即將被霸占的愛妃，更加痛不欲生了。他又想到妃子的剛烈，也許會在抗拒的時候而喪命呢！可恨自己什麼也保全不了！途中他不敢多看安陽城角的月亮，昏昏沉沉地前進著，乘著內宮用的小輦走著崎嶇的路，漫長無盡頭。

「愛妃！你真狠心！我嫉妒那懦夫！你的心仍然愛他！」勝利的君王終於擁住他的愛人，在齊王的寢宮裡。

「你為什麼不說話呢？恨我嗎？」他焦急地親吻著她。

「你忘了月下小軒裡的情形嗎？愛的、美的妃！我為你輕拋性命地來攻打他！我為完成夢幻……到底成功了！只求你高興！」他用力和熱，擁抱著無言的妃子。

「只要你快樂，我可以放棄一切榮華。到田間去，過農夫的生活也甘心！你說：你忘了他！」

「放下婢子吧！陛下是得勝的君主……」她推著他。

「我求你不要再說陛下好嗎？這樣我們似乎疏遠了。你只說：『你、我，你說！』」

「你得勝了，我是敗君的妃子，一切任你……」

他實在沒有方法叫她快樂，他更沒法子知道她的心。不知道他在這美人的心裡占有什麼樣的地位。他感傷，他後悔此次攻齊的魯莽。

子夜已到，妃子仍是戎裝，周王疲乏地睡在龍床上。在燈光下，妃子心裡又不安地望著睡在身邊的周王 —— 一度渴念的英主，就在她的身

邊！愛的自由還有超過此時的嗎？而未了的反感始終沒能解脫。王身上的佩劍柄上，有珠寶的光。她想到：佩劍一抽，就會得到一把鋒利雪亮的寶劍！了卻自己的生命，不算難事！甚至於了卻對方的性命，也是一個愉快的舉動。「那麼他不會再勝利地笑了吧？那麼他，更不會想我是他的掌中物了吧？」她想著，手伸過去。窄袖的扎金戎裝中遮掩下的素手，又抖得和那次接明珠環子時一樣了，比那次抖得更甚。她是要做多麼可怕的事呀！「這完整的男子的美，就要由我的手，去破壞嗎？我為誰來殺我最愛的人呢？」她想著不免伏在他身上痛哭起來。

「愛，愛妃！為什麼？我不該沉默叫你傷心嗎？」他愛憐地撫摸著她顫抖的肩。

「不，我難過。你我的遭遇……」她仍然伏著沒起來。

「從此以後，我們永遠相守！我早就知道，你終究會到我手裡的。」他又得意忘形地自滿著。她又沒有聲音了。

一度狂愛，周王又睡去。連日的跋涉、征戰、廝殺，使他疲睏如泥了。

天已黎明，淑妃並不梳妝，戎衣沒卸地走下床去，草擬一詔，輕輕印了周王御印，一物不帶地匆匆走出寢宮。有查問的，都用王詔喝退了，從廄下找到白驄馬，騎上。馬廄裡還有好多馬，是周人的戰馬，立臥不一地擠滿廄內外。除了守衛以外，人們都在睡夢裡。她想到齊宮宮人們的遭遇，更想到銀蝶兒從昨天失去，至今消息毫無。傷痛使她不能再在這兒停留。

當她衝出宮門去的時候，朝霞已紅遍東方天際，深秋的冷露兀自從低拂的樹梢上擦溼她的臉額，並且和她的淚水融合了。她騎在白馬上奔馳著，直馳向昨日田獵的森林裡去。林盡頭有一帶山巒，她馳去並不回顧。

　　清冷的秋晨使她逡巡不前駐馬在山坡上，回顧齊宮依然巍峨地在朝霞下聳立著。她不勝其欷歔了。

　　「剛強的她！你到底要上哪兒去呢？」出其意外的，北周王從右山口追來。他的高頭朱色馬攔住白驄的去路。

　　「自有我的去路。」她並不驚訝地說。

　　「你勝利了，愛妃！可是我不能離你左右。」他熱情地說，唯恐她再脫韁跑開。

　　「那麼我還是在你手裡，沒逃出來嗎？」

　　「自然不是。乃是我，逃不開你的掌握！愛妃！你還要苦我到多久？」朱色馬更靠近了白驄。

　　「陛下命令婢子返回齊宮嗎？」

　　「是我的心願。但是假如你想山居，我就立刻放下一切榮華、威權，來永久陪伴你。」

　　「那麼，還是回去吧！做隱逸的詩人，婢子還不夠修養。」她臉上有勝利的微笑。周王追隨著這難以捉摸的妃子馳去。她的烏髮下有一對明珠環和她的黑瞳子互映著，灼灼的。

　　秋晨裡的森林，披了落葉的山坡，都被拋在後面，遠遠被他們忘記，如同忘記他們的足跡一樣，他們倏忽馳去，在朗朗的天宇下像流星。

（原載《新民聲半月刊》1944 年 1 月創刊號）

少女湖：

「家」即是「枷」，唯有出走才能邁向值得期盼的未來

作　　者：雷妍

發 行 人：黃振庭

出 版 者：崧燁文化事業有限公司

發 行 者：崧燁文化事業有限公司

E-mail：sonbookservice@gmail.com

粉 絲 頁：https://www.facebook.com/
　　　　　sonbookss/

網　　址：https://sonbook.net/

地　　址：台北市中正區重慶南路一段六十一號八
　　　　　樓 815 室

Rm. 815, 8F., No.61, Sec. 1, Chongqing S. Rd.,
Zhongzheng Dist., Taipei City 100, Taiwan

電　　話：(02)2370-3310

傳　　真：(02)2388-1990

印　　刷：京峯數位服務有限公司

律師顧問：廣華律師事務所 張珮琦律師

定　　價：350 元

發行日期：2023 年 08 月第一版

◎本書以 POD 印製

Design Assets from Freepik.com

國家圖書館出版品預行編目資料

少女湖：「家」即是「枷」，唯有出
走才能邁向值得期盼的未來 / 雷妍
著 . -- 第一版 . -- 臺北市：崧燁文化
事業有限公司 , 2023.08
　面；　公分
POD 版
ISBN 978-626-357-548-6(平裝)
857.63　112012137

電子書購買

臉書